jetés
aux ténèbres

L'éditeur tient à remercier Christine Goyetche pour sa précieuse aide dans ses recherches iconographiques.

ISBN : 978-2-37385-229-5
Dépôt légal : mars 2021
Deuxième édition

Conception graphique : Sandrine Duvillier
Photo de couverture : Allan Hughan, *Installation des déportés de la Commune à Numbo, presqu'île de Ducos, Nouméa, 1872,*
© Archives de la Nouvelle-Calédonie, 178 Fi 45
Relecture typographique : Fabienne Texier

Ouvrage publié avec le concours de la Région Île-de-France

Région îledeFrance

Les Éditions du Sonneur
5, rue Saint-Romain, 75006 Paris
www.editionsdusonneur.com

jetés aux ténèbres

Sandrine Berthet

LES ÉDITIONS DU SONNEUR

Jetés aux ténèbres est un roman. Certains des personnages qu'il met en scène ont existé. D'autres non. La plupart des événements qu'il conte ont eu lieu. Pas tous. Ou pas nécessairement tels qu'ils sont dépeints.

Un homme tellement ruiné qu'il n'a plus que son honneur, tellement dépouillé qu'il n'a plus que sa conscience, tellement isolé qu'il n'a plus près de lui que l'équité, tellement renié qu'il n'a plus avec lui que la vérité, tellement jeté aux ténèbres qu'il ne lui reste plus que le soleil, voilà ce que c'est qu'un proscrit.

VICTOR HUGO, *ACTES ET PAROLES* I, 3

Prologue

IL ME REGARDE. Il est immense et il me regarde fixement.

Allons ! Il ne regarde rien du tout. Quand on agonise comme ça, on n'en est plus à regarder quoi que ce soit, sinon soi-même. Ses yeux ne voient plus rien. Il est peut-être déjà mort.

En tout cas, en dessous de lui, c'est à peine si on arrive à considérer les juges sur leur estrade. Ils ont l'air de lui servir d'ornementation, un parterre de fleurs à moustaches et fatras de médailles militaires. Il vaudrait pourtant mieux que je m'intéresse à eux : ils ont l'intention de décider de ma vie – ou plutôt de ma mort, vu comme ils ont eu la main leste les précédentes journées.

L'avocat qu'on m'a assigné est inexistant. De toute façon, qu'importe ? Un semblant de défense pour une parodie de procès, c'est bien assez.

Il me regarde.

Ce Christ démesuré planté sur sa croix, on l'a accroché là, bien en face, pour qu'il nous exorcise. Qu'il extirpe de notre âme le démon de la République et le Satan de la Révolution. Pendant que les juges du conseil de guerre statuent sur le devenir de notre corps.

Vers l'autre bout de la croûte terrestre

I

L'OCÉAN PARAÎT IMMOBILE. Ça ne tangue pas, rien ne bouge. À peine quelques craquements de la coque, on avance peut-être malgré tout ? Dans les cages rien ne remue non plus. Chacun somnole dans sa torpeur. En contemplant ce troupeau d'hommes crasseux agglutinés sur le plancher humide, je me sens davantage accablé par la touffeur. Elle oppresse, elle enserre le corps, elle comprime la cage thoracique. Mon cœur est lourd, plombé par la moiteur, fatigué d'avoir à se contracter encore et encore, alors que, comme tous les autres muscles, il voudrait ne plus rien faire qu'attendre un peu de fraîcheur. Et toujours pas d'eau dans les réservoirs. Salauds de gardes-chiourme !

Je suis incapable de rien faire. Mon squelette s'est dissous, plus de charpente. Ne me reste que la chair, inerte. Et un vide à la place du cerveau. Sortir l'une de mes esquisses, tenir mon crayon entre mes doigts, même ouvrir un livre et poser les yeux sur une page pour en déchiffrer les lettres, A, B, C, D, tout ça est bien au-dessus de mes forces.

Il ne me reste qu'à laisser mon regard errer une fois de plus sur ce panorama. Les barreaux épais comme le bras, denses comme une forêt de peupliers métalliques. Les deux cent cinquante prisonniers entassés tels des fauves dans des cages. Les coursives étroites où traînent les gardes-chiourme. Eux aussi sont abasourdis par la chaleur. À la porte de chaque cage un canon chargé, avec sa gueule de bronze qui pointe vers l'intérieur, des fois qu'il nous prendrait l'envie de nous agiter un peu trop. Les sabords, treize de chaque côté de la coque, treize petites ouvertures rectangulaires pour laisser passer quelques rayons de lumière, entrer un soupçon de vent du large, et déferler des torrents d'eau de mer les jours de gros temps.

Quatre semaines que nous sommes partis. Seulement quatre semaines, et on ne sait combien de temps encore il va falloir endurer les cages et tout le reste. À partir des côtes du Maroc le soleil a commencé à se faire mordant sur le pont et depuis, la frégate ne cesse de faire route vers l'hémisphère Sud, poussée par ses voiles à la poursuite d'une chaleur plus moite. Impossible d'avancer dans la cage sans buter contre un autre, impossible de se retourner sans heurter quelqu'un, de se lever sans se cogner à tout ce qui est suspendu. Il faut ramper pour atteindre un sabord, pour approcher sa bouche et ses paupières de l'ouverture et sentir un peu de fraîcheur.

Courir, courir dans l'allée de cyprès à Bologne, à en perdre le souffle, avec la brise qui fait danser les feuilles en fin d'après-midi, courir aux côtés de Francesco qui va me distancer longtemps avant l'arrivée devant la villa, courir à en vomir d'avoir trop forcé, et tout de même me faire traiter de jeune blanc-bec, *Pivellino !* Je ferme les yeux, je prends une grande inspiration, une seconde encore plus lente, et je m'élance, je cours dans le noir, je dépasse la villa, je poursuis jusque dans les champs derrière et encore plus loin, indéfiniment, il n'y a rien pour me retenir.

L'un des surveillants vient d'appeler notre cage pour la promenade sur le pont. Le troupeau s'ébroue, on fait fi des courbatures au creux du dos, des douleurs sourdes un peu partout quand on déplie son corps, des articulations engourdies. Le cou est moulu et on a du mal à porter sa tête au début. On se met debout, déployant lentement ses jambes, qu'on a tenues entre ses bras malgré les fourmillements qui envahissent le bout des orteils.

Mon rituel païen. Le pied à peine posé sur le pont, étirer ma carcasse de tout son long, jeter les bras vers le ciel, les doigts écartés pour les détacher de la paume, et m'emparer du soleil. Il est facile à attraper aujourd'hui, seul au milieu de l'azur, sans aucun nuage pour faire barrière. La chaleur de ses rayons pénètre ma peau, malaxe ma chair, se diffuse jusqu'aux os. J'ai une heure de résurrection devant moi.

Après des semaines de vent fort, de vagues parfois violentes, de grosse houle, pour la première fois depuis le départ de l'île d'Aix, l'océan s'étend de tout son long devant le navire comme un lit bien fait. Nous sommes absolument seuls sur l'Atlantique. Pas d'oiseaux, de bancs de poissons, ni même de pointe de vent pour siffler à nos oreilles. J'essaie de faire le tour de cette immensité, de saisir l'horizon, je plante mes yeux dedans. Cet infini m'apaise.

Achille me rejoint. Il a son air distant et soucieux, celui qui le fait ressembler à un notable préoccupé de ne pas laisser remettre en cause sa quiétude. Ne lui manque que le haut-de-forme et le monocle. La bedaine, il lui en reste un peu, malgré le séjour en forteresse. Il m'indique la passerelle, où aucun officier ne se tient aujourd'hui. Ils se sont tous groupés à l'arrière, on les dirait occupés à scruter l'horizon. Il y a même le commandant.

Brusquement, tout est envoyé valdinguer, le temps inerte, l'océan figé, le navire suspendu à l'attente. L'officier de quart déboule sur le pont en brandissant un énorme porte-voix, réclamant à Neptune l'autorisation du passage de ses eaux pour tous les passagers dont c'est la première virée dans l'hémisphère Sud. Du haut du mât principal, sons de trompe et tirs de revolver en guise de réponse. Le cérémonial se poursuit dans une tonalité carnavalesque, avec déguisements, charivari, mimes et terreur amusée. Un escadron de marins s'agite parmi les passagers, ils sont déguisés en cheval, en postillon, en juge, en Pierrot, il y a même un astronome et un évêque. Au milieu du tohu-bohu j'essuie une grêle de petits pois secs avant d'être aspergé en pleine figure de seaux d'eau de mer. On s'éparpille aux quatre coins du pont, c'est la cohue, tout le monde crie. Je finis par trouver refuge aux cuisines – mais même en pleine panique festive, pas moyen d'y dérober quelque chose à manger.

À bout de munitions, l'orage de Neptune s'achève. Le Pierrot lance aux fugitifs quelques dernières poignées de farine, tout en se dirigeant vers le groupe des gardes-chiourme, qui assistent au spectacle les bras croisés, le visage cadenassé. Il s'approche de Nutzbaum, le plus brutal parmi cette engeance, et saisit dans sa musette un œuf qu'il écrase sur sa figure. Le jaune coule lentement, souillant la veste du surveillant. Nutzbaum met la main à son sabre un instant, puis s'éloigne, furieux, sans pouvoir rien faire : la loi est à la fête. Aucune indulgence non plus pour le corbeau et ses tourterelles : l'aumônier et la volée de femmes d'officiers, vêtues de blanc du bout des escarpins au sommet de l'ombrelle, ont de la farine plein les cheveux.

Je me demande pourquoi on nous fait participer à cette célébration enjouée. C'est la première fois depuis le début de la traversée qu'on nous traite comme des passagers et qu'on nous laisse nous mêler à l'équipage. On a peut-être estimé que notre allure de Robinson débraillés, creusés par la faim, envahis de barbe et de cheveux, ainsi que notre réputation sulfureuse allaient agrémenter le rituel d'une touche d'exotisme. L'occasion de côtoyer des bêtes féroces en provenance directe de leur cage ne se présente pas si souvent.

Le baptême du passage de la ligne équatoriale s'achève sur une distribution de beignets et une tournée d'eau-de-vie offerte par le commandant. Ce Riou de Kerprigent est pourtant d'ordinaire peu porté sur la bienveillance. Et je reçois comme les autres mon diplôme de Chevalier des Mers.

RÉPUBLIQUE DE L'ÉQUATEUR

EXTRAIT DE BAPTÊME

Cathédrale de la Zone torride, 2 juin 1872,

Aujourd'hui, deux juin mil huit cent soixante-douze, le citoyen Étienne DELANDRE, passant sous la ligne, à bord de la frégate française la *Danaé*, a été baptisé selon les lois et canons de notre religion.

Fait en notre palais archiépiscopal

Le président-cardinal du Tropique,
grand légat de la Zone torride : l'évêque CHALEUR

Le néophyte : Étienne DELANDRE

À la forteresse d'Oléron lors de l'ultime visite avant le départ, avant la séparation, pour tenter d'assécher ses larmes, j'ai fait une promesse à Gioia. Ma sœur chérie. Lui rapporter des antipodes une perruche et un singe. Ce certificat ne sera pas mal assorti aux présents dont je devrai me charger au retour en France. Au retour…

La promenade est finie. Il faut regagner la batterie. On quitte le pont en file indienne pour disparaître par un petit trou carré où la lumière décampe d'un coup. La descente est malaisée, hésitante, l'échelle est raide, ses barreaux branlants. Les yeux, éblouis de lumière durant la promenade, se sont déshabitués de la pénombre. On ne distingue pas ses pieds, on redoute de perdre l'équilibre. C'est une lente dégringolade sans repère.

De retour dans la cage, on finit par s'accoutumer au manque de lumière. Achille commence à griffonner. Chaque jour il noircit des feuillets, d'une écriture aussi ramassée que possible, pour économiser le papier. On ne sait pas au juste combien de temps durera la traversée, mais puisqu'il s'agit de rejoindre l'autre bout de la croûte terrestre, l'antipode exact de la France, il y en a au moins pour deux mois et demi. Peut-être trois ? Contrairement aux gosses qu'on a traînés en promenade le dimanche après le déjeuner familial et qui se lassent et se fatiguent et demandent et redemandent *Quand est-ce qu'on arrive ? C'est encore long ?*, nous ne pouvons nous planter là, en face du commandant, et affirmer d'un air crâne, bras croisés, menton rentré, *J'en ai marre, moi je ne vais pas plus loin !*

Le citoyen Ballière s'acharne donc à consigner jour après jour, sans en rater aucun, tout ce qu'il nous arrive durant la traversée. Des notes pour les mémoires qu'il compte publier un jour. « Tout » signifiant essentiellement « rien » au cours de ces journées vides, je me demande qui voudra bien s'intéresser à ce genre de récit écrit par un proscrit expédié dans un coin égaré du Pacifique. Moi je n'en veux pas, de mes souvenirs, je ne tiens pas à remâcher ce qui s'est passé depuis le jour de mon arrestation. Si nous en réchappons un jour, de cet exil, ce qui m'importera, ce sera de recommencer à vivre.

En tout cas je me suis amusé à proposer à Achille de considérer certaines de mes esquisses au fusain pour accompagner son récit, *à la manière d'un Gustave Doré illustrant la Bible,* ai-je plaisanté. Il a semblé prendre l'affaire au sérieux. *Il faudra que tes compositions soient à la hauteur de mon texte, l'ami!* Nous puiserions dans les titres des dessins de Doré, ils collent si bien à nos aventures: *Le Monde détruit par l'eau* – je dessinerais la batterie après l'une de ces tempêtes qui met à sac notre caverne –, *Le Fléau de la noirceur* – un tableau de nos journées passées comme des cochons dans la semi-obscurité –, et pourquoi pas un de ces jours *Le Retour de l'enfant prodigue*? Nous pourrions commencer par l'évocation de nos repas avec *La Famine à Samarie.* Oui, si je devais décrire ce qui fait notre quotidien sur la *Danaé,* je commencerais par les repas. De quoi se faire une bonne idée de ce que le mot « humiliation » peut signifier.

Lors de l'embarquement, nous avons été regroupés par dix, et nous formons ainsi ce qu'on appelle un « plat ». Parce que nous mangeons tous dans la même auge. Le repas consiste à réunir une horde de singes pouilleux réduits à dévorer n'importe quoi n'importe comment. Mais toujours en faible quantité. Nous sommes en permanence mordus par la faim.

J'imagine que c'est à ma mine de jeune bourgeois franc du collier que je dois d'avoir été désigné comme chef de plat – celui qui distribue la pitance. Ma chevelure et ma barbe hirsutes ne sont pas encore parvenues à entamer cet air d'étudiant appliqué, droit, cartésien, dont Gioia aimait se moquer. Je suspends à une corde le seau de nourriture en provenance des cuisines et chacun y plonge à son tour une cuiller dont le bord a été affûté pour pouvoir découper. Ce souper à la ficelle est incommode tout autant que malpropre, mais c'est ce que l'on fait de plus adapté au roulis, paraît-il. Moi, je ne m'y habitue pas. Les autres non plus.

Au menu, toujours le même bouillon où surnagent des détritus de cuisine. En ce moment nous sommes vernis, des bêtes se sont fracassées lors de la précédente tempête. Il a fallu les abattre, ça nous vaudra de la viande fraîche plusieurs jours d'affilée si les officiers n'engloutissent pas tout trop rapidement. Il y a du changement aussi du côté des biscuits, les vers commencent à nous les disputer. Quant au réconfort de la boisson, il est limité : quand j'apporte le bidon de vin, il s'est en général à moitié vidé en chemin avec le roulis.

Il y a la crasse, le corps qu'on doit garder immobile jusqu'à la crampe, il y a l'absence de lumière, mais le plus dur, c'est le cafard. Les heures sont vides, on se sent vide. Et plus les heures passent et plus on se sent seul et loin. Et moins on a le cœur à ouvrir un livre, à prendre une plume ou un fusain.

Achille Ballière, c'est le seul qui me sort vraiment de ma tristesse. Nous avons trouvé le moyen de nous faire la belle de temps en temps, Achille et moi. Lorsqu'il a le regard vague, le visage affaissé, lorsque sa main inerte a renoncé à griffonner ses impressions de voyage, lorsque je me décourage de la nullité de mes dessins et du peu de variété des sujets d'après nature que j'ai sous les yeux, nous nous asseyons l'un à côté de l'autre, le dos bien calé contre sa grosse malle. Nous nous parlons à voix basse, les yeux clos, pour que les gardes-chiourme ne nous cherchent pas de noises. Nous tirons le rideau et nous partons nous promener dans Paris.

Achille avait une dizaine d'années et moi j'étais à peine né quand les grues et les échafaudages ont commencé à pousser dans la capitale comme les champignons après l'averse. Depuis vingt ans, notre Paris, c'est un gigantesque chantier, la ville a été redessinée de fond en comble et nous nous amusons à qui connaît le mieux les quartiers remodelés, les nouveaux monuments sortis de terre, les dernières rues percées en plein milieu d'îlots d'habitation. Achille est difficile à prendre en défaut, sauf pour le centre. J'en connais par cœur chaque rue, chaque recoin. Ceux de mon troisième arrondissement, le nord de la rue Saint-Martin où je suis né, où mes parents habitent toujours, et ceux de tous les quartiers alentour qui m'ont vu grandir et que j'ai regardés se transformer année après année. Nous déambulons comme deux amis un dimanche de printemps sur les nouvelles perspectives, bordées de bâtiments construits dans ce style nouveau et uniforme qui s'empare de toute la ville. Je raconte les vieilles maisons insalubres, les petites églises, les ruelles étroites et tordues, oubliées des rayons du soleil, qui étaient là auparavant. Ballière est architecte, avec lui j'apprends tout de ces principes d'urbanisme qui transforment notre Paris en une cité moderne. Nous sommes épatés tous les deux par l'architecture métallique, j'en ai étudié les principes physiques et les applications dans le génie civil à l'École centrale des arts et manufactures, lui est intarissable sur les audaces, sur les transparences qu'elle permet dans les bâtiments.

Des combats et des incendies qui ont ravagé durant la Semaine sanglante certains des quartiers que nous parcourons, nous ne disons rien. Sans avoir échangé un mot là-dessus, nous sommes tombés d'accord : éviter l'odeur de mort et le goût amer de notre défaite durant ces déambulations urbaines.

Après la mer d'huile au passage de la ligne équatoriale, nous avons retrouvé les bercements saccadés de l'océan Atlantique. L'épidémie de mal de mer a repris de plus belle. Personne sans doute parmi nous n'avait jamais mis les pieds sur d'autres bateaux que les barques avec lesquelles on fait des ronds dans l'eau les dimanches, après le pique-nique au bord d'un étang. On aurait rêvé d'un navire plus stable pour ce long baptême de mer : tout laisse penser que notre trois-mâts a été construit exprès pour s'incliner au vent et tanguer comme un ivrogne au bal dès que le temps prend un air mauvais.

Si les jours sont nauséeux, les nuits sont pires encore. Ficelés dans nos hamacs comme des saucissons mis à sécher, nous sommes balancés au rythme des vagues, sans cesse poussés les uns contre les autres par le roulis. Le cœur au bord des lèvres, on essaie de ne pas sentir les coups de coude des voisins dans les côtes, d'ignorer les déambulations des nerveux qui veulent à tout prix faire les cent pas, de ne pas entendre les crachotements continus – héritage des séjours dans les forteresses humides de la côte atlantique. On passe ainsi la nuit à chercher à s'endormir comme un forcené. Au matin, rendus à moitié fous par le manque de sommeil, on s'égare en insultes jusqu'à ce que l'épuisement finisse par avoir raison de notre hargne.

Je suis sûr que Ballière en parlera d'abondance dans ses mémoires, avec cette faconde qui ne tarit que les jours où il laisse la mélancolie prendre le dessus : certains soirs, après le dîner, nous aménageons un coin entre malles, manteaux, couvertures et barreaux, un petit renfoncement qu'on aimerait pouvoir trouver douillet. Ce réduit accueille notre salon littéraire. Une poignée de camarades de cage participent à cette causerie. En gommant le décor de bas-fonds, en faisant fi des clochards alentour et en oubliant les odeurs de sueur, de vomi, de moisi, nous nous retrouvons dans un café du Quartier latin. Ne font défaut ni les esclandres entre critiques irréconciliables, ni les exaltations aussi définitives qu'inexplicables. Notre salon a même sa vedette, Henry Bauër, qui porte avec assurance sa réputation de fils naturel d'Alexandre Dumas. Armé de ses vingt ans, de sa fréquentation de la bohème parisienne et de ses premiers articles dans le fameux journal de Vallès, *Le Cri du peuple*, c'est déjà un brillant polémiste. Et il a montré sur les barricades qu'il avait du courage.

Qu'on choisisse Hugo, Heine ou Eschyle, la poésie ou le théâtre, le roman ou les méditations, Bauër toujours finit par imposer sa critique et son talent. J'envie son aisance, son brio, il faut bien me l'avouer. Il n'est pas plus vieux que moi et dans ces joutes je me fais l'effet d'un soldat largué sur son premier champ de bataille sans avoir appris à manier ses armes. Un voile de jalousie finit chaque fois par ternir un peu le plaisir que provoquent ces causeries.

Au point du jour, peu après le tapage du clairon, on nous annonce que les côtes du Brésil seront bientôt en vue. Demain soir, le trois-mâts mouillera devant l'île de Santa Catarina pour se ravitailler. Un navire qui effectue la liaison avec la France a déjà dû accoster. Il est donc probable que du courrier de France nous sera distribué et ceux qui le souhaitent pourront en expédier. Dès lors, toutes nos pensées sont pour l'arrivée à l'escale. Chacun des deux cent cinquante prisonniers évalue, imagine le nombre de lettres qu'il recevra, savoure par avance les mots qu'il lira.

Demain soir, nous serons à Santa Catarina. J'ai toujours rêvé de voir le Brésil.

II

À travers l'un des sabords qui donnent sur notre cage, je regarde le soleil se lever sur un océan immobile. Rien pour entailler le silence qui enveloppe la frégate. C'en est presque étrange. Habituellement les gardes-chiourme n'attendent pas bien longtemps avant de nous gueuler dessus sous un prétexte ou un autre. Nous naviguons au milieu d'une bulle de pureté.

Et l'envoûtement se prolonge, à présent que le soleil se déploie progressivement au-dessus de l'horizon. Avec le jour qui avance, le vent se lève en douceur, il commence à faire apparaître des touffes d'écume, des lames argentées qui strient le manteau bleu sombre de l'océan.

Depuis le départ, chaque journée a son paysage singulier. Les couleurs et leur éclat sont changeants, la mer, le ciel et la lumière se mêlent, se répondent, déteignent les uns sur les autres. En progressant vers le sud, le soleil s'est imposé comme le maître des coloris. Il a tout pouvoir sur la carnation du ciel et sur la teinte de l'océan.

C'est la première fois que je suis saisi par la beauté de la nature. C'est comme si elle m'empoignait, me forçait à la regarder, à l'observer, alors qu'elle me laissait indifférent auparavant. À Paris je n'ai jamais vu l'immensité du ciel. Je ne le percevais que comme un ensemble de pièces d'étoffe ajustées pour combler les vides entre les toits des immeubles. Le temps, ses changements, je n'y prêtais pas plus attention : à quoi bon s'en soucier ? Qu'il pleuve, qu'il y ait du soleil ou du vent, il s'agissait essentiellement d'un décor, sans réelle influence sur ce que j'allais faire de ma journée.

Toute la matinée, les têtes regardent obstinément par les sabords, mais toujours pas de terre. Toujours pas de courrier.

Comme les autres, j'essaie de tromper l'attente en relisant les lettres que j'ai écrites depuis le départ, et j'ajoute plusieurs feuillets. Mais que dire de ces longues journées d'ennui, de résignation ? Comment parler de l'humiliation des conditions de vie dans les cages, de la brutalité des gardes-chiourme ? Faut-il donner la vérité à mes parents, aux cousins en Italie, aux amis déjà éprouvés par la condamnation et l'absence ? Et sinon, que dire d'autre, puisque la vie ici n'est faite de rien ?

Non, je préfère garder pour moi seul la noirceur et la tristesse. Alors, je décris longuement pour Gioia les beautés de l'océan, les éclats du soleil, le ciel étoilé à travers les sabords, et les oiseaux que nous avons croisés tout le long de la traversée de l'Atlantique.

Et Georges ? J'en reviens toujours au même point, il m'est bien difficile de griffonner quelques mots pour Georges. À quoi ça doit ressembler, un ton fraternel ? J'aime quand nous sommes tous les deux, Gioia et moi. Malgré la différence d'âge notre complicité n'a pas fait de détour, elle s'est installée sans même que je fasse un effort pour m'intéresser à ce petit animal qu'on appelait ma sœur. Je ne sais pas au juste ce qui nous attache l'un à l'autre. Dès qu'elle a pu marcher elle a adoré s'accrocher à mes jambes comme une tigresse, refusant obstinément de lâcher sa proie. J'étais fier d'être le préféré de cette jolie petite chose et je m'efforçais de justifier son admiration absolue en lui racontant les plus belles histoires, en lui dessinant les plus magnifiques griffons, en lui offrant une partie de mes sucreries. Alors que Georges… Je reste embarrassé, ma plume à la main, comme je me retrouvais muet lorsqu'il nous arrivait d'être seuls dans l'appartement familial momentanément déserté. Que lui raconter ? Je n'ai aucune idée de ce qui l'intéresse. Lesté de mon statut d'aîné, je lui ai toujours paru sentencieux, paraît-il. Lui ne m'a jamais semblé avoir grand-chose à dire, ni beaucoup de curiosité à revendre. Bref, je réserve à Georges le spectacle du passage de la ligne équatoriale. L'exubérance de la scène arrivera peut-être à dissimuler l'absence de chaleur de ma lettre.

Quant à mes parents, aucun doute là-dessus, ils veulent avant tout savoir si je ne suis pas malade, si je mange suffisamment, si j'arrive à occuper mon temps. Inutile d'être trop précis quant aux conditions de vie dans les cages. Mais comment leur demander des nouvelles sans avoir l'air de me faire un sang d'encre pour ma mère ? Elle m'a paru plus frêle, plus cafardeuse à chacune des visites qu'ils m'ont rendues en prison. Mon père m'a assuré que le médecin ne lui avait trouvé aucune maladie. Il lui aurait juste suggéré de passer davantage de temps dans sa famille sous le soleil de l'Émilie-Romagne. Je le sais bien, que c'est à cause de moi qu'elle s'étiole.

Voilà, mes lettres sont cachetées. En tant que prisonniers politiques, on nous a assuré que durant la traversée notre courrier ne serait pas ouvert. Ç'a été un tel soulagement !

Pouvoir livrer ses sentiments, ne taire que ce qu'on a décidé de ne pas dire, ça me fait l'effet de retrouver un morceau de liberté. J'ai l'impression de m'appartenir un peu de nouveau.

Dans la batterie, chacun a l'air cadenassé dans ses réflexions et dans l'impatience de l'escale. Seul le colonel Assi semble ne rien attendre. Pas une trace de fébrilité dans le regard, les gestes sont précis, assurés. Comme à son habitude, il fait en sorte d'occuper ses mains à quelque chose. Il est mécanicien-ajusteur et a travaillé au Creusot dans les usines des Schneider. Il nous arrive de discuter machines ou maintenance des équipements. J'apprécie de pouvoir parler italien avec lui, qui est d'origine lombarde par son père.

Quoi qu'il fasse, il ne se départit pas de la placidité qu'il affiche depuis le départ de l'île d'Aix. Il nous est arrivé d'être baladés dans les mêmes geôles après le procès. On sentait l'homme déterminé, et même fiévreux. Sa métamorphose ne cesse de m'étonner. On ne lui connaît plus que ce tempérament sobre, un peu en retrait mais nullement taciturne, et je n'arrive pas à me faire une idée : a-t-il réellement été transformé par les épreuves qu'il a fallu endurer depuis un an ou force-t-il ce détachement ? Est-ce une manière de se soustraire à ce qu'on nous impose, une façon d'éloigner la mélancolie ? Ce type a fait le coup de feu parmi les troupes de Garibaldi, a joué les meneurs de grève, a fait partie des huiles durant la Commune, et à présent il se donne des airs de barque à fond plat qui jamais n'irait s'aventurer au-delà de son étang.

Assi semble n'avoir écrit aucune lettre, et sa sérénité laisse supposer qu'il n'en espère pas non plus à l'escale. N'y a-t-il donc personne qui s'inquiète de lui ? Ne s'intéresse-t-il à personne dont il aurait à demander des nouvelles ? Pas de femme, pas d'enfants, de père, de mère ? Pas d'amis ? Dans ce calvaire de l'attente, je ne suis pas loin de jalouser son inexplicable détachement.

À bord, chacun s'est efforcé de se découvrir des affinités avec quelques-uns pour pouvoir causer de temps à autre. Il s'est même formé un groupe, celui des ouvriers d'art du faubourg Saint-Antoine. Beaucoup se connaissaient avant. Il y a un nombre impressionnant de spécialités dans ce milieu. Jamais je n'avais entendu parler de staffeurs ornemanistes, de rentrayeurs en tapisserie, de bombeurs de verre, d'écaillistes ou de dominotiers… J'en ai vu défiler lors des conseils de guerre, des patrons de ces ouvriers, venus défendre la moralité de leurs employés. Ils étaient prêts à les reprendre en dépit de leurs bêtises. *Cette insurrection, ce n'était qu'un égarement passager…* Mais aucun n'est parvenu à attendrir les juges de la cour martiale, qui se fichaient complètement du manque de main-d'œuvre. Ils n'allaient tout de même pas laisser passer l'occasion de purger Paris, ce repaire de socialistes, de républicains et de communistes. Le nettoyage de 1848 commençait à remonter à trop loin, toute cette faune pullulait depuis des années comme des insectes autour d'une mare boueuse. Et ils entendaient curer la vase bien en profondeur, histoire de ne pas avoir à y revenir avant longtemps.

Quelques déportés se tiennent pourtant à l'écart de tous les groupes. C'est le cas d'un des types de mon plat. Il ne prononce jamais un mot, ne fraye avec personne, parfois même refuse la promenade sur le pont. Il m'est arrivé de me demander comment il tenait le coup, à ne jamais chercher à fuir sa solitude. Lorsqu'il est venu me voir, j'en ai été d'autant plus surpris. Que pouvait-il donc me vouloir ? J'ai fait un effort pour lui présenter une tête qui inspire confiance. Il s'est assis, a serré la main que je lui tendais comme s'il avait honte de me déranger. Ensuite, ç'a été long. J'ai failli perdre patience, courage et urbanité, avant qu'il ne se décide à parler de ce qui le préoccupait. Il s'appelle Pierre Simonnet. Quand il m'a dit, *J'étais libraire-relieur à Belleville*, ça m'a fait tressaillir, ce « *j'étais* ». Il est jeune, pas plus de trente ans sans doute, même si son visage, ses épaules, tout son corps affaissés lui donnent un air usé. On dirait qu'il a tout laissé derrière lui en embarquant sur la *Danaé*, son métier, sa vie d'avant, sa vie tout court. Voilà ce que ce malheureux attendait de moi : son baluchon a été détrempé lors du dernier coup de vent, il a perdu tout son papier à lettres. J'ai l'air bien approvisionné – en effet ma chère mère a bien senti qu'écrire et dessiner me seraient plus indispensables pour la traversée qu'une chemise ou une réserve de tabac supplémentaires, elle a bourré ma petite malle de papier, d'encre, de crayons, tout cela bien empaqueté et rangé comme une trousse à couture. Bref, Simonnet voulait m'acheter quelques feuilles. Évidemment je les lui ai données et ai refusé ses pièces.

Ces quelques sous, il lui a sans doute fallu les emprunter à d'autres. Je fais partie d'une espèce rare dans la batterie, bachelier et rejeton d'une famille qui n'est pas dans le besoin, même si elle ne roule pas sur l'or. On n'est pas nombreux à avoir embarqué avec une malle.

Les gardes-chiourme viennent nous annoncer que c'est notre tour de monter sur le pont pour la promenade. Je me faufile vers Simonnet. Le pauvre diable ne tiendra pas longtemps avec cette mine. Sa détresse me remue et ça m'obsède. Des désespérés, il y en a des bataillons sur ce navire. Mais l'anéantissement, l'isolement de celui-ci m'ont trituré les tripes comme si on fourrageait dedans avec un couteau. Regarder un suicidé doit faire le même effet. Je lui propose de faire un bout de promenade ensemble.

Le temps est splendide et la température idéalement douce. Depuis que la frégate a pénétré dans l'hémisphère Sud, on est au cœur de l'hiver, mais dans les parages du tropique du Capricorne les températures sont celles d'un printemps parisien. On se croirait en croisière. Les femmes des officiers et les épouses des administrateurs coloniaux flânent sous leurs ombrelles aussi blanches que leurs toilettes, prenant soin de les tenir avec nonchalance. Elles promènent leur délicatesse en semblant s'attendre à ce qu'un souffle de vent les enlève dans l'azur immaculé.

Au bout d'un temps, toujours silencieux, Simonnet sort de sa poche la lettre qu'il a écrite sur le papier que je lui ai offert et me la tend d'un air étonnamment résolu. Je suis pris au dépourvu. Mon premier mouvement est pour la repousser. Mais je comprends qu'il a besoin de partager sa souffrance. Il lui faut se confier à quelqu'un, mais il ne parviendra pas à parler. Alors, pas le choix, je me mets à l'écart et je déplie le feuillet.

Madame,

J'ai bien souffert depuis un an. Au nom de mes souffrances, pardonnez-moi celles que vous avez endurées. On m'a dit depuis qu'elles vous avaient lassée. Mais de quel droit vous condamnerais-je ? Je ne veux rien savoir de votre vie, sinon qu'elle a été longtemps triste et misérable. Je ne vous écrirais pas, cependant, si je n'avais une prière à vous adresser. Rappelez-vous notre existence. Vous savez que j'étais travailleur et que nous avons été très heureux. Maintenant, c'est fini. J'ai une chose à vous dire : si notre enfant n'est pas mort… mais il vit, n'est-ce pas ? Il était si beau… Il riait déjà… Il est vivant… Vous lui direz qu'il y a, bien loin de lui, sur la mer, quelqu'un qui l'aime et qui ne peut penser à lui sans pleurer. Je laisse ici, à droite, une petite place blanche que j'entoure. Vous la voyez là.

UN BAISER

C'est encadré de noir comme un billet d'enterrement. J'embrasse cette place. Vous la ferez embrasser à notre enfant. Vous lui direz bien, n'est-ce pas, que c'est quelqu'un qui l'aime ! Vous pouvez m'écrire là-

bas. Je ne vous demande pas de m'en dire long. Un mot seulement pour que je sache si le petit se porte bien. Vous m'enverriez un baiser de lui... ou un souvenir. Je ne vous en veux pas. Faites ce que je vous dis. Je ne vous demanderai rien par la suite. Je craindrais de vous importuner. Je suis bien malheureux. Je ne vis plus que dans le passé.

Votre Pierre Simonnet
P.-S. : Notre enfant doit commencer à marcher.

Je replie la lettre. J'ai l'impression de frissonner malgré la chaleur réverbérée par le pont. Ma gorge est si nouée par la pitié et la rage que je n'arrive pas à déglutir.

Cet après-midi, le médecin-major Nicolas-Paul Ledrain, dont on s'était à peine aperçu jusque-là qu'il était à bord, passe en revue les pensionnaires de ma cage. Il déploie une lenteur tellement épouvantable qu'elle a fini par me mettre les nerfs à vif. Lenteur dans ses mouvements, dans ses réflexions, dans son élocution. Il se plaît à répéter aux surveillants, qui s'impatientent eux aussi, qu'il tient à mener avec efficacité la mission qui lui a été confiée par la marine : *s'assurer que tous ces malheureux parviendront vivants au bout du monde. Les instructions sont formelles, il est hors de question qu'il en périsse durant la traversée! Ceux-là ont échappé à l'exécution et ont survécu au cachot qui a emporté les plus faibles, ils ne doivent pas réussir à se soustraire au sort qui leur est réservé : l'expiation.*

Si nous pouvons espérer survivre à ce voyage, le châtiment, lui, n'attend pas l'arrivée en Nouvelle-Calédonie. Toutes ces privations – de nourriture, de lumière, de mouvement –, c'est un truc vieux comme les guerres et l'arbitraire, pour maîtriser puis casser ceux qu'on cherche à soumettre. On espère qu'une fois brisés, nous serons mieux à même d'effectuer un retour sur nous-mêmes, de reconnaître notre culpabilité, de trouver le chemin pour nous corriger. Amen.

Ledrain poursuit son inspection et enfin vient mon tour d'être examiné. Je n'attends rien de cette visite médicale, je sais mieux que ce débris ventru que je me maintiens en bonne santé pour l'instant. Mais j'en profite pour lui demander quel est l'état général de la cargaison et il ne paraît pas embarrassé de me répondre :

Les gencives ont été contrôlées,

Pas de scorbutique à bord pour l'instant.

Pour ce qui est des infections cutanées,

Encore peu de galeux.
La dysenterie a commencé ses ravages,
Rien à y faire.
Quant à ceux qui perdent la tête,
Il y en a quelques-uns. Tant pis!

L'après-midi est à peine entamé lorsque notre frégate atteint les côtes brésiliennes. Vers quatre heures nous mouillons devant l'île de Santa Catarina. Le chef des surveillants nous apprend qu'une ville se cache – c'est là que le navire va se ravitailler – derrière cette terre montagneuse, de forme allongée.

Avant d'en arriver là, le trois-mâts a longé un temps le littoral. La côte s'est révélée progressivement, découpée en de nombreuses anses, pointes et îles, jusqu'à ce que la frégate atteigne une large baie des plus sauvages. Nulle habitation, aucun être humain. Je ne saurais dire si j'en ai été davantage déçu ou charmé. La forêt primitive occupe tout l'espace entre le rivage et les sommets des montagnes, ses seules limites sont la mer et le ciel. On devine des troncs, des lianes, des fougères et des ramures enchevêtrés sur plusieurs étages en une énorme masse dont la cime paraît inaccessible. Des dizaines de nuances de vert se disputent cet amas, ne laissant percer çà et là que de fines touches de rouge, de blanc et de jaune. Ça change de la palette de bleus qui a eu l'exclusivité ces dernières semaines. La masse végétale semble tout étouffer sous sa profusion, sous son excès. Je m'attends à voir le sol s'effondrer sous son poids. Une fine bande de sable met un terme à cette surabondance et la sépare de la mer, qui répond à l'effervescence du vert par un bleu turquoise cristallin, froid. Le flux et reflux des vagues sur la plage est turbulent, l'écume qui se forme part sans cesse à l'assaut de la forêt et sans cesse renonce avant même d'avoir atteint les premiers arbres.

Juste avant le mouillage, le canot du commandant a été repeint à la hâte. On comprend aisément en se promenant sur le pont que toute la bonne société du bord manifeste son empressement à partir en excursion et que chacun estime que son ascendance, son rang et ses manières le désignent pour être de la première escadre. Dans les batteries nous attendons avec non moins d'impatience le départ et surtout le retour de ce canot, qui portera nos lettres arrivées de France par le navire de liaison.

Le surveillant en chef vient nous informer d'une visite de courtoisie, *Et vous avez intérêt à faire bonne figure et à savoir vous tenir, salauds de cochons!* Les colons libres ne font pas partie de l'élite qui aura le privilège de débarquer en premier. Pour patienter, ils ont demandé l'autorisation de s'aventurer à la découverte de la faune qui peuple les ponts inférieurs.

Ils sont une vingtaine, quatre familles et deux hommes qui voyagent seuls. Ils déambulent dans les coursives, bruyants et bavards. Appâtés par d'extravagantes brochures éditées par l'État français pour attirer les colonisateurs en Nouvelle-Calédonie, ils se préparent à y faire fortune, ou à tout le moins à y vivre dans l'aisance grâce au fruit de leur labeur, qu'ils ne comptent pas barguigner. Mais ils ne connaissent rien au pays de leurs rêves et n'ont aucune idée de ce qui les attend.

Ils ne sont pas les seuls. J'ai pu me rendre compte qu'aucun de mes compagnons n'a cherché à savoir ce que c'est que cette terre où ils vont devoir vivre. Et certains se disent qu'on le saura de toute façon bien assez tôt, ce qu'est la Nouvelle-Calédonie. D'autres espèrent encore qu'on ne le saura même jamais: leur foi en une amnistie rapide me paraît aussi insensée que celle des croyants en la vie éternelle.

Moi, dès que l'Assemblée nationale a décidé que c'est en Nouvelle-Calédonie qu'on nous enverrait méditer, j'ai demandé à mes parents de me procurer les livres qui pourraient tout m'apprendre de ma nouvelle patrie. J'en ai vite fait le tour, le sujet n'a apparemment pas suscité beaucoup d'études. Une fois la prise de possession de l'archipel officialisée, à la barbe des Anglais qui étaient aussi sur le coup, Bonaparte s'est désintéressé de ce bout de terre en bordure du Pacifique. L'Empire avait d'autres chats, et des biens plus gros, à fouetter. On a juste songé à y établir une colonie pénitentiaire. Les efforts de colonisation ne semblent pas être allés beaucoup plus loin.

La petite troupe des aspirants colons au grand complet – enfants et nourrissons compris, il n'est jamais trop tôt pour commencer une éducation morale – se balade donc dans les coursives des deux ponts-batteries. Ils se plantent devant notre cage et ne mettent pas longtemps à proclamer leur déception : ils nous trouvent un air triste et apathique. Aucun d'entre nous ne réagit aux quolibets. Le tableau que nous leur offrons leur semble bien morne. Ils poursuivent donc leur chemin pour aller admirer les forçats, entassés dans la cage du fond. C'est que ceux-ci ne se chauffent pas du même bois : les bagnards sont des condamnés de cours d'assises, les procès de ces énergumènes ont alimenté les chroniques judiciaires des journaux. Les crimes qui vous valent les travaux forcés sont variés, mais les plus appréciés sont ceux qui suscitent des frissons : meurtres crapuleux, empoisonnements en famille, assassinats d'enfants… Ces forçats forment une masse compacte qui exhale une agressivité oppressante – comme une meute immobile. Je crois que cette impression vient surtout du costume repoussant qu'on leur fait porter, de leur tête rasée, de ce pas lent et lourd que leur impose la grosse chaîne attachée à leur pied.

Il y en a tout de même un dans le tas qui est réellement effrayant. On se demande s'il joue à l'animal de cirque ou s'il ne reste pas grand-chose en lui de l'humain. Un corps d'Hercule couvert de tatouages, une bouche quasiment vide de dents, prompte à gueuler provocations et insanités, plus de cicatrices que de peau…

La compagnie en goguette resterait bien encore un peu, mais les gardes-chiourme la poussent vers le pont, ils ont à faire.

Les colons partis, on respire un peu mieux dans les cages. Mais toujours pas de lettres. Impossible de faire quoi que ce soit, impossible de penser à quoi que ce soit.

Soudain à travers les sabords, on aperçoit le canot du commandant qui revient. Je n'entends plus que les battements de mon cœur et j'ai l'impression qu'on les perçoit jusque sur le pont supérieur.

Des lettres, j'en reçois plusieurs. Une de Gioia. Une de ma mère, avec des coupures de journaux. Un mot d'Alessandro, qui me raconte avec sa drôlerie habituelle ses aventures de jeune homme inexpérimenté en quête d'une maîtresse. Et une lettre de Joseph, enfin ! Je n'avais plus rien reçu de lui depuis le début de l'année. De tous mes amis, c'était pourtant celui qui partageait le plus mes convictions, même si lui a su rester sage. Cette fois encore, il ne parle pas de sa sœur. Je ne peux m'empêcher d'en éprouver un brin de déception, même après tout ce temps. Je suis bien stupide, ou naïf. Avoir courtisé Julie durant quelques mois ne me donne aucun droit.

Malgré tout je suis heureux. Je m'étais efforcé de ne rien espérer d'autre qu'une lettre de ma sœur. Mais pour beaucoup de camarades, c'est la désillusion : rien. Pas un mot des leurs. Ils sont oubliés. Indésirables. L'exil a déjà commencé.

Le lendemain de l'arrivée à Santa Catarina, le commandant fait pêcher un requin-marteau et le cadavre de l'animal gît sur le pont toute une journée. Son exposition est moins destinée à satisfaire la curiosité des passagers ou leurs envies d'exotisme qu'à donner à réfléchir à ceux qui songeraient à s'évader. La bête est énorme, pas moins de cinq mètres de long. Le museau qui lui vaut son nom est aplati et a la forme d'une masse, avec les yeux relégués aux deux extrémités du T. Sa gueule, tenue ouverte par un bout de bois, exhibe sur chaque mâchoire plusieurs rangées désordonnées de dents triangulaires, très pointues. Sa peau d'un gris éteint est épaisse et rêche, bien plus râpeuse qu'une langue de bœuf.

Des marins m'affirment qu'on mangera la créature en daube. Ce cadavre aux formes monstrueuses ne me met pas franchement en appétit, mais après tout, pourquoi ne le cuisinerait-on pas ? Durant le siège de Paris par les Prussiens, les steaks de Castor et Pollux, les éléphants vedettes du Jardin d'Acclimatation, se sont paraît-il négociés à prix d'or dans les beaux quartiers de l'Ouest. Les revenus de mon père nous ont cantonnés à un gibier plus modeste de chats et de rats.

Les opérations de ravitaillement s'étirent, les jours passent, l'enfermement me garrotte davantage qu'en haute mer. Je voudrais pouvoir me baigner dans cette eau féerique, fouler ce sable d'une blancheur inouïe, me laisser engloutir par cette végétation prodigieuse, cela devient une obsession. J'en rêve la nuit, et mes voisins se plaignent avec rudesse au petit matin de mon sommeil agité.

Alors que nous prenons enfin le large, la nuit tombe d'un coup, masquant trop rapidement le rivage miraculeux dont je n'ai cessé toutes ces journées de m'emplir les yeux.

Si on en croit les informations lâchées par le surveillant-chef, déboulant un soir après une beuverie, on n'en serait même pas au mitan de la traversée. Il y en aurait encore pour près de trois mois, de ce calvaire. Peut-être a-t-il voulu nous mettre un coup au moral ?

La houle du grand large commence à se faire sentir et je me retrouve prisonnier d'un accès de spleen. Je me suis efforcé depuis mon arrestation de repousser à toute force le découragement et la résignation. Parfois ces saloperies s'imposent, mais j'arrive toujours à les renvoyer à coups de pied au cul, et ça ne dure pas. Seulement, ce soir, je ne peux m'empêcher de repenser à mon dernier printemps en Émilie-Romagne, à la grande tablée sous les vieux chênes, avec tous les cousins, avec Gioia, et les oncles et les tantes, et les jeunes gosses de Sara qui n'arrêtaient pas de piailler et de s'agiter autour de nous, avec la fiancée de Francesco, un peu maladroite dans sa longue robe rose trop apprêtée, avec Grand-Mère, enfouie sous sa couverture mais revigorée par les parfums du printemps, avec Giuseppe qui comme toujours... Je n'arrive pas à me détacher d'eux. À présent je me retrouve seul au monde. Je quitte le Brésil, que j'ai à peine entrevu, en chialant, la tête contre les barreaux. Je songe à mon existence ruinée avant d'avoir véritablement commencé, au verdict qui m'envoie crever à six mille lieues de tout ce qui fait ma vie. Dans dix jours j'aurai vingt-deux ans.

III

Empaquetés dans nos manteaux élimés et humides, la barbe longue et sale, nous débarquons au théâtre du Châtelet peu après l'ouverture des portes. Nous trottinons docilement derrière Achille, qui prend garde de ne pas nous semer. Il est familier des lieux, et nous fait découvrir ce bâtiment dans lequel aucun de nous n'est encore entré. Nous traversons rapidement le salon des glaces, un peu trop sobre à mon goût. Et trop petit. Une bien pâle imitation de la grandiose galerie du château de Versailles. Le grand foyer, lui, ne cherche pas à imiter quoi que ce soit, et il a du panache, avec ses boiseries rouge et brun, ponctuées de dorures, surmontées de motifs végétaux et géométriques. Mais ce qui nous intéresse le plus, c'est la salle de spectacle elle-même : Achille nous l'a répété, c'est l'une des plus grandes de Paris. Nous allons nous retrouver au beau milieu de deux mille spectateurs !

Notre petit troupeau puant et amaigri se glisse pour commencer jusqu'à l'amphithéâtre supérieur, il est envahi de dames, qui ne quittent pas leurs chapeaux – derrière elles on n'y voit rien. Nous descendons jusqu'au parterre, de là on peut admirer de tout son saoul cette salle à l'italienne imposante, claire et joyeuse. Le contraste entre les couleurs dont elle est parée – le rouge cramoisi du velours et le mélange de crème et d'or des piliers – lui donne un éclat qui ne s'égare pas dans l'emphase. Et la verrière apporte au plafond une luminosité inattendue. Nous nous décidons finalement pour la corbeille et nous calons avec nos couvertures grossières dans ses sièges confortables, d'une douceur soyeuse.

Ballière entreprend de nous faire goûter l'une des féeries à grand spectacle dont il raffole : *Le Déluge universel.* Nous admirons les effets spéciaux grandioses, la pyrotechnie, la mise en scène extravagante, tout ce qui n'existe qu'au Châtelet grâce à sa machinerie dernier cri. Chacun se retient de crachoter et de renifler pour ne pas gêner le spectacle. La scène du déluge en elle-même s'écoute comme un spectacle sensationnel : une gaze transparente, zébrée de fils d'argent en zigzag, apparaît au-devant de la scène en ondulant, tandis que des rayons de lumière vive viennent percuter les paillettes pour les faire scintiller. C'est un déluge joyeux, j'en oublie pendant un moment les épouvantables tempêtes que nous subissons.

Après la représentation, la soirée se poursuit en un bal, chacun de nous convie sa compagne, qu'elle ait rang d'épouse, de fiancée ou de maîtresse. Bien sûr, c'est à Julie que je propose la première danse, et toutes les suivantes – Julie, qui n'a pas perdu cette pâleur qui lui donne un air si délicat. Chacun contemple à ses côtés la femme qu'il n'a pas revue depuis des mois, étincelante sous des bijoux qu'elle n'a jamais portés, souriante malgré la chaleur étouffante de la cage. Certains couples enchaînent les valses, d'autres se lancent dans les polkas.

Les feux du bal s'estompent à sept heures sur ordre des gardes-chiourme qui exigent le silence. La soirée offerte par Ballière aux familiers de notre salon littéraire a été un succès. Et il a gagné son pari : le spleen qui s'agrippait à moi depuis le départ du Brésil s'est enfin évaporé.

C'est vers la pointe sud de l'Afrique que nous faisons voile. Des matelots avec qui il m'arrive parfois de discuter lors de la promenade disent qu'on mouillera à Simon's Town, et que c'est un port bien connu des équipages. Notre prochaine et ultime escale avant la Nouvelle-Calédonie, à ce qu'il paraît. La *Danaé* retraverse donc l'Atlantique, cette fois d'ouest en est. Cet itinéraire est incompréhensible, à quoi bon le crochet par le Brésil ? On n'en sait rien, le commandant estime qu'il n'a pas d'explication à donner à des passagers qui ne paient même pas leur traversée. Au moins, la frégate file allègrement ces jours-ci, l'allure est portante, sans que le temps tourne à la tempête. Cette vieille coque retrouve des airs de jeunesse et fend la surface de l'océan avec vigueur.

Les journées dans les batteries deviennent plus rugueuses. La promiscuité se fait de moins en moins supportable, l'agressivité pointe plus souvent dans la cage. Nombre de discussions se concluent en prises de bec, à commencer par toutes celles qui ont trait à la situation politique. Le courrier reçu à Santa Catarina ne cesse d'entretenir depuis deux semaines d'intarissables rumeurs d'amnistie – un mot dans une lettre, les supputations d'un parent sur les discussions à l'Assemblée nationale. Pour les avoir démenties, je me suis fait traiter d'alarmiste et de réactionnaire.

Plusieurs prisonniers ne veulent pas croire à l'exécution de leur peine et se persuadent que cette traversée vers le bout du monde n'est qu'un simulacre qui sera bientôt dévoilé. En arrivant à Santa Catarina, je me suis retrouvé bouche bée en entendant Lacluse, un cordonnier qui fait partie de mon plat, m'expliquer tout joyeux au moment de la manœuvre de mouillage que dans un mois, cinq semaines tout au plus, il embrasserait ses gosses, le commandant avait reçu des ordres, l'amnistie était proclamée, *La frégate retourne en France après le ravitaillement!*

La foi l'a abandonné brutalement après le départ du Brésil, lorsqu'il lui a fallu se rendre à l'évidence : la *Danaé* continuait de mettre cap au sud. La déportation en Nouvelle-Calédonie n'était plus une feinte. Dès lors Lacluse n'a plus bougé, n'a plus parlé, n'a plus mangé. On a fini par le porter à l'infirmerie. Il est mort ce matin, au bout de quatre jours.

La cérémonie religieuse a lieu en face de nos cages malgré notre refus et notre indignation. Chacun sait que Lacluse était comme nous tous un libre-penseur et qu'il est mort sans se renier. Durant son agonie il n'a pas voulu de l'aumônier. L'oiseau noir a eu beau voleter autour de sa proie en débitant son latin, rien n'y a fait. Tous nous tournons le dos à l'autel. Le corps est ensuite mis dans un sac auquel est attaché un boulet, il glisse sur la planche à travers le sabord et s'enfonce dans l'infini au salut du coup de canon.

Lacluse inaugure une épidémie de tentatives de suicide, dont quelques-unes finissent par aboutir. La dernière, celle d'un gamin qui une nuit a manigancé de se pendre avec son hamac, nous a ébranlés pendant longtemps. Car après le ratage, il s'est reconverti dans la folie. Durant des jours et des nuits il a entendu les mitrailleuses, il a revu les camarades abattus, leurs cadavres dans les charrettes, les visages sanglants et boueux, yeux ouverts, parfois crevés, il est repassé devant la fosse commune de Montmartre où ont été jetées sa mère et ses sœurs, il s'est retrouvé devant le peloton d'exécution qui a été organisé pour lui faire dénoncer la cachette de son frère. Son agonie a été interminable. Il a fini par être emmené à l'infirmerie et peu après ont déboulé de nouveau l'aumônier, l'autel et le latin.

Après que le cadavre du gamin a plongé dans l'océan, les figures sont restées grises. Ce gosse n'avait rien fait, juste aidé à dresser des barricades dans le cinquième arrondissement et à transporter des blessés. Crever pour si peu !

Peu avant mon embarquement sur la *Danaé*, Francesco m'avait écrit pour me souhaiter bonne chance sous les tropiques et m'envoyer quelques livres en italien. Et il m'avait demandé de lui expliquer ce qu'il s'était passé au juste durant la Commune. La propagande du gouvernement français et le châtiment étaient tellement féroces qu'ils l'encourageaient à imaginer son cousin comme une bête sanguinaire, lubrique, incendiaire, analphabète et j'en passe. Comme il ne concevait pas que j'aie changé à ce point, cela lui laissait supposer quelques exagérations.

J'espère que les ordres ont été respectés et que ma lettre n'a pas été décachetée. Je repense à ce que j'ai écrit. Quelle idée Francesco se fera-t-il de tout ça ?

Je lui ai raconté l'honneur, la République, le monde nouveau. Va-t-il comprendre ? Me tenir pour un cinglé ? Un rêveur, un aventurier ?

Je lui ai raconté la défaite de Bonaparte à Sedan, l'humiliation couronnée par sa capture par les Prussiens et, une fois la nouvelle parvenue à Paris, la foule qui afflue vers le centre de la capitale, qui descend des quartiers populaires de l'est de la ville, les ruisseaux humains qui débordent de partout et se rejoignent pour inonder la place de l'Hôtel-de-Ville. Ceux qui ne peuvent y accéder et s'asseyent en une marée gigantesque sur les quais de la Seine, rue de

Rivoli, boulevard de Sébastopol. La multitude qui crie, qui est furieuse et soudain heureuse quand Gambetta déclare la déchéance de l'Empereur, et la vie qui se gonfle comme sous l'effet d'une bourrasque, et éclate en entendant la proclamation de la République ! 4 septembre 1870, Troisième République française, 4 septembre 1870, et j'ai vingt ans. Le granit qui devient glaise, qu'on va pétrir, malaxer, je me sens pousser des mains de sculpteur, il va en sortir une société libre, égalitaire, juste, parce que c'est ça la République, ça sert à ça. Et puis février 1871, l'élection d'une Assemblée nationale, la glaise qui s'assèche d'un coup, terminée la sculpture, elle est à peine commencée et déjà elle se craquelle, elle se désagrège, de la poussière, de la saleté entre les doigts. Quatre cents députés monarchistes, quatre cents ! Pour seulement deux cents républicains. À Paris et dans les grandes villes, tous les votes pour affermir la République sont assommés par la massue monarchiste, étranglés par ces ruraux qui continuent de vouloir un maître, qui sont terrifiés à l'idée de ne plus être les esclaves d'un souverain. La République à peine née qui allait se faire éventrer.

Je lui ai raconté l'honneur. Quelques jours après la proclamation de la République, les Prussiens qui assiègent Paris, le gouvernement qui s'enfuit et les Parisiens qui restent, forcés d'endurer la faim et le froid glacial pendant ces quatre mois de siège, le peuple qui n'a pas le sou mais qui se cotise pour couler des canons et résister. Et l'impossibilité après tous ces sacrifices d'accepter la traîtrise du gouvernement qui se précipite devant Bismarck pour accepter l'amnistie des vaincus et des lâches, l'humiliation.

Je lui ai raconté le monde nouveau, la justice sociale, tout ce qu'on attendait depuis la Révolution. Crever le vieux monde, crever l'Église et les militaires, et les privilèges, mettre hors la loi l'exploitation des pauvres, sortir les gosses des ateliers pour les installer sur les bancs d'une école qui en fasse des citoyens, instaurer le suffrage universel et donner le gouvernement au peuple, bâtir une République libre, une société égalitaire et solidaire, pour de bon!

Voilà, je lui ai raconté tout ça, tout ce qui nous vaut de nous éloigner chaque jour un peu plus de la France.

La mort continue de prospérer sur la *Danaé*, mais cette fois, elle est allée se rassasier ailleurs que dans nos cages. L'une des enfants de colons vient de s'éteindre. On dit qu'elle était déjà souffrante avant d'embarquer, maigrichonne, phtisique. Elle s'est amoindrie de jour en jour.

J'aperçois Ballière assis, affaissé sur sa malle, la tête entre les mains, les yeux obnubilés par le vide. Certains jours il a ses lunes, mais là c'est autre chose. Il a l'air anéanti. Il ne remarque pas que je l'appelle, *Il y a quelque chose ? Ça va ?* Je m'assieds à côté de lui. Je pose ma main avec douceur sur l'épaule de mon camarade. La chaleur de ma paume va peut-être le ramener parmi les vivants. Il finit par prononcer quelques mots et je comprends que c'est la mort de la gosse qui l'a abattu comme un coup de hache. Elle avait l'âge de sa fillette, sa Blanche. Il n'a pas reçu de nouvelles de la petite ni de sa mère à Santa Catarina. Alors l'imagination a commencé à galoper, *Peut-être qu'on ne m'a pas écrit pour me cacher quelque chose, peut-être qu'elle est tombée malade, peut-être même qu'elle est déjà morte !*

Moi aussi, ça me fait gamberger, ces cadavres dans leurs sacs, engloutis par la masse sombre de l'océan. Je n'arrête pas de penser à tous ceux qui pourrissent dans un charnier, et je ne suis pas le seul. Depuis notre départ, nous faisons semblant d'oublier pourquoi nous nous trouvons là. Ça fait mal de se rappeler la défaite, ça a le goût du sang et des tripes à l'air. Alors nous évitons d'en parler, de laisser remonter le souvenir de ces soixante-douze jours où l'on a fait valdinguer le vieux monde, où l'on a posé les premières pierres du nouveau. Avant que tout ne soit réduit en charniers.

Pourtant aujourd'hui, j'ai besoin d'ouvrir la plaie et d'en faire sortir le pus. Trouver quelqu'un avec qui parler de tout ça, quelqu'un qui a la tête froide et le cœur encore chaud. Je cherche dans la semi-obscurité le père Mabille, ce vieux brigand. Les cheveux les plus blancs de la cage, la silhouette austère de qui a fréquenté trop assidûment les geôles. Mais la tête est toujours droite, bien fichée sur un buste maigrelet. Personne ne sait trop ce qu'il a manigancé durant la Commune. Sa condamnation, il la doit avant tout à sa qualité de révolutionnaire professionnel.

Je m'assieds à ses côtés et il me raconte la succession de manifestations, d'émeutes, de coups de feu, de barricades, d'insurrections dont est faite sa vie. Il était déjà sur la brèche lors de la Révolution de 1830 ! La lutte toujours, la lutte malgré l'échec à chaque fois et malgré la cruauté de la répression. Pour lui, le carnage de la Semaine sanglante, quoi de plus normal ? *Nous avons voulu les mettre en application, nos idées de démocratie directe, d'égalité, de justice, et elles ont fait pisser dans leur froc tous ceux qui ont un nom, un avoir, une position. Ils ont vu quoi, pendant les deux mois qu'a duré notre Commune ? Des manants qui commencent réellement à mettre une dérouillée à l'ordre des choses. Des gibiers de famine, des incultes, des athées qui s'octroient les responsabilités de la cité. Songe un peu à l'effet! Nous leur avons fichu la peur de leur vie.* Comment auraient-ils pu ne pas nous en vouloir à mort, de cette trouille qu'on leur a flanquée? Alors, dès qu'ils ont pris le dessus, ils ont eu en point de mire notre extermination méticuleuse, systématique, totale.

L'arrivée à Simon's Town ne provoque pas la même excitation que l'escale brésilienne. Le temps est très mauvais, on ne distingue à peu près rien à travers les sabords. C'est à peine si je parviens à imaginer au-delà du rideau de crachin le promontoire rocheux que je me figure être le cap de Bonne-Espérance. Puis c'est l'entrée dans la baie. De la ville, on devine tout juste la silhouette du port, avec ses constructions basses et resserrées.

De toute façon, aucune lettre en provenance de France n'est à espérer ici.

Notre trois-mâts n'a pas encore achevé sa manœuvre de mouillage qu'Adolphe Assi se jette à travers un sabord pour se faire la belle. Il a plongé sans hésitation pour tenter de rejoindre la rive à la nage. Le commandant de la *Danaé* est pris de court, mais des embarcations des autres navires mouillés dans la rade ont tôt fait de repérer le fugitif et de s'emparer de lui.

Assi est promptement mis aux fers, et le commandant nous fait savoir qu'il demeurera à fond de cale, les pieds entravés par la barre de justice, durant tout le temps que durera le reste de la traversée – au moins un mois, deux peut-être ? Les gardes-chiourme se font un plaisir de nous informer qu'il est nourri uniquement au pain sec et à l'eau.

Durant des jours je n'arrive pas à détacher mes pensées du cachot où pourrit Assi. Dans la batterie on n'est certes pas à la fête, mais ses souffrances sont sûrement bien pires. Forcé de rester continuellement accroupi, son corps va devenir rapidement un sac de douleurs. Et dans l'obscurité, tout vous ramène à vous-même et à ce que vous ressentez. Je l'imagine dans la position d'un crapaud ligoté, enfermé dans un bocal étroit qu'on recouvre d'un torchon. La faim qui va bientôt le ronger est peut-être une chance, elle affaiblit les sens et la réalité. Mais comment va-t-il se débrouiller avec la solitude totale durant toutes ces semaines ? J'en suis à essayer d'imaginer des stratagèmes pour lui faire passer de quoi écrire quand Bauër semble prendre les choses en main. Un matin qu'il est de corvée pour le nettoyage quotidien de notre cage, il se plante devant le surveillant en chef et lui balance qu'il en a assez de racler le plancher, d'être obligé de se casser en deux pour gratter la saleté, qu'il en a marre de balancer des seaux d'eau pour nettoyer, *De l'eau, on en reçoit suffisamment sur la gueule à chaque coup de vent!* Il est déporté politique, pas larbin. A-t-il provoqué cet éclat pour aller tenir compagnie à Assi? En tout cas il se fait flanquer au cachot sur-le-champ.

Henry nous revient en miettes après une semaine à fond de cale, mais le moral n'est pas mauvais. Et surtout il nous donne des nouvelles d'Adolphe: le cachot de la frégate est bien le cercueil qu'on imagine. D'autres s'y laisseraient couler. Pas Assi. Il occupe continuellement son esprit. Il a raconté à Bauër qu'il philosophe sur la tactique navale, la stratégie et l'art militaires, sur lesquels il avait accumulé les lectures du temps de son apprentissage auprès d'un contremaître, ancien de la marine de guerre. Ainsi cadenassée, sa tête n'a pas le moyen de se préoccuper de la douleur ni de l'isolement. Henry a eu du mal à l'intéresser à ses analyses littéraires. En revanche, il a dû encaisser une revue d'ensemble des connaissances du métier d'ouvrier mécanicien: les principes de construction des engrenages, la nomenclature des pompes, les modes de calcul de leur rendement, le fonctionnement détaillé des machines hydrauliques… En tout cas ce que nous raconte Bauër est un soulagement : Adolphe tiendra le coup.

L'éphémère fugue d'Assi ayant eu pour conséquence la fermeture des sabords durant toute l'escale à Simon's Town et l'interdiction de la moindre sortie sur le pont, l'extrémité de l'Afrique n'évoquera jamais rien d'autre pour moi qu'un supplément d'enfermement et d'écœurement. Cinq jours et autant de nuits sans laisser pénétrer le moindre rayon de lumière, ni le plus petit souffle d'air. Je me suis habitué, il a bien fallu, aux odeurs épouvantables qui se sont incrustées dès les premiers jours de traversée dans le plancher, les parois, les ballots, les couvertures. Un remugle de sueur, de vomi, d'huile de cuisine et de vinasse, auquel viennent s'ajouter les relents de pisse et de merde qui se dégagent de la fosse d'aisances, mal isolée. Seulement, depuis cinq jours que cette puanteur n'a plus aucune échappatoire, elle n'a d'autre choix que de s'entasser en couches de plus en plus denses dans l'espace de notre batterie. J'en suis à souhaiter de m'évanouir pour échapper un instant à la conscience de cette pestilence.

La *Danaé* quitte le port le 27 juillet. On apprend par le chef des gardes-chiourme que la frégate se dirige vers le détroit de Bass, situé entre l'Australie et la Tasmanie. J'ai emporté pour mon aventure au bout du monde mon atlas. Mon cher atlas, le somptueux cadeau de mes cousins pour mes vingt ans. Grâce à lui, avec Achille et les quelques camarades que ça intéresse, nous suivons méticuleusement la progression de la frégate, à partir des indications que nous parvenons à glaner.

Peu après avoir repris la mer, certains déportés montrent des signes d'affaiblissement.

Chaque jour, de nouveaux prisonniers se retrouvent anémiés, sans appétit, le teint pâle. Ils restent affaissés auprès de leur baluchon ou dans leur hamac, sans aucune envie de bouger, pas même pour aller en promenade. Parmi les premiers touchés, il y a trois types de mon plat. Je ne sais pas quoi faire, ni s'il faut faire quelque chose d'ailleurs. Au début, on met ça sur le compte d'une langueur mélancolique – après plus d'une douzaine de semaines de traversée dans cette prison flottante, rien d'étonnant à ce qu'un gros coup de spleen généralisé assomme une partie du cheptel. Mais les chevilles ont commencé à enfler, des ecchymoses sont apparues sur les jambes, les bras. La peau est devenue sèche et épaisse, presque écailleuse et pigmentée de petits points violets. Puis les points sont apparus plus nombreux jusqu'à se rejoindre et former des taches de vin, qui se sont étalées jour après jour sur les membres. Les gencives se sont faites rouges et boursouflées, puis violacées et saignantes. On a compris : le scorbut commençait ses ravages.

Je n'ai aucun des symptômes pour l'instant, et pourtant nous fréquentons tous la même cantine. Les premiers touchés sont ceux qui n'avaient déjà pas beaucoup de prestance en début de traversée : une allure de crève-la-faim qui se cramponne certainement à eux depuis leur enfance.

Le médecin-major Ledrain s'est enfin décidé à descendre dans notre premier cercle de l'enfer et à entrer en action. Il a ordonné d'augmenter les rations de vin chaud et de thé. À présent il passe chaque jour dans les cages.

En fin de matinée j'assiste depuis le pont à la mue de l'horizon. Il prend peu à peu une étrange couleur pourpre, avant de se transformer en une muraille gris sombre vers laquelle notre trois-mâts fait route. On me dit que cela annonce le froid. *Le vrai froid.* La fraîcheur piquante m'oblige déjà depuis quelques jours à emporter ma couverture en plus de mon manteau pour les promenades, et on ne nous a rien donné de plus pour le cas où les températures baisseraient davantage.

Plus tard dans l'après-midi le navire s'enfonce dans cette muraille qui l'enserre progressivement de tous côtés. La luminosité se retrouve entièrement siphonnée, les sabords se bouchent l'un après l'autre. Ce spectacle me rend muet, et je ne suis pas le seul à être saisi par l'appréhension. Des marins qui passent par la batterie ont enfilé d'épaisses vareuses. Nous leur demandons ce qu'il se passe, et l'un d'eux nous lâche qu'on nous offre une déambulation sur les mers du Sud. *Et alors ? Et alors, la houle va pas tarder à atteindre les trois-quat' mètres, et en cas d' tempête, ce s'ra bien pire. Va falloir s'accrocher !*

Voilà, on est en plein dedans. La mer a été grosse toute la journée d'hier. Dans la nuit elle s'est énervée, c'est à peine si j'ai pu fermer l'œil. Depuis le lever du jour, le vent a continué de forcir d'heure en heure. Il y a peu de monde sur le pont, presque tous les prisonniers ont préféré renoncer à l'excursion aujourd'hui. Pas moi. Et pourtant, j'ai peur. Franchement, je n'en mène pas large, mais cette tempête qui se lève ne mégote pas sur le spectacle. Les oiseaux de mer virevoltent autour de la frégate, ils n'ont pas l'air de se formaliser de ce temps monstrueux. L'officier de quart et les matelots qui sont à la manœuvre non plus. Un marin, sans doute diverti par mon effroi, me lance en guise d'encouragement, *Allons ! La tempête se met tout juste en train !* Les lames se promènent en tous sens et s'élancent à des hauteurs effrayantes lorsqu'elles se fracassent les unes contre les autres. Elles semblent se jouer du navire, l'emportent vers leurs cimes, puis le précipitent dans leurs profondeurs. J'écourte la promenade, il est temps de regagner la batterie. Les sabords sont fermés, mais de moins en moins hermétiques : par certains, l'eau glaciale pénètre à grands flots. L'océan furibond envahit tout. Malles, baluchons, couvertures, hommes, tout est détrempé jusqu'à l'os, il n'y a rien à faire pour se protéger.

La terreur m'agrippe. Comme on ne voit plus rien dans l'obscurité, on se rabat sur ce qu'on entend, sur ce qu'on perçoit. Et tout ce que j'entends c'est cette vieille coque de bois qui craque sous toutes ses coutures. Et ce que je perçois, c'est chaque mouvement de la frégate s'élançant sur une vague comme pour l'embrocher, et qui, contre toute attente, réussit à la gravir et poursuit sa trajectoire par un saut dans le vide, et qui en bout de course vient se fracasser contre le mur de la lame suivante avant de se faire repousser violemment vers l'arrière et de s'y attaquer néanmoins avec une détermination stupide. Durant des heures j'ai envie de hurler pour que ce balancement terrifiant cesse, pour que s'arrête cette dégringolade continuelle, ces ricochets contre les parois, cette panique de n'avoir rien à quoi se raccrocher. Je chiale, je n'en peux plus de fatigue, je n'en peux plus d'angoisse.

La tempête a fini par s'épuiser. Elle est presque complètement éteinte, on n'essuie plus que quelques bourrasques. Dans la batterie on commence à lâcher prise. Je grelotte, j'ai froid à en crever. Je suis exténué, les nerfs à bout, le corps vermoulu, les mains écorchées, les doigts gourds, les épaules, les côtes, les hanches endolories de s'être tant de fois fracassées contre les barreaux et contre mes camarades, l'arrière du crâne bombé par une sacrée bosse.

On a encore progressé vers le sud et du verglas s'est formé sur le pont. La frégate pourrait croiser des icebergs sous ces latitudes. Je me retiens de souhaiter en voir au moins un, c'est un prodige qui peut vous envoyer par le fond. Des matelots sont à présent continuellement placés en vigie pour repérer les courants d'air froid qui précèdent généralement ces montagnes de glace. Nous sommes tous transis. Même dans la batterie, le manteau et la couverture ne suffisent plus. Quant aux pieds, ils sont tout bleus au réveil, et je passe chaque matin un bon bout de temps à les réchauffer. Le trousseau offert par la République a manifestement été prévu pour les régions chaudes, il est dérisoire quand il s'agit d'affronter une zone glacée. D'ailleurs on n'a sûrement rien « prévu » : on a dû nous fourguer ce qu'il restait dans les réserves pénitentiaires de manière aléatoire, en se fichant pas mal de la route que nous allions suivre. Pas d'autres solutions que de s'agglutiner en un troupeau compact tout le long de la journée.

Chaque jour en montant sur le pont, j'espère découvrir une preuve qu'on en a bientôt fini avec l'océan Austral. Mais aujourd'hui le froid est toujours aussi vif et le vent semble aimanter les albatros, qui ont remplacé depuis longtemps les poissons volants des mers chaudes dans notre sillage. Ces volatiles sont prodigieux. Ce n'est pas tant leurs larges ailes qui impressionnent, mais leur manière de cheminer à travers ce temps d'apocalypse. Ils ont l'air de se jouer des rafales et de la houle, ils volent au-dessus de la vague, la longent au ras des flots, partent en chandelle, remontent au-dessus de la crête et recommencent cette danse encore et encore. Ils semblent goûter notre compagnie – ils ne doivent pas croiser grand monde dans ces parages. Ils ne se doutent pas du sort qui les attend.

Car les marins les apprécient beaucoup eux aussi : empaillés, ils se négocient très cher. Les bestioles sont facilement appâtées par un morceau de lard au bout d'un hameçon. Une fois attrapé, l'animal est suspendu par les pattes et entame une lente agonie. Les matelots en ont massacré plus de trois cents en deux semaines.

Il a fallu moins de temps au gouvernement pour régler leur compte à plus de vingt-cinq mille communards, femmes, enfants, vieillards et autres innocents compris. Vingt-cinq mille exécutions sommaires – ou trente mille, ou plus, on ne sait pas et à coup sûr, on ne saura jamais.

IV

Après d'interminables semaines dans le tunnel des mers du Sud, le ciel éternellement gris et crachotant s'est estompé. Le froid s'est évaporé. Les vents ont fini par entendre raison, leur hargne s'est adoucie. Les esclandres de la mer se sont faits de moins en moins brutaux. Toute cette fureur a fini par se volatiliser complètement et une sorte de quiétude s'est emparée de l'océan. Lorsque la mer déchaînée nous tourmentait, j'en ai rêvé à longueur de journée et de nuit, de cette quiétude, mais à présent elle nous afflige comme un nouveau supplice. La frégate est encalminée, on n'avance plus ! Je me sens comme enfermé à double tour : un tour de clé à la porte de la cage, un autre au pont-levis de l'océan, le trousseau balancé par-dessus bord.

La terreur qui avait envahi un gros morceau de mon cerveau durant la traversée des mers froides a vidé les lieux. Alors le champ est de nouveau libre pour que s'impose le cafard. L'ennui prend le dessus et il ne reste pas grand-chose en dessous. Plus d'une centaine de jours que la traversée a commencé. Entre déportés, on s'est tout dit, tout raconté. L'imagination est essorée. La maladie du spleen envahit plus que jamais les cages alors que le beau temps assèche le parquet, les baluchons et les effets qu'on étale partout sur le sol, sur les quelques malles, dans les hamacs. Chacun s'enferme dans le silence et l'accablement, et n'a qu'une figure revêche à offrir. Les discussions se font de plus en plus rares. Je commence à avoir des insomnies. Les nuits sont mauvaises, les journées sont pires.

Je ressasse l'échec, je le mâchonne, une vache au milieu de sa prairie, je broute un moment, je rumine longuement, puis j'y reviens en choisissant une autre parcelle de pré, une autre raison de me morfondre. Ça me colle des aigreurs d'estomac, cette mastication, à force. Comment me suis-je laissé embarquer ? Il fallait avoir les yeux pleins de merde pour ne pas voir le danger. Les oreilles crasseuses pour ne pas distinguer le vacarme du désastre qui se profilait. On imaginait quoi ? Que le reste du pays, monarchiste et rétrograde, ne réagirait pas à la proclamation d'une République indépendante de Paris, à l'établissement d'un gouvernement du peuple, à un programme d'égalité et de justice sociale ? Le projet de la Commune était si captivant qu'on n'a pas eu un seul instant pour penser à l'échec. On s'est enivrés de cette idée qu'avec la fin du Second Empire le temps était venu de construire une société nouvelle et que rien n'y résisterait. Aveuglés par nos convictions, échauffés par nos espoirs. La fièvre a duré soixante-douze jours.

Tout à coup un brouhaha affolé et des appels à un bout de la cage : Simonnet vient de s'affaler, il a perdu connaissance. Le mal de mer l'a démoli durant la traversée de l'océan Austral, il ne s'est quasiment pas alimenté depuis trois semaines. Certains jours il lui arrivait même de vomir la moindre gorgée d'eau qu'on essayait de lui faire entrer dans le gosier. Le médecin-major débarque dans la cage avec ce qui ressemble de sa part à de l'empressement. Un mort de plus, si près du but, ce serait regrettable. Il tâte le pouls de Pierre, *C'est une faiblesse, emmenez-le donc à l'air,* et c'est tout.

Je me remets à mâchonner. Non, je n'ai pas voulu y penser, aux risques. Je n'ai pas non plus cherché à évaluer les chances de succès. C'est là qu'était ma place. Aucune hésitation. Mon rêve de République, mon idéal absolu, ma religion. Attendre de voir comment l'affaire tournerait ? Faire le raisonnable ? Laisser à d'autres le courage de défendre la République, la force de faire naître une nouvelle société ? Impossible de se résoudre à vivre toute une vie avec ce renoncement.

Et les ouvriers et tous ceux qui ont combattu contre l'armée, qui ont fait le coup de feu sur les barricades, ceux-là dès le début ont risqué la mort. Beaucoup de mes camarades auraient pu se faire tuer les armes à la main. Bauër, qui s'est improvisé officier durant la Commune, m'a décrit la rage et la joie éprouvées lorsqu'ils se sont retrouvés sur les barricades avec des milliers de soldats de la Garde nationale passés à la Commune. La Commune, elle les vengeait de la misère. Celle de leurs parents, celle de leur enfance, celle qu'ils ne pouvaient éviter à leurs gosses. Et de l'injustice, des patrons qui les volent comme ils ont volé leurs pères et leurs mères avant. *Si on ne fait rien, les riches domineront toujours!* Ce gouvernement c'était le leur, de quoi en finir avec le vieux monde, en construire un tout neuf. La mort, la peur de se faire descendre, l'idée qu'ils pourraient être vaincus… ça ne faisait pas le poids.

Un peu avant cinq heures, je m'en vais, comme tous les soirs depuis cent vingt-six jours, récupérer la becquetance de mon plat. J'essaie d'obtenir des nouvelles de Simonnet. On l'a emmené à l'infirmerie. Il a repris connaissance. Impossible d'en apprendre davantage.

La nuit serait supportable si tout tenait à la tranquillité de la mer et à la douceur de la température. Mais les ruminations continuent de me tourmenter comme de grosses mouches vrombissant à l'intérieur de mon crâne. Le sommeil a d'autant moins de chance de se faire une place que je dois sans cesse me contraindre à ne pas m'agiter dans mon hamac. L'exaspération est devenue telle dans la batterie qu'on se fait tabasser dès qu'on se cogne aux voisins de cordée – je me suis déjà reçu plusieurs baffes ce soir. Je n'avais pas idée du prix qu'il allait falloir payer, mais est-ce que ça aurait changé quelque chose ? À quoi a servi ma vie jusqu'à présent, à part à ça, ces dix semaines où je me suis englouti dans ce projet de mise en place du programme d'instruction publique de la Commune ? Dix semaines sur la brèche jour et nuit, les réformes à peine décidées qui sont mises en application dès le lendemain. Après la promulgation de la séparation de l'Église et de l'État début avril, les oiseaux noirs et les religieuses remplacés par des enseignants laïcs, arrondissement par arrondissement, l'école qui devient gratuite, laïque, obligatoire, et pour tous – les filles ne sont pas en reste. Le tiers des gosses de Paris qui vont pour la première fois mettre leurs fesses sur un banc d'école. Les premières écoles professionnelles qui ouvrent, même une d'art industriel pour les jeunes filles – fini la couture à laquelle les religieuses les cantonnaient ! J'ai vécu dans une ivresse qu'aucune absinthe ne me procurera jamais. Je n'ai pas dessaoulé durant ces dix semaines. Apprendre aux gamins à penser par eux-mêmes, à se vouloir libres et à vouloir que les autres le soient aussi, ç'a été ça notre horizon.

Et puis, en une poignée de jours, il a été broyé, et Paris transformé en abattoir.

On nous annonce que le trois-mâts entre dans le détroit de Bass et qu'on va bientôt faire de nouveau escale. La halte n'était pas au programme de la croisière, mais le nombre élevé de scorbutiques oblige le commandant à un ravitaillement en denrées fraîches. Demain nous mouillerons dans le port de Melbourne.

Cette escale australienne promet d'être aussi sinistre que celle de Simon's Town : bien avant l'entrée dans la rade les sabords sont fermés, l'obscurité se colle aux vêtements et embue les yeux. On ne va donc rien voir de Melbourne, absolument rien.

Les surveillants nous apprennent que la presse anglaise, alertée par notre halte impromptue, a publié des nouvelles de notre convoi et de l'état pathétique de la cargaison – nous en sommes à quatre-vingt-onze scorbutiques. Il paraît qu'on ne parle plus que de nous en ville. Et que de nombreux citadins défilent sur le port en espérant nous apercevoir. J'aurais aimé voir ça !

Il s'avère qu'il n'y a pas que de la curiosité dans cet attroupement. De la compassion aussi : les habitants de Melbourne ont réuni en quelques heures une grosse somme d'argent, l'équivalent de 40 000 francs. Le pactole a été transformé en vivres, vêtements, objets de première nécessité, que le commandant a refusé de nous transmettre. Ça aussi, on l'apprend par les gardes-chiourme, qui y voient sans doute un moyen de nous torturer un peu plus.

Et dire que nous avons quitté la France sous les crachats et les insultes ! Sur le quai à l'île d'Aix, la plupart de ceux qui étaient venus assister à notre départ étaient là pour se rincer l'œil du spectacle de notre misère et nous souhaiter de ne jamais revenir, *C'est déjà bien assez de ne pas vous avoir troué la peau !* Alors qu'ici, de l'autre côté de la Terre, chez des Anglais, il se trouve tout un tas de gens pour nous prendre en pitié et se démener pour nous apporter quelque réconfort.

Après Melbourne, la traversée se dévide au ralenti. Chaque journée semble plus longue que la précédente. La pelote n'aura donc jamais de fin. Je ne sais même plus si j'attends quelque chose. Les surveillants aussi s'ennuient de notre tranquillité. Comment nous pousser à bout à présent que nous ne réagissons plus ? Même Nutzbaum ne sait pas quoi nous interdire. Il se contente de darder sur nous son regard sadique et de longer les coursives le poing fermé. Manière bien théâtrale de nous signifier qu'il est toujours prêt à cogner – on l'a souvent vérifié, ce n'est pas du chiqué.

Un matin, vers neuf heures, on aperçoit par les sabords une terre à l'horizon. Lors de la promenade, je contemple longuement cette grande île avec ses hautes montagnes qui se chevauchent à perte de vue. Leur couleur de poussière grise se détache nettement sur le ciel d'un bleu évident. Peu à peu les contours de la côte se révèlent. En avant-poste, une ligne de récif sur lequel blanchit la mer. Nous avons quitté la France il y a cent quarante-sept jours. La *Danaé* s'apprête à franchir la barrière de corail par ce que les matelots appellent la passe de Boulari. C'est l'une des portes d'entrée dans le lagon de la Grande Terre, l'île principale de l'archipel calédonien.

Une vie de naufragé

I

LES VAGUES VENANT DU LARGE se cassent lourdement sur le récif de corail qui chemine à perte de vue. Il ceinture l'île. Un rempart. Ou un écrin. Les lames de fond poussent la frégate à s'engager dans la passe, elle n'a pas vraiment le choix. À bâbord et à tribord la ligne blanche de l'écume fait barrière au bleu sombre de la haute mer, et rapidement survient le marron grisâtre du tombant. Puis immédiatement après, des eaux bleu turquoise, transparentes : on est entrés dans le lagon. La lumière semble venir d'en dessous. Quel accueil éclatant !

La *Danaé* longe lentement les côtes. Elle croise des bancs de sable à la blancheur aveuglante, des îlots où survit un maquis malingre. D'aussi loin qu'on puisse voir, la Grande Terre s'étale comme une ligne d'un vert un peu terne, dominée par une chaîne de montagnes. Les nuages sont groupés en troupeau, blottis contre les sommets, immobiles. Tout le reste du ciel est d'un bleu si franc qu'il heurte les yeux. C'est sans doute cette luminosité extraordinaire qui donne à la végétation de la Grande Terre cette teinte mate : elle écrase les couleurs. Cette île n'a pas les apparences d'un pays de cocagne. Pas de forêt primitive exubérante, de végétation luxuriante aux couleurs chaudes, comme au Brésil. Mais le soulagement dans les cages est immense. Après vingt et une semaines de mer, l'arrivée à destination a tout d'une délivrance. Devant la « terre de l'expiation » comme l'appelle l'Assemblée nationale, c'est l'allégresse. Et puis le cabotage dans le lagon nous soulage enfin du mal de mer.

Au détour d'une presqu'île apparaît la rade de Nouméa. Elle est vaste et encombrée de navires au mouillage. Les matelots accoudés au bastingage m'indiquent ce que sont les vaisseaux que nous avons sous les yeux : deux transports de forçats, plusieurs canonnières, de nombreuses chaloupes. Et des goélettes qui font la liaison avec les postes militaires semés sur les côtes de l'île. La densité de bateaux sur le plan d'eau paraît incongrue : il n'y a pas de vaste cité en regard de la rade pour lui faire écho, c'est sur le vide et la désolation des terres alentour qu'elle débouche. Ce carré de baraques au fond de la baie, sous un cirque montagneux dont se distingue un grand massif en forme de pyramide, c'est Nouméa, le chef-lieu de la colonie. Nous mouillons en ce 29 septembre en plein anniversaire de la prise de possession française, il y a dix-neuf ans et quelques jours. Pourtant, de notre trois-mâts, on ne distingue aucune célébration. Les bâtisses, des cabanes en planches pour l'essentiel, sont peu nombreuses, basses, alignées le long de quelques routes de terre. Un sémaphore, grande tour carrée au sommet d'une colline, et une poignée d'édifices pourvus d'un étage dominent cet ensemble dérisoire. L'un des rares bâtiments visiblement en dur, sur le promontoire que nous venons de dépasser, est une caserne. Il est dénué de tout attrait architectural, mais il en impose par sa taille. L'importance de la chose militaire dans la colonie se manifeste ainsi d'emblée. Pour le reste, je ne distingue rien de plus. Rien pour l'accostage des bâtiments, rien pour le débarquement des marchandises, rien non plus pour la réparation des navires. Pas de quai, de cale de halage, de bassin de carénage, de docks. Seuls deux débarcadères en bois, d'allure fragile, permettent aux chaloupes d'aborder. Quelle farce d'avoir d'abord nommé Port-de-France le village créé ici, au milieu des marécages !

La rade est protégée de chaque côté de la baie par deux longues bandes de terre. Se faisant face, elles sont parsemées de mamelons et de vallées qui s'évasent en atteignant le rivage. Les matelots sont ravis de nous faire savoir qu'il s'agit de nos prochaines geôles, l'île Nou et la presqu'île

Ducos. Toutes deux offrent un paysage triste, aride, désolé, fait d'une herbe-paille jaunâtre et de broussaille brûlée par le soleil.

L'île Nou, c'est le bagne. Littéralement. On distingue une partie des baraquements qui y sont alignés le long du rivage : des hangars, de grandes constructions toutes identiques – probablement les cachots –, une caserne, une chapelle. Cette île est le dépôt de milliers de forçats. Bien que rudimentaires, ses aménagements dégagent une impression de robustesse et d'organisation bien plus affirmée que celle de Nouméa.

Quant à Ducos, la péninsule a été choisie comme « lieu de déportation des communards condamnés à la détention en enceinte fortifiée » (donc moi, entre autres). Sauf qu'il n'y a aucune fortification. Et pas d'enceinte non plus. Le site n'en est pas moins jugé très sûr. Interrogé à l'Assemblée nationale sur les possibilités d'évasion, un ancien commandant de la colonie avait répondu que, en cas de tentative, *les condamnés seraient mangés d'un côté par les naturels, de l'autre par les requins*. J'ai conservé l'article reprenant ces propos. Sur le moment, il m'avait fait davantage sourire qu'il ne m'avait effrayé. Tout cela restait tellement irréel, emprisonné dans les entrailles de la forteresse d'Oléron !

La *Danaé* jette l'ancre dans la rade. La chaloupe de l'agent de l'administration coloniale qui doit monter à bord pour les formalités d'enregistrement du convoi accoste. L'embarcation est manœuvrée par une escouade de rameurs indigènes que l'ensemble des passagers dévore des yeux, tout en frémissant à l'idée qu'ils sont sans doute cannibales. Leur corps est bien charpenté, leur poitrine puissante, leurs cuisses fuselées. Leurs bras musculeux manient la pagaie avec élégance et vivacité. Mais quelles gueules ! Je n'ai jamais vu de visages aussi effrayants. Ces naturels ont un comportement calme et discipliné, pourtant leurs figures frappent par leur expression agressive et obtuse. Difficile d'imaginer à quoi ils sont en train de penser. Leur peau très sombre semble absorber l'éclat du soleil. Elle est mate, rehaussée d'une grosse tignasse crépue. On peut d'autant mieux les contempler qu'ils sont à peu près nus, seulement vêtus d'un tissu blanc enroulé autour de leur pénis et qui pendouille entre les jambes, signalant leur membre de manière assez présomptueuse.

Alors que l'agent de l'administration discute avec le commandant, on entend des éclats de voix du côté des apprentis colons rassemblés autour de leurs effets. L'une des immigrantes a éclaté en pleurs, elle accable son mari de reproches bruyants et l'avertit qu'elle refuse catégoriquement de débarquer *dans ce trou affreux et désespérant*. Les cris finissent par s'estomper, le mari semble avoir de quoi leur payer le passage en Australie, ils vont tenter de s'installer à Sydney.

L'après-midi est déjà bien avancé lorsque débutent enfin les opérations de débarquement. D'abord les gendarmes et les fonctionnaires de l'administration pénitentiaire, accompagnés de leur famille, qui vont prendre leur poste dans la colonie. Puis les immigrants libres.

Ensuite, les forçats, qui sont acheminés vers l'île Nou. Parmi la trentaine de bagnards qui ont effectué la traversée sur la *Danaé*, ils sont une poignée à ne pas être passés en cours d'assises : ce sont des communards. Condamnés comme les pires des criminels aux travaux forcés à perpétuité. Sur les quatre mille communards envoyés en déportation par les conseils de guerre, trois cents ont ainsi été livrés au bagne. D'après le réquisitoire de l'accusation, pour mériter un tel sort, il fallait avoir pillé, incendié, exécuté des otages, avoir déserté ou pris de fortes responsabilités. En réalité, la plupart s'étaient seulement un peu trop exposés en écrivant dans les journaux de l'insurrection. Ou avaient un passé déjà trop sulfureux pour qu'on ne cherche pas à s'assurer de leur effacement de la société. Jean Allemane est de ces irrécupérables de haut vol. Il n'a que vingt-neuf ans, mais un caractère et un pedigree qui ne laissent espérer aucune rémission : il a commencé sa carrière insurrectionnelle en prenant part à la première grève de sa corporation, celle des ouvriers typographes. Cette lutte a marqué le réveil du mouvement ouvrier et a valu à Jean son premier emprisonnement. Après sa libération, il s'est engagé dans l'organisation du syndicat des typographes parisiens. Je l'ai côtoyé durant la Commune, quand il a pris en main la laïcisation et la réforme de l'enseignement de son arrondissement, le cinquième. Mais il a été aussi militant actif et président du club de la rue d'Arras, et en tant qu'officier, il a combattu jusqu'au bout, jusqu'à la Semaine sanglante, stimulant le courage de ses hommes sur les barricades du Quartier latin. Sa bravoure, son intransigeance, sa détermination lui valent l'admiration de tous. Nous sommes désespérés de le voir, sans doute pour la dernière fois, qui s'éloigne vers son enfer.

Après celui des bagnards, c'est le débarquement des déportés simples qui s'organise. Chacun est appelé par son numéro matricule. On les fait passer sur le *Rhin*, un navire de la Pénitentiaire chargé du transport de forçats jusqu'à l'île des Pins, à une vingtaine de lieues au sud de Nouméa. Ballière et Simonnet, à peu près ressuscité, mais aussi Pancou, Schmyezinski, Anquetil font partie du lot. Je leur serre la main avec vigueur, on s'étreint, on se sourit, on s'étreint de nouveau, on se souhaite bonne chance et à la revoyure. Une fois qu'ils ont quitté la frégate, je sens au fond de ma bouche toute l'amertume de cette séparation. C'est la solitude qui commence, déjà.

Enfin, au bout de l'après-midi, vient notre tour, celui des déportés en enceinte fortifiée. Le comité d'accueil met en valeur la diversité des uniformes autorisés à faire usage de leurs armes : soldats, gendarmes, surveillants militaires.

Nous longeons en file indienne la rive jusqu'à une vallée dénommée Numbo. Notre lieu de villégiature. Le retour sur la terre ferme après quatre mois et demi de mer provoque des sensations inattendues. Les premiers pas sont vacillants. On titube comme des ivrognes, on tente de se rattraper à une épaule voisine, elle-même instable, on finit par fuir la perte d'équilibre en posant un pied devant l'autre sans discontinuer. Au bout de quelques minutes, tout rentre dans l'ordre. Sentir le sol, quelque chose de solide sur lequel rester fermement planté : la déportation réserve des bonheurs méconnus.

Nous parvenons enfin au camp sommaire dressé au milieu de la vallée de Numbo, qui constituera dorénavant notre univers – un sol desséché, des collines pelées parsemées de quelques buissons et de rares arbres, une dizaine de huttes triangulaires et une vue sur le lagon que personne ne viendra nous disputer. Aucun bruit d'oiseau, d'animal qui rampe, trotte ou se faufile. Seule une brise, venant du large, souffle doucement. Je jette un regard sur les autres déportés : tous ont l'air hébété. Ma mine n'est sans doute pas moins ahurie. Le but du voyage est atteint. L'excitation de l'arrivée tombe comme une guillotine sur le cou d'un condamné. Certains pleurent en silence.

La venue de la nuit est une cérémonie des plus brèves : le ciel a tout juste le temps de s'embraser, le soleil de s'engouffrer dans la mer, et l'obscurité s'abat. Le rideau est tiré d'un coup. Chacun de nous rejoint une hutte au hasard. Je ne tarde pas à m'endormir, sans même avoir le temps de méditer sur ce que je vais faire dans ce désert.

Une cloche retentit. Le vacarme est sans ambiguïté : on exige de nous un lever immédiat. Le jour pointe de toute façon. Je suis impatient de profiter de la liberté que procure l'agrandissement significatif de ma cage : pouvoir marcher, marcher longuement, et même courir, me retrouver seul, seul dans les collines, seul sur la plage, pouvoir oublier la promiscuité. Pouvoir me saouler de lumière, au terme d'un an et demi passé dans la pénombre.

Après l'appel, une espèce de déjeuner, de sommaires indications sur la géographie de la presqu'île et l'annonce du règlement, on nous lâche. La vallée de Numbo n'a aucun charme, mais c'est la première fois depuis mon arrestation que je ne ressens pas la peur, la soif, la faim, la douleur, la fatigue. Je n'éprouve même pas de désespoir. Non, ce qui s'empare de moi d'abord, c'est le soleil, la chaleur.

Je descends vers le rivage, au-delà duquel on distingue l'île Nou. La plage est vaseuse et caillouteuse, pauvrement ornée d'une poignée d'arbres à l'allure d'ombrelle déchiquetée. Mais la mer, elle, est une féerie. Le soleil qui se reflète sur sa surface la constelle d'éclats argentés. Une étoffe précieuse qui ondule légèrement en scintillant. Pas un souffle de vent. Il commence déjà à faire chaud, bien qu'il ne soit pas huit heures. Je n'ai qu'une idée : me baigner dans cette eau magique. Je m'empresse de me confectionner un costume de bain avec des loques de chemise. J'ai songé à nager nu, j'en ai terriblement envie. Mais je réfrène la tentation, cette idée de nudité est un peu trop sauvage.

C'est donc muni de mon pagne parfaitement ridicule, mais gage de civilisation, que je pénètre dans l'eau. Elle semble d'abord fraîche, en comparaison avec la chaleur de l'air. Elle n'a pas un goût très salé, contrairement à ce que j'imaginais. Et son odeur… Elle ne ressemble à aucun parfum que j'ai connu en Europe. Il m'est difficile de nager longtemps, mon corps doit se réhabituer à se mouvoir. Je suis obligé de me reposer, souvent, comme si j'étais un vieillard rouillé par la vie. Alors je fais la planche, je me laisse flotter sur le liquide calme. Pour la première fois depuis longtemps je sens mes jambes, mes bras, mon dos, ma nuque comme une partie de moi, non plus comme une source de douleur qu'il faut réussir à oublier.

Épuisé mais tellement heureux, je sors de l'eau et m'allonge sur le rivage. À bout de souffle, je reste là, étendu, échoué comme un lézard sur sa pierre. Les yeux mi-clos, j'écoute les bruits de la baie. À part une légère brise et quelques échos d'activité en provenance du campement, il n'y a rien à entendre.

Je finis par me relever, laborieusement. Je suis écrasé par la chaleur et manque de m'affaler en remontant la pente douce qui mène au camp.

Chaque hutte est officiellement équipée pour que douze hommes puissent y dormir et s'y nourrir : dans celle où je me suis installé, il y a bien douze hamacs, ainsi qu'une marmite et une cruche. Mais seulement sept assiettes, dix fourchettes, huit cuillers, neuf verres et trois couteaux. Toutes les paillotes semblent avoir un service de table défaillant. Sans doute une brimade de plus.

On nous a expliqué que les vivres seraient distribués quotidiennement au guichet d'une cambuse située en bordure du camp. Le régime ne varie pas de celui de la traversée : 250 grammes de viande ou de lard, 750 grammes de pain ou de biscuit, des haricots secs, très secs, et 16 grammes de café. Et c'est tout. Pas de tabac ni de vin dans la ration. Pas de savon. Pas de graisse pour cuisiner les aliments. La générosité de l'État n'inclut pas non plus le combustible. Durant la matinée, chaque groupe envoie donc l'un des siens déraciner les chétives broussailles alentour.

Bref, la vie que l'administration pénitentiaire nous a réservée a été pensée comme un chef-d'œuvre de frugalité. Nous les types de la Commune, nous nous désignons comme des « blindés » depuis l'insurrection : des types qui ont la peau dure. Nous allons avoir largement et longuement l'occasion de la raffermir davantage encore.

Chacun mâche en silence, assis sur le sol poussiéreux de la hutte. Pas de chaises, ni de table. Pas le cœur à discuter. Ni moi, ni les autres. Au bout d'un moment quand même, la question qui volette dans toutes les têtes s'impose dans la paillote, *On ne va tout de même pas vivre là-dedans, hein ! Même pas un abri. Je vous fiche mon billet qu'à la première pluie ce sera comme de dormir dehors !* Nous décidons de nous construire derechef un logis moins précaire. Il s'avère qu'une partie de la chambrée est hautement qualifiée : il y a là un maçon, un charpentier, deux menuisiers, deux terrassiers, et un journalier pour faire la bête de somme.

Les autres membres de la clique ont des métiers moins indispensables pour l'édification d'un logis, mais le tailleur et le cordonnier ne manqueront pas de besogne : la plupart de nos vêtements sont des haillons, plus aucun d'entre nous n'a de semelles entières. Pour le bijoutier et le ferronnier, les débouchés sont plus incertains. De toute façon, pour l'instant, ces spéculations sont inutiles, personne ne dispose du moindre outil.

Quant à moi, qui n'ai jamais fabriqué quoi que ce soit de mes mains… *Étudiant ? Un bachelier, un bourgeois dans notre bande, c'est un honneur ! Mais il faudrait pas songer à te faire entretenir, camaro !* Des rires éclatent.

Le repas est terminé – j'ai encore faim, nous avons constamment faim, mais nous nous sommes habitués depuis longtemps à cette sensation. Dehors pas un arbre, aucune ombre. Impossible de mettre un pied hors de la hutte.

La peau de mon dos, ma nuque, mes épaules commencent à picoter. M'allonger dans le hamac est un supplice, les cordes me découpent la chair. J'ai l'impression que la chaleur m'envahit comme si on me faisait cuire à petit feu dans une marmite. Il me faut reposer mon corps endolori. Je me choisis un coin par terre, à même le sol, je me mets en boule sur le flanc et, durant une bonne partie de l'après-midi, je somnole.

Lorsque j'émerge, la brise venant de la baie s'est levée. Elle charrie un peu de fraîcheur, assez en tout cas pour me donner le courage de sortir.

Je ne renoncerai pas à faire un brin d'exploration. Juste un tour de la vallée de Numbo. En bordure du campement proprement dit, on a construit un hôpital – bâtiment presque sophistiqué dans ce désert, en bois et en pierre, avec un toit de zinc. Plus à l'est vers la baie de M'bi est établi le territoire militaire, avec la caserne des gardes-chiourme. Il est délimité par de simples poteaux qu'il est interdit de franchir. On n'a pas oublié d'ériger une prison, dotée d'un vaste mur d'enceinte.

Vers six heures du soir, le soleil disparaît à l'horizon avec autant d'empressement que la veille. Il fait tout de suite nuit noire. Je m'endors aussi rapidement que possible. C'est comme une course de vitesse : s'évader dans le sommeil avant que les pensées ne deviennent envahissantes et ne m'empêchent de fermer l'œil.

Au matin, je me sens mal. La nuit a été difficile. Mon corps tout entier est brûlant. Mes coturnes n'en reviennent pas, *Jamais vu une peau aussi écarlate!* On n'est pas soumis à de pareilles mésaventures sur les bords de la Seine. Ils sont cinq à m'escorter à l'hôpital – heureux de pouvoir aller saluer les copains scorbutiques qui y ont été internés dès notre arrivée.

Quatre sœurs de l'ordre de Saint-Joseph-de-Cluny, qui ont fait en toute discrétion le voyage sur la *Danaé*, s'occupent des malades de la déportation. Mais à l'hôpital, le dénuement est aussi complet qu'au camp. Rien pour soigner, pas de médicament, aucun équipement. Les religieuses ne manquent cependant pas de volonté, ni d'énergie. Elles nous parlent avec douceur, elles sourient – c'est l'unique soin, mais il est très apprécié. Bien qu'il n'y ait pas le moindre traitement pour me soulager, j'accepte volontiers de rester : enfin un lit, des draps, des voix de femmes.

Les scorbutiques n'ont pas bonne mine, et ceux qui sont atteints de dysenterie ont un air plus pitoyable encore. A-t-on aussi prévu un cimetière sur cette presqu'île ?

Au bout de deux jours, je commence ma mue – je perds totalement la peau de mon dos. Mais la fièvre est tombée, et les forces me sont revenues. Malgré le lit, les sourires et la nourriture un peu moins rudimentaire, hors de question de s'attarder dans ce mouroir. L'une des sœurs me fait la leçon, la plus âgée de la petite troupe. *Il faut être prudent avec le soleil, ne pas marcher trop longtemps, ne pas aller trop loin, emporter de l'eau. Je ne tiens pas à vous revoir de sitôt.* Elle me prête une gourde, *Rapportez-la-moi quand on vous en aura distribué une.* Me remet un chapeau de paille. C'est soudain ma mère que je vois devant moi, elle me sourit, me caresse les cheveux. Ma vue se brouille, je me retourne avec brusquerie vers la porte et sors en me cognant violemment contre une table. J'en oublie de faire un détour par les cuisines pour essayer de chaparder du pain.

Le temps est splendide, mais brûlant. Le soleil tombe à pic sur mon crâne, le chapeau de paille ne va pas être inutile. Je me remplis du grand air. Je me sens plein de vie.

II

De retour à la hutte, je suis accueilli par des moqueries, *Mais regardez-moi ce nez, plus rouge que le drapeau de la Commune!* Ça me fait presque regretter de m'être arraché si rapidement à la bienveillance des religieuses.

Le charpentier et les menuisiers sont partis découvrir la petite forêt au bout de la presqu'île, afin d'y reconnaître les arbres qu'ils prélèveront pour la construction de la case. Pourtant rien ne presse – on ne sait pas quand les outils réclamés aux surveillants militaires nous seront fournis, sauf que *Va falloir patienter, les charognes, faut qu'on transmette la demande à l'administration, et vous croyez qu'ils n'ont que ça à foutre, s'occuper de salauds comme vous ?*

Le reste de la chambrée n'a à peu près pas quitté l'ombre de la hutte depuis notre arrivée. Ça ressasse et ça rumine une fois de plus les souvenirs et les regrets. Le petit groupe auquel je me suis retrouvé mêlé le premier soir, en échouant dans la première paillote venue, est issu du même bataillon de la Garde nationale, celui des Lascars de Montmartre. Ils ont combattu ensemble contre les Prussiens, et puis, c'est ensemble aussi qu'ils sont passés du côté de la Commune et ont lutté contre l'armée du gouvernement. À les voir avachis sur le sol, sans aucune envie de se remuer après des mois d'immobilité dans les batteries, on n'imagine pas qu'ils ont été prêts à se faire tuer pour la République. Ce qui les passionne ce matin, c'est de remâcher leur déception d'avoir été empêchés par leur commandant de mettre le feu au Panthéon – *Le symbole des grands hommes de l'ancien monde! On allait leur régler leur compte à ceux-là!* Leur attitude, les pensées qui les occupent, je ne les comprends pas. Ce n'est pas la première fois que je suis affligé par certains des camarades. Je leur trouve un air de vauriens négligés, à mes coturnes, à les écouter on se demande s'ils ont jamais été habités par des idéaux. Ça me serre le cœur d'être mis dans le même sac qu'eux.

C'est par l'ouest, empruntant le sentier en direction de la baie de N'gi, que je décide d'entamer mon tour du propriétaire. Après une vingtaine de minutes, il faut franchir une colonie de palétuviers, une forêt très dense d'arbres biscornus aux immenses racines en forme d'échasse qui s'entrelacent, les pieds dans l'eau de mer. On dirait qu'ils vivent sur pilotis. Ils sont en pleine efflorescence, la forme de leurs fleurs fait penser au lys, le parfum qu'elles répandent est douceâtre. La progression est malaisée, à patauger au milieu des enchevêtrements de végétation, mais la récompense est à la hauteur de l'effort: une fois sorti de cette jungle à demi noyée, je débouche enfin sur la plaine et rapidement la plage de N'gi apparaît, toute de sable blanc. La beauté des rivages du Pacifique n'est donc pas un mythe de navigateurs rendus fous par la traversée d'un océan sans fin.

Plusieurs hommes se baignent dans la baie. Je reconnais Assi, Mabille et aussi Pierre Malzieux. Malzieux, en voilà un qui m'impressionne. Il donne depuis le départ de l'île d'Aix l'impression de supporter avec allégresse la déportation. Toujours de bonne humeur et plein de force. Pourtant il a une femme, des gamins. Il est ouvrier forgeron, sa famille ne doit pas rouler sur l'or à présent qu'il n'est plus là. Une tête de patriarche, un visage dur cerné par une longue barbe blanche, à la mode des vieux de la vieille de 1848, alors qu'il a seulement la quarantaine. Je ne l'ai pas souvent entendu parler. C'est qu'il ne cause pas beaucoup. Mais il en impose toujours par sa franchise et sa droiture. Des hommes comme lui sont faits d'un bois qu'on ne trouve pas souvent : dense, solide. Je me fais l'effet d'être bâti, en comparaison, dans un matériau encore bien tendre. Nous échangeons un signe, mais je ne les rejoins pas dans la mer. Mon dos est encore bien trop endolori par mon formidable coup de soleil, l'eau salée le rongerait davantage.

En poursuivant mon chemin, je me retrouve sur la petite colline qui marque la pointe extrême de la presqu'île Ducos. Des arbres de toutes sortes se sont agglutinés là, c'est un fouillis, je n'arrête pas de me prendre les pieds dans des lianes. Je me remplis les yeux et les narines de ces images et de ces senteurs inconnues, comme si elles devaient m'échapper. Je me trouve dans une forêt magique, j'en oublie que j'aurai le loisir d'y revenir tous les jours si l'envie m'en prend, et pendant longtemps. Infiniment longtemps sans doute. Je ne suis pas comme certains des camarades, ces types qui entretiennent à perpétuité leur espoir d'amnistie et se sont arrêtés d'exister.

Et puis j'aperçois une bête. En fait, elles sont plusieurs centaines, un immense troupeau de roussettes, les petites chauves-souris du cru dont j'ai vu des croquis dans les livres sur l'archipel. Elles sont suspendues par les pattes aux branches des arbres comme de grosses poires et malgré mon intrusion, elles ne bronchent pas.

La forêt s'achève là où commence la mer. En face, un îlot, derrière lequel on devine une passe, puis l'infini de l'océan. Un vent frais et énergique souffle du grand large.

En suivant le rivage, je tombe tout à coup sur un déporté, assis là face à l'océan. Je le reconnais : c'est Sabourin, le plus jeune des encagés de la *Danaé*. Seize ans. Au début de la traversée, c'était un peu la mascotte du convoi, avec sa figure d'enfant étonné plantée sur un corps aussi fin qu'une tige de roseau. Martin Sabourin. Il était ouvrier en papier de fantaisie et avait menti sur son âge pour entrer dans le bataillon des Turcos, à Belleville. Avec sa tête de gosse, personne ne s'y était laissé prendre, mais on l'avait gardé pour aider à dresser des barricades et porter des messages. Il s'est fait attraper avec un fusil à la main qu'il venait de ramasser aux pieds d'un mort. Au début de la traversée il faisait le drôle. Des grimaces. De la gouaille. Et puis au bout de quelques jours il n'a plus rien dit. Il avait fini par comprendre.

Le gamin ne remarque pas ma présence. Sa tignasse est balayée en tous sens par le vent alors que le reste de son corps est absolument immobile. Contracté. Comme un animal aux aguets. Ses yeux ne quittent pas la ligne blanche du récif au loin. Je l'appelle. Il ne répond pas, comme s'il ne percevait rien. Je m'assieds à côté de lui. Je pose une main sur son épaule. Sans cesser de fixer l'horizon, il répond, d'une voix qui pourrait passer pour joyeuse, qu'il attend sa sœur, il attend le navire qui l'amène. *Elle va venir, je vais la revoir. Je l'attends.*

Il ne bougera pas de la journée, rien à faire. Finira-t-il tout de même par rentrer au camp pour la nuit ?

Je continue de longer la côte. Mais il s'est perdu, l'enchantement dans lequel la forêt m'avait transporté avant la rencontre avec Sabourin. L'image de ce gamin qui n'a plus rien à quoi s'amarrer reste imprimée en moi.

Je me retrouve sur la partie nord de la presqu'île. Au bout d'une heure, ou peut-être deux, j'arrive à une nouvelle baie. Ce doit être celle que les surveillants ont nommée Tindu. La plage n'est pas très belle, avec son sable couleur de vase, mais là aussi des déportés se baignent. Ils ont dû atteindre la vallée en venant directement de Numbo – à une extrémité du camp, un sentier assez raide part à l'assaut des collines qui séparent les deux versants de la presqu'île. Sur les flancs de la vallée, de nombreux arbres de couleur blanchâtre au tronc noueux. Une allure de cadavre aux longues mains tordues. Mais le cadavre vit, ses petites feuilles vert foncé sont très odorantes, surtout quand on les effrite, dégageant un parfum enivrant et frais de térébenthine. Dans cette vallée se mêlent ainsi des senteurs de terre, de mer, d'arbres. C'est bon de respirer cet air, à s'en faire éclater les poumons.

Il est temps de rentrer au camp. Je n'en peux plus de cette fournaise. Je franchis péniblement les collines aux pentes pelées, je m'enlise dans la boue noire aux pieds de ravins creusés par les pluies. Le camp me paraît à présent bien loin, alors qu'elle n'est pas si étendue, notre nouvelle prison. On nous a dit hier que la partie de la péninsule qui nous était dévolue couvrait mille hectares. C'est le bois de Vincennes, en somme. Dans ces mille hectares, une savane, des flaques de boue, une mangrove, et puis tout de même une merveilleuse forêt en miniature. Et des fleurs et des senteurs inconnues, une sorte de petit jardin sauvage discret. Un bois de Vincennes sans la fraîcheur des arbres, et sans eau.

Lorsque j'arrive au camp, ça bouillonne de partout : la malle qui effectue la liaison avec Sydney une fois le mois est arrivée en rade de Nouméa dans l'après-midi. Elle apporte le courrier de France, dont on a annoncé une distribution pour le lendemain matin.

Tant pis s'il faut rater le souper : ma lettre doit à tout prix partir avec la malle.

Ducos, 4 octobre 1872

Lettre n° 151–72-X-3-III

Ma douce mère, mon cher père,

ma Gioia chérie, cher Georges,

Je vous écris de Nouvelle-Calédonie ! Nous sommes arrivés le 29 septembre à Nouméa, le chef-lieu de la colonie. On vient de nous annoncer une levée de courrier demain et je vous écris en hâte pour ne pas rater le départ de la malle. Elle emportera après-demain nos lettres vers Sydney, de là elles prendront l'un des navires qui font la liaison avec l'Angleterre. En tout presque trois mois pour vous parvenir, à ce qu'on nous prédit. Dorénavant il se passera donc six mois entre le moment où vous m'écrirez et celui où vous recevrez ma réponse. Au moins, la malle pour Sydney aborde tous les mois. Je vous écrirai à chacun de ses passages. Avec la numérotation des lettres, j'espère que nous nous y retrouverons. N'oubliez pas de me dire lesquelles vous recevez, que je puisse vérifier qu'il ne s'en est pas perdu.

Le lieu de notre nouvelle vie est austère. Le campement est des plus sommaires, c'est à se demander si l'annonce de notre arrivée n'a pas été faite la veille aux autorités locales. Nous sommes séquestrés en pleine nature sur une presqu'île : aucune muraille, juste la mer et un isthme étroit. Au moins, Nouméa est proche, au bout d'un moment on nous autorisera peut-être à y aller. La péninsule est aride pour l'essentiel, mais il y a quelques endroits magnifiques. Une plage superbe aussi, le sable en est si blanc qu'on ne peut le regarder plus de quelques secondes sans être ébloui. Je vous enverrai le mois prochain des dessins de ces paysages et du campement, vous pourrez vous faire une idée de ma nouvelle patrie. La flore m'est inconnue et je suis décidé à l'étudier. Pourriez-vous me faire parvenir un livre de botanique sur les végétaux des régions tropicales ? Ainsi qu'un manuel pour herboriser. Ma Gioia, je t'entends rire de ton indécrottable citadin de frère. Eh oui, je risque bien de devenir un autre homme aux antipodes. Un homme plus universel : une couche de naturel pour compléter celle du Parisien. En tout cas je n'ai pas l'intention de somnoler en regardant passer les nuages.

Le climat a l'air plutôt sain, même s'il fait très chaud. Le soleil tape fort et on n'est pas encore en été. Je vous reviendrai tanné comme un indigène. Quoi qu'il en soit ne vous inquiétez de rien, je vais très bien. Je me sens revigoré depuis que nous avons quitté notre prison flottante.

Ce qu'il m'est impossible de concevoir pour l'instant, c'est la distance. J'ai beau avoir parcouru la moitié des océans, je n'arrive pas à trouver vraisemblable l'idée que nous sommes séparés par plus de six mille lieues. Cela reste une pensée sans réalité. Le décalage horaire lui non plus ne se laisse pas saisir. Quand nous nous levons ici, Père quitte la boutique et passe boire une pinte sur les Grands Boulevards, et lorsque Gioia part pour ses leçons, je commence ma nuit. Comme je pense à vous souvent, mon esprit ne cesse de faire des allers-retours entre les heures de votre vie à Paris et celles qui se déroulent ici. Il m'arrive de m'y perdre.

Parlez-moi de vous, racontez-moi les nouvelles. Quel était le programme de l'orchestre Pasdeloup la dernière fois que vous y êtes allés ? Père a-t-il obtenu cette commande prestigieuse des Milanais ? Ma Gioia, décris-moi ta nouvelle robe. Ne rougis pas, je suis sûr que tu t'en es fait faire une nouvelle cette année. Mère, raconte-moi tout ce que tu as lu, tous les romans, tous les poèmes, tout ce que tu as aimé. Francesco est-il marié à présent ? Vous ne m'avez pas donné la date de la cérémonie. Saluez-le de ma part, je serais heureux qu'il m'écrive de nouveau.

Je n'ai pas encore reçu vos portraits. J'ai prévu de leur fabriquer des cadres, chacun avec un bois différent. Il y en a de toutes sortes dans la forêt de la presqu'île. Les menuisiers ne manquent pas dans la déportation, l'un d'eux me prendra bien comme apprenti, si on nous donne les outils que nous avons réclamés. Moi qui ne sais manier que la plume et le crayon… Vaste programme, j'en conviens, mais j'ai un peu de temps devant moi. Il est manifeste que l'amnistie n'est pas pour bientôt, ce gouvernement ne semble pas le moins du monde porté sur la clémence d'après les nouvelles que Mère me rapporte dans sa dernière lettre et les coupures de journaux.

Si vous le pouvez, envoyez-moi aussi un petit colis avec une moustiquaire, du papier, des enveloppes et des crayons, de l'encre, du tabac. On manque de tout ici, en tout cas pour l'instant. J'espère que l'administration pénitentiaire s'apercevra bientôt de notre arrivée et nous procurera les fournitures indispensables. Vous savez que vous pouvez m'envoyer des journaux, ils ne seront pas confisqués. Ma douce mère, ajoute tous les livres qu'il te plaira. Et aussi un dictionnaire d'anglais. J'ai fait la connaissance d'un déporté natif des Amériques, il m'apprendra sa langue natale et je lui donnerai des cours d'italien.

Je dois m'arrêter là, il fait presque nuit à présent.

Votre Étienne, apprenti néo-calédonien, botaniste novice et anglophone débutant.

P.-S. : Tous mes compliments à Georges pour sa réussite ! Mais un jeune homme, lauréat de l'Association philosophique technique ne peut guère faire autrement que de l'annoncer lui-même avec moult détails à son frère lauréat des conseils de guerre ! J'attends sa lettre, qu'il m'écrive enfin !

C'est comme ça à chaque fois : quand j'achève une lettre, je me sens vidé. Il est hors de question de leur faire sentir le spleen, le doute, le désespoir. Je veux leur donner à voir tout ce qu'il y a d'entrain en moi, je ne leur garde que ces morceaux-là. Alors, une fois la lettre achevée, ne me reste plus que l'épuisement.

Le coup de canon qui annonce la fin de la nuit est tiré à cinq heures. À six heures, les paillotes fument et ça sent le mauvais café. Ce matin, ça flaire aussi la fébrilité à travers tout le campement : nous attendons la distribution du courrier. On tourne en rond dans les huttes, entre les huttes, d'une hutte à l'autre. Lorsqu'un surveillant vient annoncer que le courrier est arrivé, mon cœur s'arrête. Puis il repart et se met à battre très vite alors que je me dirige vers la case du vaguemestre.

La cérémonie débute : l'employé égrène les noms de ceux qui ont du courrier. Par ordre alphabétique. Je déteste ce spectacle. On voit l'échine de celui qui n'a pas été appelé se raidir. Quand tout est fini, ceux qui ont été laissés pour compte entourent le vaguemestre, *Rien pour Chaumet, vous êtes sûr ? Et Tribout, regardez bien, ce n'est pas possible, j'attends une lettre de ma femme ! Pour Bouis, bon sang, il doit y avoir quelque chose !*

Pour ma part, j'ai reçu trois lettres. Une de ma mère, une de Gioia, une de Louis. Mais toujours rien de Georges. Rien des cousins, à part Francesco, ils ne se souviennent pas souvent de moi. Et si Louis me donne des nouvelles des copains de l'École centrale, il parle à peine de lui, reste évasif sur ses projets. Sa lettre en est presque impersonnelle. Il continue de m'écrire et pourtant j'ai ce sentiment croissant à chaque courrier de le perdre progressivement de vue. Trois lettres. Les ouvrir, les dévorer en allant trop vite, en sautant des lignes, en reprenant plus haut, ensuite les relire plus posément, enfin, quand je suis sûr de les avoir digérées entièrement, les replier avec soin dans l'enveloppe. Savoir que demain, après-demain, presque chaque jour jusqu'à la prochaine distribution de courrier, je les relirai. C'est un bonheur. Et un soulagement : tous vont bien. Aucune mauvaise nouvelle. La vie qui s'écoule.

Ceux qui ont reçu du courrier promènent toute la journée, sans en avoir conscience, l'air de contentement de qui a festoyé et s'en pourlèche encore les babines. J'ai forcément cette allure-là. Ceux qui n'ont pas eu de lettre, pas même un petit bout à se mettre sous la dent, ceux-là sont anéantis. Tel Grangier, qui n'a aucun signe de vie de ses enfants. Il se ronge, à se demander s'ils lui en veulent d'être absent, si la famille leur a retourné la tête. À moins qu'ils n'aient de trop tristes nouvelles pour avoir envie de les lui annoncer ? Et puis il y a ceux qui ont eu leur part de becquetance, mais pour qui elle a un goût amer. Rollin, un type de ma hutte, ne quitte pas son air maussade. Il s'est épanché devant nous, sa femme s'est mise en ménage avec un autre. Il le pressentait depuis longtemps, *Cette fois ça y est ! Elle a craché le morceau.*

Avec tous ces visages sur lesquels les sentiments s'étalent comme par transparence, on se sent un peu voyeur. Par contraste, la figure d'Adolphe Assi est reposante : imperturbable, comme durant la traversée. Jamais un air désespéré, jamais non plus joyeux. Même quand on l'a extirpé du trou où il est resté enfermé durant soixante-deux jours, même s'il ne semble toujours pas avoir retrouvé l'usage entier de son corps. Il marche lentement comme un vieillard, courbé. Mais sa tête a tenu bon durant cette longue nuit à fond de cale.

Nous avons repris nos discussions sur les méthodes industrielles de production en usine, les calculs de rendement. Assi est du genre attentif, il a beaucoup observé le fonctionnement des forges du Creusot où il a officié. Tous les deux nous passons le temps à comparer l'efficacité des différents mécanismes de pompes et de turbines ou à calculer la résistance des pièces lors des chocs. Mais il rechigne tout autant que durant la traversée à évoquer son autre activité, celle de révolutionnaire. De ses années de combat aux côtés de Garibaldi pour l'indépendance de l'Italie, de son activité de militant socialiste, de son action durant la Commune au Comité central de la Garde nationale et à la Commission de sûreté générale, il ne parle jamais. On dirait qu'il a définitivement tourné la page. Rien d'autre ne semble l'intéresser que d'exercer coûte que coûte son métier. Il s'est mis en tête de monter son propre atelier sur la presqu'île. Difficile d'imaginer comment il s'y prendra vu le dénuement dans lequel on nous fait vivre. Mais sa détermination est tranquille, presque froide, elle ne laisse place à aucun doute : il sait qu'il y parviendra.

J'en suis moins convaincu. Je commence à penser que c'est la méthode de la Pénitentiaire, cette misère matérielle dans laquelle on nous a jetés : on veut nous maintenir dans un état de survie permanent pour que notre horizon soit borné aux besoins les plus primitifs – réussir à faire cuire la pitance pour qu'elle soit comestible, trouver comment manger à sa faim, se construire un abri qui nous protège de la pluie et du soleil, qui nous permette de dormir. Ainsi plus de temps et surtout plus de volonté pour réfléchir, pour penser au monde qu'on voudrait forger, pour songer à la manière de le changer.

Je pourrais me laisser aller et être terrifié par cette idée. Mais ils ne m'auront pas aussi facilement ! Je compte bien me défendre, je ne rendrai pas les armes. Je veux rentrer en France aussi vivant que j'en suis parti. Je le veux, et j'ai confiance : j'en suis capable, je tiendrai bon. Il le faut.

Le canon vient à peine de sonner le lever, je me prépare à la hâte pour sortir, inutile d'attendre le café, il ne sert qu'à mettre en bouche un goût infect. Crayons de couleur, fusain, album de dessin sous le bras, gourde au flanc, chapeau de paille sur le crâne, je quitte le campement avant que la chaleur de la matinée ne se déploie entièrement. L'air déjà s'épaissit. Les surveillants me regardent m'éloigner sans en rien penser, le regard inhabité. Leur passe-temps principal consiste à se demander quoi faire pour nous abaisser. Ils trouvent souvent le moyen de me retenir quand je pars tôt, *Eh, chapeau de paille, viens voir par là! Arrête de te prélasser, sale carne, porte donc ces seaux à merde de l'hôpital, et plus vite avant que je ne te flanque une autre corvée!*

Aujourd'hui, je compte observer les arbres de la forêt à l'extrémité de la presqu'île. J'ai commencé il y a quelques jours à répertorier, dessiner et décrire la flore de Ducos. J'y consacre la plupart de mes matinées. Ensuite, l'après-midi, il faut classer les croquis, mettre au propre les notes. Après quoi, je retrouve Isidore Smith pour les cours d'anglais et d'italien. Je n'avais jamais enseigné quoi que ce soit auparavant, et je découvre que cela me plaît. On se bricole quelque méthode et ça ne marche pas trop mal, je crois que nous progressons bien tous les deux.

Avant de rentrer au camp, je descends en bord de mer. Comme je le redoutais, sur le rivage je retrouve Sabourin. Le gamin est à demi-nu, il ne porte plus qu'un pantalon en haillons. Très maigre. La peau mangée par le soleil. Son idée fixe de revoir sa sœur ne l'a pas quitté. Il continue de passer ses journées à scruter l'horizon, le corps rigide, le regard fixe, l'obsession d'un fou. Un fou qu'on dirait joyeux, tant il parle avec bonheur de l'arrivée imminente de sa sœur. Il a laissé auprès d'elle son enfance, les joies de son existence, l'homme qu'il allait devenir. Il a laissé tout ça en France, ici il ne lui reste rien.

III

C'est comme une lente asphyxie. J'ai l'impression que mes poumons se collent, que l'oxygène a de plus en plus de mal à y pénétrer. Je parviens à respirer encore suffisamment pour rester en vie, mais trop peu pour ne pas être obnubilé par la pensée de la mort. Cette apnée, ça vous prend en plein jour, quand l'humidité et la chaleur toutes deux excessives se mêlent pour rendre l'air étouffant.

La fin de l'année approche et avec elle je découvre la saison chaude, qui est aussi la saison des pluies. Chaque heure a son orage ou son averse, entre lesquels le soleil revient cogner avec hargne. L'ondée tombe en général à point pour éteindre le feu préparé pour la cuisson du repas et transforme en boue le sol de la hutte. Les sentiers deviennent glissants et il faudrait autre chose que des débris de chaussures pour les emprunter. Une nuit, l'eau ruisselant des montagnes a provoqué l'effondrement de quelques paillotes, dont la mienne. Au milieu de l'obscurité nous nous sommes débattus comme des diables pour essayer de récupérer nos maigres effets.

Les outils et les fournitures demandés finissent par nous parvenir. On a l'impression que l'approvisionnement se fait de manière aléatoire, sans plan défini. Comme si certains jours, la Pénitentiaire voulait bien penser à nous, tandis que le lendemain, nous n'existons plus. Enfin munis de haches, de scies et de clous, on se lance tous dans la construction de logis qui puissent réellement servir de refuge.

Adolphe m'a proposé de rejoindre sa chambrée. Une troupe disparate, mais ces types ont en commun une bonne louche d'énergie. Et ils semblent rechigner à se montrer mesquins – pourtant le trait de caractère qui devient le plus saillant dans le camp. Sont réunis là une pincée de vieux de la vieille, plusieurs cuillerées de jeunes engagés dans les chambres syndicales et l'Internationale – pour eux le sens de l'organisation est devenu une seconde nature –, un blanquiste qui entretient sa rage de destruction et une bonne dose de vrais combattants des toutes dernières barricades, encore surpris de ne pas s'être fait trouer la peau.

Il y a un menuisier dans la troupe, Désiré Lecas. Désiré est élu – les bonnes habitudes communardes ne doivent pas se perdre – chef de chantier pour la construction de notre paillote. Son fait d'armes, à Désiré, c'est d'avoir mené les hommes qui ont disposé une partie des canons de la Garde nationale sur la butte Montmartre, histoire de ne pas les laisser tomber entre les pattes de l'armée du gouvernement – ou des Prussiens, ce qui revenait au même. Il aime répéter qu'il ne regrette rien, le Désiré, *Il s'agissait des générations futures et de l'affranchissement des peuples, que diable ! Un honnête homme dans ces circonstances devait faire abnégation de tout, à commencer par sa vie et sa famille.* Il dit qu'il aurait voulu mourir pour la République, *Ç'aurait été un honneur, ça !* La mort telle qu'il l'envisageait, elle devait venir sur une barricade ou face à un peloton d'exécution : une fin sèche, rapide. Pas le temps d'y réfléchir. Alors que le châtiment qu'on nous a réservé, c'est une mort à petit feu.

La forêt de la presqu'île fournit le bois dont on a besoin. Une fois les arbres sélectionnés, c'est un travail de forçat qui commence en pleine moiteur. Pour les novices comme moi, la hache est un instrument effrayant, difficile à manier. Et l'arbre, un adversaire qui ne se rend pas aisément. Je suis maladroit, on m'apprend comment utiliser la cognée, comment ramasser mes forces avant de frapper. Comment faire corps avec la hache pour venir à bout de l'arbre.

Après l'abattage, il faut ensuite acheminer les troncs vers le campement. On les fait glisser jusqu'au rivage, on les unit à l'aide de lianes, et on les fait voguer de baie en baie. Le petit train est conduit à la perche jusqu'à Numbo par Émile Renaude, le cadet de la chambrée, et le plus léger. Chez les Renaude, tout se fait en famille : ils ont travaillé comme monteurs de fer dans le même atelier, ont fait la Commune ensemble dans la Garde nationale, et se sont tous fait déporter en Nouvelle-Calédonie – Léopold, le père, au bagne, le grand frère Jean-Jacques en déportation simple à l'île des Pins, Émile avec nous en enceinte fortifiée.

L'emplacement choisi pour notre paillote est un peu à l'écart du ramassis de huttes, sur un promontoire éloigné des principaux ruisseaux de boue. Là, les troncs sont fichés en terre, reliés par d'autres troncs plus fins, pour former la carcasse de la case. On s'occupe ensuite des murs, élevés à partir d'un maillage de branchages et d'un torchis fait de boue et de paille. Puis la charpente du toit est couverte d'une couche épaisse de broussailles qu'on a ficelées en bottes bien serrées. Ne reste plus qu'à façonner en planches grossières les troncs restants pour obtenir, comble du luxe à Ducos, une table et des bancs. On va pouvoir retrouver la posture familière de l'homme civilisé lorsqu'il boit, mange, écrit, refait le monde. L'unique pièce de la paillote sert tout à la fois de salle à manger, salon, fumoir, chambre à coucher. En guise de touche finale, on entoure la case d'un grillage, obtenu après de multiples palabres avec l'administration.

J'aménage mon bout de paillote : une étagère pour les livres, une autre pour mes papiers, mes croquis, et pour les lettres. La dernière pour les cadres qui accueilleront les portraits. Tout ce qui me raccroche à ma vie d'avant tient sur ces trois planches.

Nous avons fréquemment de la visite. On sirote alors à toutes petites gorgées le liquide infect qui fait office de café. Il faut faire durer le breuvage et le plaisir de l'instant le plus longtemps possible. Nous avons l'air d'une grappe de ces petits vieux assis sur le pas de leur porte à regarder passer les voisins, les étrangers, la vie, durant les heures vides de leurs journées. Le tout donne en tout cas l'un des logis les plus enviés de Ducos. Mais un gourbi assez peu différent de celui des culs-terreux miséreux en France.

Un divertissement incongru nous est offert : un duel.

Bauër s'est fait construire pour lui tout seul une jolie petite case. Il a les moyens de trouver la promiscuité insupportable : Mme Bauër envoie à son fils unique de généreux mandats. C'est Charbonneau, un charpentier consciencieux et expérimenté, qui s'en est chargé. Henry offre aujourd'hui un repas pour le baptême de sa paillote, et il ne mégote pas sur la dépense – à présent, avec de l'argent, on peut s'acheter de quoi améliorer le régime habituel. On boit trop, on s'échauffe. Et les antipathies politiques excitent les esprits comme aux temps effervescents et brouillons de la Commune. Les inimitiés idéologiques reprennent là où on les avait laissées à Paris. Charbonneau est de l'Internationale, il suffit de parler propriété, famille ou mariage pour que l'exaltation s'empare de lui, *Tout ça est à abattre fissa !* Je vois bien que Bauër est choqué par ces théories collectivistes, il est comme moi, nous avons en fait une âme de bourgeois, révolutionnaires certes, mais ces théories extrêmes nous mettent mal à l'aise. Après tout, ceux qui n'ont jamais rien possédé sont sans doute plus libres de préjugés que nous deux, fils de bonnes familles. On arrive au bout d'une nouvelle bouteille de vin quand Charbonneau reproche à Bauër d'être un propriétaire, donc un bourgeois, *Rien qu'un bourgeois!* Bourgeois n'est pas très éloigné de réactionnaire dans la bouche d'un type comme Charbonneau. Et réactionnaire conduit en droite ligne à mouchard. Bauër reçoit ça comme une insulte. Il frappe le charpentier au visage, l'autre lui saute au cou, il faut les séparer. Le duel est décidé pour le surlendemain, au bout de la baie de Tindu. À l'écart. Le secret sera aussi bien gardé que celui des évasions en préparation.

Mais comment se battre sans armes ? On demande son avis à Assi, dont l'atelier de forgeron commence à prendre forme. Il suggère d'emmancher une pointe de fer sur des baguettes en bois flexible. La proposition convainc et les deux épieux sont fabriqués à la hâte.

Les duellistes et leurs témoins se retrouvent au petit matin à Tindu. Charbonneau n'a sans doute pas fermé l'œil de la nuit. Il ne s'est jamais battu en duel, n'en connaît ni les usages ni les codes. Mais il ne laisse deviner aucune peur. *Qu'on en finisse!* Bauër au contraire est tout émoustillé par l'originalité de l'aventure. Un duel, c'est romantique, ça permet de respirer une bouffée d'Europe, de chevalerie, de grandeur. De quoi s'évader de Ducos. Le duel se révèle évidemment aussi grotesque que les armes utilisées et se conclut en quelques secondes. Charbonneau est légèrement blessé et voilà tout.

Je laisse l'aventure se tasser avant de rendre visite à Bauër en son hôtel particulier. *Des excuses de Charbonneau auraient suffi, non ?* Non, car Henry est malheureux et ses pensées ne tournent qu'autour de sa misère et de ses états d'âme. Il supporte plus mal que moi notre vie de naufragés. La solitude, le silence, le retranchement de la société. L'absence de vie intellectuelle, la difficulté à communiquer avec l'extérieur. Notre existence pitoyable et crasseuse. Quant à se consoler en observant les petites fleurs et en ânonnant des listes de vocabulaire d'anglais, il n'entend rien à ce genre de divertissement. Lui a besoin d'un public, de joutes oratoires, de débats, de polémiques. Des journalistes et autres lettrés, il y en a eu tout un lot, assez dépareillé, durant la Commune, souvent à des postes de meneurs. Les plus clairvoyants ont réussi à gagner à temps une terre d'exil, Suisse, Belgique, Angleterre, où ils poursuivent à présent leurs débats dans l'aigreur, le dénuement et l'inutilité. D'autres ont été exécutés. Le reste a été promis à la Nouvelle-Calédonie, mais les convois sont en route ou n'ont pas encore quitté la France. Bauër va devoir encore patienter avant de retrouver ses camarades.

Les premières paillotes sont à peine baptisées qu'arrivent en décembre en rade de Nouméa deux convois. En février, un troisième. Ce sont près de mille quatre cents proscrits que dégueulent la *Guerrière*, la *Garonne* et le *Var* dans l'archipel calédonien. On se jette sur les nouveaux arrivants, on cherche des têtes familières. On a parfois du mal à reconnaître un ami, ceux qui débarquent comme ceux qui les accueillent ont tous la même allure pitoyable : des vagabonds. Les nouveaux venus en sont encore à redécouvrir le sens de l'équilibre sur la terre ferme qu'on les assaille de questions. *Les prétendants au trône, qu'ont-ils fait, que donnent-ils à penser ? Et Gambetta, et les autres grands marabouts républicains, qu'ont-ils dit, parlent-ils de l'amnistie, font-ils quelque chose enfin ?* Les réponses sont incertaines, contradictoires, *On n'en sait rien à la fin, on n'a pas eu le loisir de s'entretenir avec ces messieurs depuis les cachots !*

Je suis heureux de retrouver Verdure. Augustin Verdure, sa grosse barbe et ses fines lunettes qui lui donnent l'air de toujours méditer. C'est un ancien camarade de la Commission de l'enseignement. L'un de ces instituteurs révoqués sous le Second Empire pour leurs idées républicaines, alors que l'enseignement venait d'être placé sous le contrôle de l'Église. Il a bien fallu qu'il se trouve d'autres métiers, il n'était vraiment plus apte pour celui d'instituteur : une incapacité physique à prêter serment à l'Empereur, un dégoût organique de la doctrine scolaire, pour laquelle, il aime à le rappeler, « *le principal devoir de l'instituteur est de donner aux enfants une éducation morale et religieuse, et de graver profondément dans leurs âmes le sentiment de ce qu'ils doivent à Dieu* », une aversion pathologique pour l'obscurantisme et l'esprit de domination, pour les préjugés. Bref, pour tout ce qui imprègne l'enseignement traditionnel. Augustin n'a toujours pas largué son utopisme philanthropique : à peine acclimaté, il veut créer à Ducos une école pour les analphabètes et tous ceux qui ont davantage fréquenté dans leur enfance les ateliers que les bancs de l'école.

Nous sommes à présent plus de cinq cents pensionnaires sur la presqu'île. À côté des premières huttes, la Pénitentiaire a fait ajouter de vieilles tentes. Leur précarité a tôt fait de convaincre les nouveaux venus de chercher à se construire eux aussi des abris moins périssables. Numbo se couvre de paillotes, des ruelles sommaires se forment, elles ont même des noms, le campement prend les allures d'une cité débutante.

Certains déportés s'éparpillent, s'isolent, se cachent, selon leur caractère, en fond de forêt, au bord des plages, dans les anfractuosités des roches. D'autres se fixent au-delà de la vallée, se dénichant un coin de désert plus à leur goût. Quelques-uns n'ont pas de domicile fixe et vagabondent dans la nature, s'invitant chez les copains quand il pleut trop fort. Tassart s'est installé à flanc de montagne, son terrier ne paie pas de mine, mais il a aménagé une petite terrasse. Celle-ci offre une telle vue sur la passe de Dumbéa – celle que l'on aperçoit depuis l'extrémité de la presqu'île – et sur la Grande Terre qui s'enfuit vers le nord qu'il pourrait ouvrir une guinguette. Un peu plus loin, la minuscule case de Ballagny. Quand on se promène dans les parages, on l'entend jouer de la guitare à toute heure du jour ou de la nuit. Aux abords de la mangrove, une autre tanière est entièrement recouverte de lianes. Chaque mois la case devient de moins en moins identifiable sous l'amas végétal vert et orange, qui n'arrête pas de se développer. Elle devient rapidement une parfumerie prisée : Vannière parvient à y fabriquer de l'essence à partir des feuilles de niaouli, le petit arbre blanc qu'on trouve dans les vallées de la presqu'île. Cette essence est une senteur qui donne l'impression d'ouvrir grand d'un coup les poumons collés par la moiteur. Je n'hésite pas à puiser dans mes économies pour m'en acheter, c'est l'un des seuls plaisirs raffinés qui se puissent dégotter dans notre désert.

Beaucoup ont défriché une parcelle pour en faire un petit lopin. C'est qu'on a faim. Et puis il faut trouver à occuper ses mains et ses pensées. Mais avec ce sol pauvre, asséché par un soleil hargneux, envahi par des parasites eux aussi affamés, la culture ne rapporte souvent rien d'autre que de l'exercice. Les vertus de la rédemption par le travail et la mise en valeur du territoire par la colonisation, la Pénitentiaire ne fait même pas semblant d'y croire elle-même. Elle ne nous alloue qu'avec une cruelle parcimonie outils et semences. On persévère néanmoins, car parfois on tient sa récompense au bout de sa fourchette. J'ai réussi à faire croître des patates, un peu de haricots, quelques poignées de radis et des choux rachitiques pleins de pucerons. Je me mets à élever quelques volailles, qu'on peut faire venir de Nouméa pour une fortune. Me voilà devenu fermier en même temps que botaniste.

La cérémonie de distribution du courrier se prolonge parfois avec le rituel de l'ouverture des colis. L'arrivée d'un paquet de France est un événement. Son déballage, une fête à laquelle assistent tous les amis.

On me remet aujourd'hui mon premier colis. Il ne peut contenir ce que j'ai demandé dans ma première lettre calédonienne, il est trop tôt, mais recevoir un paquet est un bonheur absolu, quel qu'en soit le contenu. On a pensé à moi là-bas. Ma mère s'est demandé ce qui pourrait me faire plaisir, ou m'être utile. Avec mon père, avec Gioia, ils en ont discuté longuement, ils ont hésité, choisi, soupesé ce qu'ils allaient m'envoyer. Je sais qu'ils doivent faire attention à la dépense, même s'ils prennent garde de m'épargner toute allusion aux affaires, qui certainement ne reprennent que de manière poussive depuis l'insurrection. J'ouvre mon colis en séance publique : du chocolat moisi par l'air marin, de l'eau-de-vie de marc souillée par la rouille du bidon de fer-blanc qui la contient, du linge de corps, une pile de romans et tout en dessous, bien enveloppés, deux – seulement deux – des portraits tant attendus. Est-il arrivé quelque chose à ma mère ? La lettre qui accompagne le colis, c'est pourtant bien son écriture. Que des nouvelles rassurantes, comme toujours. Que me cache-t-elle ?

J'aimerais penser que grâce à ces lettres, au récit scrupuleux des petits événements qui font la vie des miens, je vis encore un peu parmi eux. Mais ce n'est pas de leur vie que parlent ces lettres. Et tout cela n'a pas non plus à voir avec la mienne.

Chacun est installé dans son coin de solitude. L'appel deux fois par semaine. La corvée de bois de chauffage à tour de rôle. Ça prend de plus en plus de temps, les broussailles alentour ont toutes été arrachées, à présent il faut se rendre jusqu'à la forêt, traverser la mangrove, affronter le quartier général des moustiques. Tout ça pour faire cuire une viande avariée, un lard rance, des haricots blancs qui refusent de ramollir.

Libre le reste du temps. Avant, quand je me sentais libre, c'était de faire ce que je voulais. Ici, tout ce dont je pourrais avoir envie est inconcevable. Ça n'existe plus. Je n'ai pratiquement que du temps libre : je suis libre de ne rien faire. Tout ce temps qu'il faut parvenir à faire passer, ça vous étourdit d'abord, puis ça vous abrutit, et quand vous êtes complètement assommé, vous ne le sentez même plus. La mélancolie est un gourdin, à force de frapper elle vous fracasse la tête. On voit les types qui déraillent, c'est à peine perceptible au début, et puis la détérioration s'accentue semaine après semaine, elle devient irréversible jusqu'à la dégradation totale.

Alors je m'applique à ne pas avoir l'impression que j'ai du temps libre. J'ai ma routine et je m'y cramponne. Je m'accroche à ma passion inattendue et forcenée pour la botanique, à l'apprentissage de l'anglais. Pas de place pour le spleen. Je m'oblige à un tour complet de la presqu'île chaque semaine sous prétexte de croquis pour Gioia, qui réclame des vues exotiques dans chaque lettre. Depuis qu'on a reçu des outils, je m'astreins à jouer les apprentis sculpteurs en fabriquant des objets en acajou ou en bois de houp – après les cadres, une tasse à café, un porte-plume, un tabouret en ce moment – en compagnie de Félix. Piètre professeur mais compagnon apaisant, Félix Ménercul était courtier de commerce, après avoir été épisodiquement ouvrier boulanger, peintre sur laque, menuisier. Et tout le temps franc-maçon et impliqué dans la création d'associations ouvrières qui cherchaient à mettre en commun les heures de travail et les gains. Ne plus dépendre d'un patron, c'était son Graal. Il prend sa condamnation comme une nouvelle péripétie de ses aventures révolutionnaires, *Et il y en aura bien d'autres, le progrès, ça s'arrache par petits morceaux, mais peu à peu on avance, tu verras.*

Plusieurs des pensionnaires ont la même discipline, se contraignent à ne pas avoir le temps de penser. Ne pas s'occuper c'est rêver, rêver sans fin, or rapidement le rêve devient découragement, et le découragement vire au désespoir. Parmi les artisans et les ouvriers, les plus déterminés parviennent petit à petit à monter leur atelier, comme Assi. Un intermédiaire écoule leur production dans sa boutique à Nouméa. Ils parviennent ainsi non seulement à s'occuper, mais aussi à gagner leur croûte. Adolphe passe ses journées dans sa forge, il croule sous les commandes. Il paraît qu'il n'y a pas un seul mécanicien qui ait le quart de son expérience au chef-lieu malingre de la colonie. Des ébénistes et des menuisiers se sont mis à fabriquer des meubles et des objets de belle facture qui trouvent rapidement preneurs : les colons n'ont pas l'habitude de fournitures d'une telle qualité. Quoi d'autre ? Un horloger, un ferblantier. Plusieurs cordonniers et deux tailleurs tiennent boutique. Thibaudet, de ma chambrée, est de ceux-là. Il utilise avec virtuosité son recoin de case pour y entreposer ses outils et ses travaux. Comme on ne nous a toujours pas octroyé de nouveaux vêtements ni de chaussures depuis le départ de France, Thibaudet et les autres ne manquent pas d'ouvrage. Un troquet a ouvert, puis un deuxième, l'un fait commerce de vin coupé d'eau, l'autre de café assaisonné de tafia, le genre d'alcool fort dont il vaut mieux ignorer la composition. Un briquetier a monté un four dans la vallée de Tindu en bord de plage, il trouve là une terre appropriée et le sable ne manque pas. Une poignée de détenus sont employés par l'administration et à l'hôpital. Ceux-là n'ont pas la situation la moins enviable. Gratte-papier à la Pénitentiaire, c'est vu comme une jolie sinécure.

Et tous les autres ? Aucun n'avait jamais eu le loisir de s'imaginer rentier ou contemplatif. Qu'ils aient été artisans, ouvriers, ronds-de-cuir, leur vie était tout entière dans le labeur. Travailler tout le jour, semaine après semaine, pour gagner sa croûte, nourrir sa femme et ses gosses. Alors ne plus exercer son métier, ne plus turbiner, c'est un supplice. C'est ne plus être personne. Au début, la Pénitentiaire avait promis du travail pour tous ceux qui en voudraient. En fait, tout ce qu'elle a proposé, ce sont quelques travaux de terrassement, choisis pour leur dureté sous le soleil féroce, et à peine rétribués. On espérait décourager les candidats et pouvoir faire ainsi du tapage en France autour de notre fainéantise – tout comme la sauvagerie et l'illettrisme, la feignardise du communard est proverbiale. Pourtant, nombreux sont ceux qui se sont résignés à accepter cet esclavagisme. Et puis rapidement le gouvernement a trouvé que ça coûtait trop cher à l'État. Fini. Plus rien. Ni travail, ni salaire. Ne reste alors à ces hommes qu'à s'asseoir à l'ombre de leur case, à se croiser les bras et à désespérer.

Aujourd'hui, 18 mars 1873. Notre premier 18 mars en Nouvelle-Calédonie. 18 mars, cause de cet exil, de cette mort lente. Jour du déclenchement de l'insurrection. C'était il y a deux ans.

Aucun de nous ne sort de sa case ce matin sans arborer un bout de tissu rouge à la boutonnière. Le drapeau rouge de la Commune, le drapeau rouge du peuple et de l'égalité. Nombre de paillotes sont aussi pavoisées d'un morceau d'étoffe écarlate. Les gardes-chiourme ne bronchent pas. Aucune remarque. Pas d'insultes ni de provocation. Curieux. On sent cependant qu'il vaut mieux en rester là. Ne pas aller plus loin. Pas de discours, pas de chants. On ne brave pas non plus l'interdiction de rassemblement. Moins de discussions même qu'un jour ordinaire. Les troquets restent déserts. Chacun préfère s'entretenir avec lui-même et converser avec ses souvenirs. Ceux qui ne regrettent rien. Ceux pour qui toutes ces péripéties ne sont rien d'autre qu'un prolongement de 1789 et qui n'ont en tête que l'aboutissement de la Révolution. Ceux qui s'en veulent d'avoir été abusés par les dérives de la Commune.

Moi, je ne sais pas trop. Il y a eu ce projet magnifique, absolu. Mais l'improvisation des chefs, le manque d'expérience, de compétences, la pagaille de la démocratie directe, les décisions jamais tranchées ou jamais respectées… Tout aurait pu se passer tellement différemment. Peut-être.

IV

Une longue file de près de cinq cents hommes. Silencieux. Lents. Ils gravissent le chemin escarpé qui relie la vallée de Numbo à celle de Tindu. Les premiers ont atteint le sommet, ils peuvent voir les récifs, la haute mer au loin, ils peuvent penser à la France au-delà des six mille lieues d'océan. Les derniers, eux, quittent à peine le campement. Le cortège ressemble à un serpent gigantesque, son corps apparaît sur les crêtes, disparaît entre les collines, contourne les broussailles.

Les accoutrements sont les mêmes que d'habitude, dépareillés et fantaisistes. Une poignée de gentlemen jouent les élégants en dépit du soleil plombé, affublés de leur redingote et de leurs bottes. Quelques-uns traînent encore en uniforme de la Garde nationale, veste bleue déchirée, boutons égarés, couleurs passées. La plupart doivent se contenter de l'indéfinissable blouse et du pantalon de toile que l'État nous a généreusement offerts en guise de trousseau de départ vers les tropiques. Mais tous, nous avons une fleur rouge en tissu à la boutonnière.

En tête de cortège, six types costauds portent le cercueil sur leurs épaules. La boîte fabriquée en mauvais bois est couverte d'un drap blanc et de couronnes de fleurs sauvages.

C'est Augustin Verdure qu'on emmène à sa dernière demeure, un trou creusé sur un terre-plein à flanc de la montagne. Avec vue sur la mer. Verdure est le premier à mourir ici. Crevé de désespoir.

Sa demande d'ouvrir à Ducos une école pour les illettrés a été refusée par la Pénitentiaire. Il n'en pouvait plus de l'exil, de cette vie, loin de sa femme et de sa fille. Il ne recevait plus de lettres depuis son départ de l'île d'Aix. Personne ne s'est aperçu de son tourment. Nous avons tous été saisis d'effroi à l'annonce de sa mort. Avant-hier encore, je l'ai vu se promener sur la rive. Seul, pensif, mais d'apparence toujours aussi robuste, calme, souriant même. Je l'ai salué d'un mot amical. Hier, il s'est affaissé et ne s'est pas relevé.

Le cercueil est descendu dans la fosse. Au bord du trou, une simple planchette de bois avec son nom. Pas de croix.

Grousset, l'une des têtes de la Commune, rend hommage à celui qui était une figure respectée parmi les opposants au Second Empire. La voix est maîtrisée, bien qu'émue. Verdure est le premier qui ne reviendra pas. J'ai du mal à retenir mes larmes.

Et puis chacun de nous, les cinq cents hommes, l'un après l'autre, nous détachons de notre boutonnière la petite fleur rouge et la jetons sur le cercueil. Nous crions *Vive la République ! Vive la Commune !* et tout est dit. Il est six heures du matin. Le gouverneur de la colonie a ordonné que cet enterrement sans sacrements se déroule à l'aurore. Comme si cette cérémonie pouvait scandaliser qui que ce soit dans ce désert !

En une poignée de semaines, une demi-douzaine de déportés suivent Verdure dans le carré qui surplombe la mer. On dirait qu'ils attendaient qu'Augustin inaugure le cimetière pour laisser leur esprit céder au désespoir et leur corps à l'usure.

Sabourin fait partie du lot. On a tenté de le faire interner à l'hôpital, mais la bonté des religieuses n'y a rien fait. La

Pénitentiaire résout le problème des cas de folie en les ignorant. Les déportés doivent s'arranger entre eux pour veiller sur leurs aliénés. Tout ce qu'on peut faire, c'est prendre soin de leur corps – qu'ils boivent suffisamment et se nourrissent, se protègent du soleil, qu'ils dorment dans un abri. Pour le reste, une fois que la démence s'est enracinée, il n'y a plus qu'à attendre la fin. On a laissé Sabourin passer ses journées assis sur la plage, figé dans son attente. En fin d'après-midi, nous nous relayions pour le ramener au campement. Un jour on ne l'a pas trouvé. Son corps a fini par être ramené sur le rivage par les vagues.

Un autre parmi les plus jeunes déportés a hurlé pendant des semaines *Je veux revoir ma mère! Je veux revoir la France!* et puis il a été pris de dysenterie et en deux jours il était mort, ça n'a pas traîné.

Les enterrements se succèdent donc. Chaque fois le serpent reprend le chemin escarpé, toujours silencieux, toujours lent. Un nouveau trou dans le sable, une nouvelle planchette fichée en terre avec un nouveau nom, un nouveau discours, mais toujours les petites fleurs rouges jetées sur le cercueil. Ces cérémonies sont les uniques rassemblements autorisés. Ces moments sont les seuls qu'on partage désormais entre communards. Il n'y a plus de débats, de discussions, sur ce qu'on a voulu, sur ce qu'on a pu, sur ce qu'on aurait dû… Tout se décompose. Ce qu'on avait en commun, ces convictions, cette espérance, tout ça n'existe plus, ou alors seulement dans quelques têtes. On est seul. Sauf les jours où l'on se retrouve derrière un autre à gravir le sentier escarpé, avec sa fleur de coton rouge à la boutonnière.

Certains d'entre nous se tiennent fermes, ne cèdent rien. Malgré la moiteur qui ne favorise que la prostration, ils s'acharnent dans leur atelier sur leur ouvrage, ou s'astreignent à noircir chaque jour des pages et des pages, d'une écriture minuscule qui économise le papier. D'autres glissent, dégringolent dans l'ivrognerie – la Pénitentiaire fournit à présent du vin et du tafia – ou sombrent dans la demi-folie, à discourir seuls à perte de journée, assis face à la mer dont ils connaissent chaque vague.

L'une des voies pour garder espoir, pour se maintenir dans la vie, c'est de se jeter tête la première dans les projets d'évasion. Plusieurs tentatives se sont succédé, toutes ont échoué. Les moyens de s'échapper ont été envisagés, débattus, soupesés des dizaines de fois.

La tentative la plus spectaculaire jusqu'à présent est celle d'une vingtaine de déportés, qui avaient réussi à bâtir une chaloupe de près de dix mètres de long avec des matériaux trouvés dans la forêt à l'extrémité de la presqu'île. Ils avaient établi leur chantier dans une cavité au milieu des arbres, sans avoir jamais été inquiétés par les surveillants – ceux-ci sont bien trop apathiques pour quitter le campement. Au cours de sa mise à l'eau, le rafiot a heurté un écueil et a immédiatement coulé. Huit mois d'efforts anéantis.

Il y a aussi eu des évasions par l'isthme qui rattache Ducos à la Grande Terre. Les fuyards ont chaque fois été récupérés en moins de deux jours. Les Européens ne savent pas subsister dans la brousse – les fruits sont rares, les sources d'eau invisibles – ni s'orienter. Et puis impossible de se cacher, les naturels sont de redoutables chasseurs de prime. Il ne leur faut pas longtemps pour capturer les fugitifs et les ramener aux autorités pénitentiaires, ficelés sur une barre de bois comme un gros gibier. C'est qu'ils apprécient la fortune, 50 francs, qu'ils reçoivent pour chaque prise.

Une tentative déjouée, c'est une année au trou. La petite prison de Ducos ne désemplit pas.

Un autre moyen pour se raccrocher à quelque chose est de tenter de faire venir sa famille. Ça entretient le rêve de retrouver un bout de son existence d'avant. Une poignée de déportés en ont fait la demande, dont Jardy. L'un des convois qui devraient arriver dans quelques mois amènera leurs femmes et leurs enfants. Demander à sa famille de venir vivre dans ce désert, faire partager à sa compagne, à ses gosses, l'expiation, le sacrifice, leur imposer la faim, l'ennui, la nostalgie de la France, je ne parviens pas à comprendre ça.

Ces hommes qui attendent les leurs reçoivent un matin à l'improviste l'instruction de se construire *sur-le-champ* une paillote familiale. Il faut bien aider Jardy à s'installer, qui a l'air dépassé par sa propre décision de faire venir sa compagne et ses trois jeunes gamins. La hutte tient debout, mais de là à appeler ça un logis… J'imagine Julie débarquer dans cette indigence et ça me serre le cœur. Pour adoucir un peu la rudesse de l'arrivée, je fabrique des petits jouets en acajou pour les enfants de Jardy et un peigne en bois de rose pour sa femme. Ils ne sont pas moches, mon coup de main s'améliore. Je leur ferai aussi un portrait de famille au fusain. Ça pourra garnir l'un des pauvres murs de la case.

Comme il aura charge de nourrir sa famille, Jardy s'endette auprès de plusieurs d'entre nous pour se constituer un garde-manger sur pattes : poules, coq, lapins et même pigeons, toute une ménagerie importée de Nouméa.

Les semaines passent, Jardy se sent de plus en plus misérable. Il n'est plus si certain d'avoir eu raison de leur demander de venir et il redoute leur arrivée. Il s'en mord les doigts, il passe la journée à se lamenter, *Que feront-ils ici ? Qu'est-ce que je vais faire d'eux ?* Il a un air tellement pitoyable que je m'essaie à le convaincre de la justesse de sa décision.

Et d'abord pourquoi ont-elles accepté, pourquoi viennent-elles, ces femmes ? Il paraît que l'État leur a servi la même soupe qu'aux colons libres : pour les appâter on leur a menti sur les conditions de vie, on leur a parlé de terrains, de bêtes, d'outils pour s'installer. En nous expédiant en Nouvelle-Calédonie on voulait simplement se débarrasser de nous, corps et âme. Mais à l'opinion publique, on a expliqué qu'on attendait de nous, les sauvages politiques, les destructeurs de Paris, non seulement une régénération morale, mais aussi que nous exportions la civilisation chez les sauvages du cru, que nous participions à la grande œuvre colonisatrice dans l'archipel.

Après tout elles n'y ont pas forcément cru, les femmes qui se sont embarquées, mais quand on n'a rien dans son taudis à Belleville, même pas de quoi nourrir ses gamins…

Après l'*Orne* en mai, voilà qu'arrive en rade de Nouméa en ces premiers jours de septembre un nouveau convoi de déportés, le *Calvados*. Encore un. À présent, à chaque nouvelle arrivée, c'est l'abattement général. Ces frégates bourrées de communards, ce sont les conseils de guerre qui continuent à condamner, c'est la France qui n'est toujours pas disposée à voter l'amnistie. Plus de deux ans après la défaite. Le gouvernement n'en a toujours pas assez, de notre anéantissement, il veut nous plonger la tête plus profondément encore dans le tonneau. Nous ne savons plus trop comment berner notre raison pour garder malgré tout un peu d'espoir.

Et quand nous apprenons avec un décalage de plus de trois mois que le maréchal de Mac-Mahon s'est fait élire président de la République par la majorité monarchiste de l'Assemblée, l'expiation calédonienne prend des allures d'éternité. Même les mieux arrimés d'entre nous se sentent alors glisser de plusieurs mètres le long de la pente. Énervé par ses défaites face aux Prussiens, le comte de Mac-Mahon s'était rasséréné en commandant l'armée qui avait massacré les nôtres – et d'autres qui n'avaient pas participé à la fête mais qui passaient par là, dans des quartiers de toute façon suspects puisque populaires. Et c'est un royaliste des plus convaincus. Tout ce qu'il nous restait dans notre néant, c'était la République. Maintenant, elle aussi va se faire exterminer par Mac-Mahon et son Assemblée garnie de la fine fleur des réactionnaires. « L'ordre moral », voilà leur programme. Ils sont à pied d'œuvre pour restaurer la monarchie. Notre République, qui a trois ans et ne sait pas encore marcher, va être balayée fissa.

J'apprends qu'on fait ce soir une levée de courrier. Le bateau de Sydney est en avance, ou c'est un autre navire qui assure la poste pour cette fois. Je l'ai promis, je me le suis juré, je ne laisserai jamais partir la malle sans une lettre. Mais ces temps-ci ma fermeté se ramollit. Les nouvelles de la situation politique en France me font vaciller : le sol devient meuble sous mes pas, je ne sais pas toujours comment avancer.

Et pour la première fois je n'ai pas reçu de lettre lors de la dernière distribution il y a trois semaines. Il n'y avait absolument rien pour moi. Je ne me suis jamais senti aussi misérable, fébrile. Rancunier aussi.

Il va pourtant falloir se calmer pour écrire.

Ducos, 20 septembre 1873
Lettre n° 169–73-IX-20-IV

Ma douce mère, mon cher père,
ma Gioia chérie, cher Georges,

Dans neuf jours cela fera un an que je suis confiné dans mon réduit de Ducos. Huit cent quarante-trois jours que je suis emprisonné.

Mère, tu me demandes encore et toujours des détails sur ma presqu'île, mais il devient difficile de trouver à te brosser de nouveaux tableaux de notre vie rudimentaire. Mon existence n'est pas très variée, les découvertes sont de plus en plus rares. Le spectacle de la terre rouge, de la côte découpée, de la mer qui barricade l'horizon, quand on contemple ce panorama tous les jours, on finit par le trouver inutile.

Je continue d'herboriser. Il y a pas mal d'espèces de plantes dans notre forêt pourtant pas très étendue. Mais les fourmis considèrent mon album comme leur garde-manger. Je dois sans cesse le recommencer.

Je persévère dans la fabrication de petits objets. Récemment je suis tombé sur une roussette morte dans la forêt, j'ai dépouillé son cadavre encore chaud et je tente de faire une blague à tabac avec sa peau.

Si je rentre un jour on vous enviera un objet aussi exotique!

Je fais ceci ou cela, toujours les mêmes activités, je recommence le lendemain et le jour d'après.

Au moins ces temps-ci nous restons au sec. Le ciel n'est jamais entièrement dégagé, les nuages ne lâchent sous aucun prétexte les sommets de la chaîne montagneuse de la Grande Terre, mais nous n'avons pas eu d'ondée torrentielle depuis plusieurs semaines.

Un déporté est mort ce mois encore. Le vingt-deuxième depuis notre arrivée. Et nous avons bien failli avoir des trous supplémentaires à creuser la semaine passée. Un camarade qui a tenu tête à un surveillant a été frappé et comme nous avons protesté, les gardes-chiourme ont tiré avec leur revolver. Il y a eu deux blessés. De toute façon leur but avec toutes leurs brimades et leurs insultes est de nous acculer à la révolte, ça leur fournirait un prétexte pour nous crever. On le sait, on se tient calmes autant que possible. Certains jours il faut serrer les dents fort. On se sent entièrement impuissants contre les surveillants.

Contre tout en fait.

N'ayez crainte je suis en bonne santé. Grâce à la sobriété de notre régime je reste svelte, mais je ne suis jamais malade. On s'habitue. Mon seul mal est l'ennui et tout ce qui manque ici, l'amour, l'amitié, l'estime.

J'ai rêvé plusieurs nuits du jardin de la maison de Grenoble. Le tilleul que j'ai planté doit avoir grandi depuis trois ans que je ne l'ai vu. Je suis heureux de me retrouver avec vous, dans les lieux que j'aime. Et puis à la fin je me réveille toujours à Ducos et la pensée de mon songe me poursuit toute la journée et augmente mes regrets. Je n'aime pas ces rêveries.

Merci pour votre dernier colis. N'oubliez pas de joindre des journaux. Même avec le délai, c'est très important ici. Nous guettons les nouvelles.

Ne vous arrêtez pas de m'envoyer des lettres.

Pardonnez-moi, j'ai des idées plus noires que d'habitude.

Votre Étienne.

P.-S. : J'ai été content d'apprendre que la barbe de mon frère fait enfin son apparition. La mienne me descend à présent sur le milieu de la panse. Quand je croise dans une glace ma figure poilue et noircie par le soleil, je ne peux pas croire que j'ai vingt-trois ans.

Comme à mon habitude, une fois l'encre séchée, je plie soigneusement les feuillets. Un premier pli, rabattre, un deuxième pli, rabattre par-dessus le premier pan, glisser le tout dans l'enveloppe par le côté droit, fermer l'enveloppe avec un peu de salive, la lisser avec la paume de la main – la caresser plutôt.

Et puis non. Je ne ferme pas l'enveloppe. J'en ressors les feuillets. Je relis ma lettre. Je ne vais pas envoyer ça. Ces gémissements, cette aigreur, cette noirceur. Cet égoïsme. Dire ce qui écrase mon cœur sans rien dissimuler, ça soulage un temps, mais après ?

Il faut écrire une autre lettre, préparer la tambouille habituelle, placide, rassurante, savante par moments, avec ce qu'il convient de désinvolture pour montrer que je parviens à regarder de haut, comme si j'étais au sec, ce marécage dans lequel je m'enlise un peu plus chaque jour. Je n'ai pas le choix. Même une lettre courte. Trouver un prétexte, *La levée n'a été annoncée que fort tard, peu de temps pour vous écrire.* Et pour ne pas patauger dans mes états d'âme, se cantonner au descriptif, à l'exotique. Je ne leur ai pas encore dépeint le milieu marin, après tout, ce n'est pas un mauvais thème de dissertation.

Je m'emploie donc à décrire ce qui vit dans les baies de Ducos, ce jardin de mer avec ses coloris inconnus, ses formes étranges. Ses plantes aux tentacules marron qui se contractent brusquement quand on les frôle, le petit poisson bariolé qu'elles hébergent. Ses limaces qu'on prend d'abord pour de grosses fleurs rouges aux pétales ourlés de dentelle jaune, à la dérive entre deux eaux, et qui nagent en se déhanchant comme des danseuses de flamenco. Ses escadrons de petits poissons de formes géométriques et de toutes les couleurs qu'abritent les coraux – qui sont une vacherie dès que le courant forcit et fait perdre l'équilibre sur les platiers, obligeant à danser comme sur des tessons pour ne pas chuter et s'esquinter le flanc ou la cuisse dans toute sa longueur.

J'évoque aussi les requins. On n'en croise pas dans les baies alentour. Après tout, la réputation d'anthropophages de ces bêtes est peut-être à l'image de celle des Canaques : on dit qu'ils recherchent la chair humaine, mais on ne le prouve jamais. Les communards ont bien été décrits par les journaux conservateurs comme un ramassis d'ivrognes incultes, fornicateurs, assoiffés de destruction et de sang. À peine si on n'a pas affirmé que nous mangions des enfants de bourgeois lors d'orgies dans les églises réquisitionnées en clubs de citoyens. Pour en revenir aux requins, en tout cas, j'ai de quoi dépeindre un tableau pittoresque : depuis que des abattoirs ont été aménagés vers l'isthme pour dépecer le bétail qui nous est réservé, on y aperçoit tous les matins à neuf heures sonnantes une légion de ces bêtes arrivant du large. Ils sont aussi ponctuels que le boucher qui, à ce moment, balance dans la mer les déchets.

Quoi d'autre ? Je ne leur ai pas encore parlé des crabes de cocotier. Ils sont gros, ce qui fait beaucoup à manger, avec deux pinces énormes et puissantes. Elles leur servent à ouvrir les noix de coco, et peuvent aussi briser la main qui cherche à les attraper. Je maîtrise à présent la technique de capture de ce gibier des antipodes, bien plus goûteux que ce que nous réserve la ration pénitentiaire : il faut sauter dessus à pieds joints, les immobiliser de tout son poids et les ligoter avec des lianes. On les jette vivants dans un court-bouillon où ils continuent à remuer quelque temps. C'est un petit festin au léger goût de coco.

Voilà, j'en ai fini. Cette lettre-ci me permet de continuer à jouer mon rôle habituel. J'y donne à voir une fois de plus que je parviens bravement à m'accommoder de cette vie dans une prison à ciel ouvert et que je n'ai pas émoussé ma curiosité pour cette nature si étonnante. Qu'à vingt-trois ans il est bien trop tôt pour se laisser aller à désespérer de la vie.

V

Depuis quelque temps, le spectacle que donne à voir Ducos est celui d'un cafard généralisé incrusté dans les gestes, les regards, le laisser-aller des accoutrements, le dégoût pour la nourriture, la crasse des paillotes, la décrépitude des lopins de terre si peu propices à la culture. Quand survient enfin une nouvelle qui nous précipite tous dans l'effervescence : les deux frégates arrivées en rade de Nouméa la veille au soir acheminent, outre le lot habituel de communards, des compagnes et des enfants de déportés. On attend leur arrivée au campement d'un moment à l'autre.

Les gardes-chiourme surgissent au tournant du sentier qui relie la baie de M'bi à celle de Numbo. Ils sont suivis d'une trentaine de personnes attifées de la même tenue, une espèce de longue robe blanche. On pense d'abord que ce sont des femmes. Ceux qui attendent leur compagne devraient courir à la rencontre du cortège. Mais personne n'esquisse le moindre mouvement. Tout le monde reste là, indécis. Pourquoi sont-elles toutes habillées de blanc ? Et où sont les gosses ? Rapidement on se rend à l'évidence, ça ne peut être les familles des déportés. Alors qui ? *On dirait une procession de pénitents!* Qui viendraient pour purifier cette presqu'île de nos âmes pécheresses? Une nouvelle forme de brimade, en somme, est-ce cela qui s'avance vers nous avec lenteur et un air courbé, plein de soumission? Lorsque le cortège longe la prison, on distingue des barbes et on reconnaît soudainement des burnous: des Arabes!

La plupart sont en piteux état et plusieurs tiennent à peine debout. Certains sont livides, qui doivent être soutenus par leurs compagnons, et semblent à moitié morts. Nous sommes une dizaine à nous agiter pour apporter sur la place d'appel des bancs et ce qui fait office de chaises dans les paillotes.

Plutôt que des Arabes, ce sont des Kabyles, promis à l'île des Pins. Des déportés politiques eux aussi. Débarqués dans notre presqu'île le temps du ramadan. Les contacts vont être limités, seul leur chef parle à peu près le français. Il se présente, fort cérémonieusement, et de devoir répéter son nom à de nombreuses reprises avant que nous ne parvenions à le saisir ne lui fait aucunement perdre de sa contenance. Ahmed-Boumezrag El Mokrani est un chef de tribu et les autres Kabyles sont ses hommes. Toujours aussi solennel, il nous remercie pour notre sollicitude. Si ses compagnons sont pour la plupart mal en point, c'est qu'une bonne part de la nourriture qui leur a été distribuée lors de la traversée leur est interdite par leur religion. Comme il a besoin de s'assurer du traitement qu'on va réserver, en cette période de jeûne rituel, à ceux de ses hommes qu'il faut interner à l'hôpital, je le guide auprès des religieuses. Il passe un long moment à palabrer avec la sœur principale.

Quand tout semble réglé, il accepte notre invitation à boire le café – à vrai dire lui ne prend rien, mais il discute volontiers. Nous sommes une poignée de curieux qui aimeraient bien savoir précisément ce qui lui a valu la déportation. Il nous raconte que sa famille fait partie des instigateurs de la grande insurrection des tribus algériennes. Les colons en voulaient toujours davantage, on les dépossédait de plus en plus de leurs terres, de leurs troupeaux, de leurs droits. Le clan El Mokrani a donc pris les armes contre la France à laquelle il était jusque-là allié. À la fin de 1871, la défaite était consommée. Décidément une bien belle année de victoires pour l'armée. Dommage qu'elle ne sache écraser que les ennemis intérieurs.

Peu après les Kabyles ont débarqué tout un assortiment de déportés, et enfin une vingtaine de femmes et une quinzaine d'enfants. Ceux d'entre nous qui attendent leur famille les observent de loin en silence, l'air ahuri. Leur regard traduit l'anxiété de ne pas retrouver les leurs ; les déportés débarqués avant les familles ont en effet raconté que des gamins étaient morts durant la traversée.

Les retrouvailles : de la surprise d'abord, les hommes ont le visage changé, les femmes sont marquées par la peine et la difficulté à survivre durant les deux années et demie de séparation, les enfants ont malgré tout grandi. Et tout de suite après des épanchements, des larmes, des cris, *Papa ! Papa ! Papa !* et au bout de tout cela beaucoup de gaîté.

Sauf pour les quatre familles de déportés qui ont perdu un gosse durant la traversée. Souvent le petit dernier, un très jeune gamin que le père n'aura même pas eu le temps de connaître, ou si peu, avant son arrestation.

Et puis il y a Jardy. Personne pour Jardy. Sa femme et ses trois gamins n'ont pas débarqué. Sont-ils donc tous morts ? Étaient-ils à bord ? Fou d'angoisse, il court en tous sens après les surveillants pour avoir des nouvelles, les supplie de s'informer auprès du commandant de la frégate. Ils le fixent de leurs yeux mornes.

Un bout d'éternité a passé quand en milieu d'après-midi le surveillant en chef apporte enfin un message de la Pénitentiaire à notre camarade prostré et épuisé : « *Le déporté Jardy est informé qu'il n'y a pour lui ni femme ni enfants en consignation.* » Ils ne sont jamais montés à bord de la frégate, l'administration s'est embrouillée dans ses informations. Je me demande comment Jardy va s'en tirer – sa tête est-elle capable de supporter le choc ? Après être passé par l'espoir de les voir le rejoindre, puis par la terreur quand il a pris conscience de ce que signifiait avoir charge de famille à Ducos, finalement il s'y était fait, à leur arrivée, il les attendait avec fébrilité et était même fin prêt à laisser éclater sa joie dès qu'il les reconnaîtrait.

Les familles découvrent la vie rudimentaire de la presqu'île. Et nous, nous redécouvrons une existence où il y a des rires et des pleurs d'enfants, des gamins qui se courent après, vous bousculent et crient à travers tout le campement, des femmes qui sourient en disant bonjour, prennent leurs habitudes – la lessive le lundi matin, la couture une fois la table du repas nettoyée, assises à plusieurs le dos appuyé contre un mur de case qui leur procure de l'ombre... La vallée de Numbo se fait plus gaie, le quotidien un peu moins gris.

Dès que l'on commence à reprendre ses esprits, passé les retrouvailles, on se préoccupe de l'instruction des enfants.

Je manque assurément d'expérience en la matière, mais je suis élève ingénieur. Ou plutôt, je l'ai été. Cela fait tout de même de moi une sorte de lettré, et je retrouve une telle fougue quand on débat d'enseignement que je suis promu instituteur.

Il s'agira d'improviser cinq jours par semaine trois heures de leçons à une petite classe bigarrée de gamins de tous âges – sauf les trop jeunes qui resteront dans les jupes de leur mère et le garçon déjà avancé dans l'adolescence qui apprendra le métier auprès de son père, cordonnier. Nous serons deux, je travaillerai avec Eugénie Piffault. Elle est papetière-libraire-relieuse, tout comme son mari Eugène. Ils partagent non seulement un prénom et un métier, mais aussi les mêmes convictions. Chaque soir avant le souper ils se promènent avec leurs deux gamins le long de la plage de Numbo, elle lui prend le bras, on les entend rire, on s'imagine qu'ils se racontent les petits – les minuscules – événements de leur journée. Je regarde leur entente, leur plaisir à être ensemble, et je me dis qu'il a eu finalement raison, Eugène, de les faire venir auprès de lui.

Tous les deux, ils ont décidé de se lancer dans une nouvelle vie en Nouvelle-Calédonie. Eugénie, qui a débarqué avec Emma et Jacques, n'est pas là pour attendre de repartir. Il y a tout à construire ici pour se créer une existence.

Bien sûr, elle n'a pas traîné à comprendre que ce serait dur, surtout tant qu'Eugène sera confiné à Ducos. Mais comme toutes les femmes de déportés, elle est autorisée à se rendre chaque jour à Nouméa. À peine arrivée, elle a commencé par faire le tour de la bourgade pour y trouver de l'ouvrage. Elle présente bien, un air volontaire, aimable, elle s'est trouvé des travaux de couture qu'elle effectue dans sa paillote, tout en gardant un œil sur Emma et Jacques – Jacques, seulement neuf ans mais qui passe son temps à vagabonder. Ça ne l'a pas empêchée de se porter volontaire pour l'instruction des enfants de la déportation. Il y a tout à faire pour se fonder une vie sur cette île, raison de plus pour redoubler de courage.

J'étais Robinson échoué sur un bout de terre qui rétrécissait chaque jour davantage, je deviens navigateur au long cours. La maladie du lyrisme s'empare de moi, je me vois déjà sillonner les océans de la connaissance avec mon équipage de gamins, parcourir avec eux le vaste monde, voguer sur la lecture, escalader l'orthographe, dominer les vents contraires mathématiques, explorer l'histoire. Je vais toucher du doigt ce que c'est que transmettre le savoir, développer chez les gamins la capacité à penser, à juger, forger les citoyens du monde qu'il faut faire advenir. Aucun doute, les difficultés nous attendent de pied ferme : nous n'avons absolument rien, ni livres, ni fournitures, pas même un endroit où faire l'école. Mais mon courage et mon énergie se sont relevés d'un coup, comme une voile qui faseyait mollement et soudain claque et se gonfle au vent revenu avec force. Que c'est bon, cette exaltation. Tout en moi retrouve de la vigueur.

Il faut établir un programme. C'est un peu pompeux, dit comme ça, car il s'agit essentiellement de définir comment nous allons occuper les gamins avec les moyens du bord. Je suis donc souvent dans la case des Piffault avec Eugénie. J'aime me retrouver dans cette atmosphère de douceur, de tranquillité qui imprègne leur paillote. J'envie cette harmonie dans laquelle ils vivent en dépit du dénuement. Avoir un foyer, une femme qui partage sa vie. Rentrer chez soi et retrouver la gaîté de ses enfants, la tendresse d'une épouse.

Jacques passe de plus en plus de temps en vadrouille. Il commence déjà à savoir nager, se débrouille bien à la pêche aux bénitiers à marée basse. Il s'essaie à grimper aux rares cocotiers qui bordent la baie dans l'espoir de mettre la main sur des noix encore vertes, on lui a dit que celles-là ont du jus et il voudrait goûter ça. Emma au contraire reste très souvent auprès de sa mère. Jacques est insaisissable, mais c'est Emma qui tracasse Eugénie. La chaleur, la moiteur et le soleil la mettent mal à l'aise. Sans doute aussi la présence de tous ces hommes et l'absence de compagnes de son âge. Les autres gosses sont trop petits, ou pas assez, en tout cas il n'y a aucune fille avec qui elle puisse se lier d'amitié. Sortir de la paillote, surtout seule, la rebute.

D'Emma on ne voit d'abord que ses grands yeux bleus, au milieu d'un joli visage que quitte l'enfance, mais où les traits de la jeune femme restent encore indéfinis. Et ses longs cheveux châtain clair – qui sous le soleil de la Nouvelle-Calédonie virent jour après jour au blond. Elle a douze ans. L'âge de ma sœur quand je l'ai vue pour la dernière fois.

Quand je regarde Emma, quand je discute avec elle, c'est Gioia qui se tient devant moi, et pourtant elles ne se ressemblent que par la finesse de leur silhouette et l'harmonie des traits de leur visage. Emma est réservée, presque renfermée derrière son sourire timide, et sa solitude la rend très dépendante de sa mère. Gioia adore rire aux éclats de tout et de rien, avec une spontanéité qu'elle n'a cure de brider, et par principe elle n'aime pas être d'accord avec ses frères ou ses parents – quel ennui, ne rien avoir à redire, à opposer !

Petit à petit j'apprivoise Emma, je comprends qu'il faut l'aider à s'installer dans cette vie. Elle n'était pas prête pour l'exil. Je l'emmène avec Jacques découvrir la forêt à l'extrémité de la presqu'île. Lui s'y est déjà aventuré. Je veux les surprendre, les émerveiller, leur montrer que, sous les apparences d'une certaine pauvreté, la nature calédonienne est étonnante, odorante et savoureuse. Quasiment aucun déporté ne s'intéresse aux fruits qu'on peut trouver par ici : ils ont des formes bizarres, des couleurs suspectes, des textures rebutantes. Les vrais fruits, pour eux, ce sont ceux qu'ils connaissent, ceux qu'on trouve en France. Moi, au contraire, je m'y suis risqué, et j'ai tout de suite apprécié leur parfum si différent, leur saveur très prononcée, leur chair qui fond dans la bouche. Je fais goûter à Emma et à Jacques goyaves, mangues, pommes-lianes.

Lors de nos excursions dans la forêt, je leur présente avec fierté chaque espèce d'arbre, à présent je suis incollable sur le gommier, le palmier, le figuier banian, le houp, le santal… Jacques s'en moque royalement. Pas Emma, surtout depuis que je l'ai initiée au dessin sur le vif. C'est elle qui doit choisir les points de vue auxquels nous nous attaquons. Je lui apprends à observer et à simplifier ce qu'elle voit pour ne montrer que l'essentiel, je lui explique le rôle de la ligne d'horizon, et comment donner du rythme à son dessin en appuyant l'effet de perspective, comment structurer et équilibrer l'esquisse. Tout cela est nouveau pour elle, tenir un crayon, créer des formes, étudier les correspondances entre les couleurs, souligner la direction de la lumière. Elle sait observer, elle est appliquée, elle aime apprendre, c'est une gamine intéressante. Je m'attache aussi à lui faire sentir que le côté « bien fait », la conformité du dessin au paysage, ça ne marche pas. Qu'il faut recréer ce qu'on voit pour s'assurer de l'effet produit. Là, les discussions s'animent, elle rejette hardiment mes arguments, *C'est tricher!* Je ne la convaincs pas mais je suis ravi de cette controverse, qui lui fait perdre sa réserve, son teint pâlot et son air anémié.

Le 8 décembre, en tout début de journée, un navire qu'on n'avait encore jamais vu dans les parages jette l'ancre dans la rade de Nouméa. Son déchargement est un événement. Le commandant et tous ses officiers s'alignent en rang d'oignon sur le pont dans leur costume blanc pour saluer la célébrité qui les quitte après plusieurs mois de voyage en leur compagnie. Il s'agit d'un grand seigneur, dont l'élégance parisienne en impose et sied à sa silhouette nerveuse. À sa façon de monter dans la chaloupe, chacun peut également admirer ses manières aristocratiques – il n'est pas marquis pour rien. Avec sa malle de belle facture à ses pieds, tout laisse penser qu'il vient passer la saison dans une station balnéaire à la mode.

Il ne s'est pourtant pas trompé de destination. Lorsqu'il rejoint, une fois à terre, son lieu de villégiature, une marche triomphale s'improvise, ralentie par les accolades et les poignées de main des centaines de personnes qui lui dressent une haie d'honneur et font pleuvoir les vivats.

Le matricule 760, le fameux Victor Henri marquis de Rochefort-Luçay – Henri Rochefort, pour faire sobre – nous rejoint à Ducos pour avoir chauffé à blanc la patience des conservateurs. Ses nombreux vaudevilles joués dans les théâtres des Grands Boulevards à Paris ont vite été oubliés par le public. En revanche sa plume acide de polémiste a davantage écorché Bonaparte que tous les complots ourdis durant le Second Empire. La rafale de son premier éditorial pour le lancement de son journal à succès *La Lanterne* en 1868 n'avait pas raté sa cible et nous sommes nombreux à la connaître par cœur : « *La France compte trente-six millions de sujets, sans compter les sujets de mécontentement…* » Les articles qui suivront lanceront tour à tour à l'assaut l'infanterie de ligne et la cavalerie légère, en tout cas la charge enfoncera souvent la légitimité de Bonaparte. La lecture des articles de Rochefort était pour moi l'un des moments que j'avais le plus de plaisir à partager avec les copains à l'École centrale, et un sujet de débats et de controverses inépuisable.

Quant au nouveau gouvernement, ce qu'il reproche à Rochefort, c'est de ne pas avoir désavoué la Commune. Il a un peu trop de convictions, ce député de Paris, au goût des politiciens en place.

Ses influentes relations ont réussi à faire traîner les choses, mais avec l'arrivée de Mac-Mahon au pouvoir, plus moyen d'éviter la déportation. Son entregent lui a permis d'effectuer la traversée en première classe de déportation : il a eu le privilège d'une cage privative en compagnie d'une poignée de déportés choisis par ses soins.

Au soir de son arrivée à Ducos, il est hébergé par Bauër. Grisé par l'accueil qu'on lui a réservé, le lendemain il ne se soucie pas de se présenter à l'appel et se retrouve à passer ses premières vingt-quatre heures au cachot.

Mais la fête n'est pas finie. La *Virginie* est également lestée de communardes, dont une dizaine de condamnées à la déportation en enceinte fortifiée. Celles qui nous rejoignent, je ne les ai pas connues lors de la Commune. Mais nous avons tous entendu parler d'elles lors de leurs procès en cour martiale, à Versailles. Ces femmes sont journalières, couturières, blanchisseuses ou ouvrières du livre. Il se murmure que l'une d'elles est une « fille soumise » – une prostituée dûment répertoriée dans les registres de police, situation très prometteuse pour certains déportés.

Elles ne se sont pas contentées d'un rôle de cantinière ou d'ambulancière, elles se sont impliquées dans les réformes au sein des comités de quartier, ont manié le pavé pour ériger les barricades, maté la peur de la mort durant la Semaine sanglante. Les conseils de guerre qui les ont jugées se sont plu également à les accuser d'avoir incendié Paris – sans avancer le moindre commencement de preuve. Quoi de plus pratique en effet qu'une jupe pour cacher son petit bidon de pétrole ? La propagande ne fait pas dans la subtilité avec ces « femelles sataniques ». Être révolutionnaire et être une femme qui tient un rôle d'homme, qui refuse de se cantonner aux vertus convenant à son sexe, c'est être doublement dépravée. C'est mériter deux fois les flammes de l'enfer.

Cette petite troupe de déportées est dominée par deux célébrités, Nathalie Le Mel et Louise Michel. L'aumônier de Ducos s'offusque d'imaginer les déportées vivant parmi les hommes et exige qu'on les expédie au hameau de Bourail, où un établissement pour bagnardes est tenu par des religieuses. Les deux exaltées avertissent qu'elles se jetteront à la mer si on ne les laisse pas rejoindre leurs camarades à Ducos. S'ensuivent plusieurs jours de tergiversation entre les différentes autorités politiques, administratives, pénitentiaires. Et puis, tant pis ! On choisit de déplaire à l'aumônier plutôt que d'offrir deux martyres supplémentaires à la Commune. Cinq jours après les hommes, les femmes débarquent donc enfin sur la presqu'île. En dépit de la frénésie que nous avons déployée pour accueillir Rochefort, il nous reste beaucoup de fougue pour fêter leur arrivée.

Je ne connais Nathalie Le Mel qu'à travers sa renommée et ses faits d'armes. Depuis une dizaine d'années elle a versé dans le militant-social-syndical-féminisme. Elle s'est émancipée, abandonnant un mari épris de boisson, et a élevé seule ses gosses. Ouvrière relieuse à quarante sous la journée, sur le front le reste du temps : grèves, lutte pour l'égalité des salaires entre hommes et femmes et contre le travail des enfants, coopératives pour les nécessiteux pendant la guerre contre la Prusse… Elle a poursuivi sur sa lancée durant la Commune en créant avec une aristocrate russe – on trouve vraiment de tout chez les socialistes – l'Union pour la défense de Paris et les soins aux blessés, qui réclamait pour les femmes le droit de défendre elles aussi la ville et revendiquait l'égalité entre les sexes… en tout, car pourquoi faudrait-il choisir ? Égalité au travail, droit de vote, égalité des droits civiques et juridiques… L'Union a si bien bataillé qu'elle a réussi à imprégner les choix idéologiques de la Commune : la prostitution a été bannie, l'union libre et les enfants naturels reconnus, les veuves et orphelins des gardes nationaux ont obtenu une pension, mariage ou pas. C'est aussi l'Union qui a exigé l'égalité de salaires pour les institutrices et les instituteurs. J'ai honte aujourd'hui de m'être opposé à cette mesure. Et comme Le Mel est aussi une combattante, elle a passé la Semaine sanglante à lutter sur les barricades autour de la place Blanche, menant une légion d'une centaine de femmes. On a peine à se l'imaginer, tant elle est menue, la silhouette ratatinée, avec son bonnet à pattes nouées sous le menton par un énorme nœud.

L'autre vedette est Louise Michel, une institutrice. Révoquée pour ses opinions laïques et démocratiques, c'est surtout une enragée. Elle a combattu en uniforme de garde national et fait le coup de feu sur les barricades, elle a soigné les blessés dans les ambulances les plus exposées, et s'est retrouvée partout où il fallait enflammer la détermination des combattants. Sa notoriété, elle la doit à son attitude en cour martiale, revendiquant tous ses actes et jetant à la face des juges, *Puisqu'il semble que tout cœur qui bat pour la liberté n'a droit qu'à un peu de plomb, j'en réclame ma part. Si vous me laissez vivre, je ne cesserai de crier vengeance. Si vous n'êtes pas des lâches, tuez-moi.* Finalement, les juges en ont décidé autrement. Les charniers à communards, on en avait déjà un peu trop, ça débordait, ça puait et il fallait y foutre le feu en vitesse quand on s'apercevait que les mouches à peste commençaient à tourner autour. Les juges ont donc préféré l'envoyer s'apaiser au loin, en Nouvelle-Calédonie.

Bref, les déportées enfin débarquées, pendant plusieurs jours la fête bat son plein à Ducos, les célébrités sont invitées partout, et partout on se sent revigoré. Rochefort organise même en l'honneur de Michel et de Le Mel un grand banquet. À l'entendre railler, ironiser, pétiller, on sent bien que les geôles, si elles ont heurté ses habitudes de confort, n'ont entamé ni sa verve ni son insouciance.

L'ivresse des retrouvailles finit par se dissiper, la monotonie reprend son cours.

Avec Eugénie Piffault, je rends visite à Louise Michel. Nous voulons recruter l'institutrice pour notre petite école.

Les femmes condamnées à la déportation sont logées dans un bâtiment de l'administration, une baraque en bois située à côté de l'hôpital, non loin de la case réservée à l'aumônier. Les menuisiers se sont empressés de fabriquer de quoi meubler les lieux. Cela donne une habitation un peu moins sommaire que la moyenne. Eugénie retrouve parmi les nouvelles arrivées deux des femmes qu'elle a connues à Paris, Jeanne-Bertranime Taillefer et Adélaïde Chéron. Même si Eugénie ne s'est jamais plainte de sa solitude, obligée de vivre parmi tant d'hommes, la vie va se faire moins rêche grâce à ces compagnes.

C'est la première fois que j'observe Michel de près. Son visage n'a aucune finesse, il est comme taillé à la machette. Ses cheveux grisonnants et plutôt courts sont coiffés avec négligence, vaguement tirés vers l'arrière – juste de quoi bien dégager le visage, c'est manifestement la seule exigence. Je suis attiré par son regard franc et bienveillant : il s'impose dans cette figure qui ne fait aucun effort pour séduire. Sa voix étonne, elle est d'une douceur inattendue au regard de la vigueur et du tranchant des opinions qu'elle exprime. Pour le reste, Michel a un aspect qui rebute : accoutrement entièrement noir, fagotée comme l'as de pique, jupe sans forme ajustée au hasard, le devant derrière. Son énergie, sa chaleur tranchent avec la froideur lugubre de son habit. Nous parlons de la traversée, elle s'enflamme en évoquant l'océan, *Je n'avais rien vu encore d'aussi beau que la mer furieuse du Cap, les courants déchaînés des flots et du vent!* Elle semble être restée hermétique à la terreur, à la peur de crever au beau milieu de l'océan démonté, alors que cette panique s'entremêlait chez moi avec la fascination de la nature qui s'emballe, qui déborde, qui explose. Nous parlons aussi de Verdure. Lorsqu'elle a débarqué à Ducos, ses premiers mots ont été pour s'étonner de ne pas le voir. Augustin était l'un de ses plus anciens amis.

Avec Rochefort, Ducos devient un lieu à la mode. Le tout-Nouméa veut rencontrer l'éminent personnage: notables, négociants bien installés, colons aisés, tous ces curieux viennent lui exprimer leur sympathie. Sa paillote est devenue un lieu d'excursion. Il n'y a de toute façon aucune autre attraction à Nouméa.

Et ce matin, l'un des visiteurs en provenance du chef-lieu n'est autre que mon ami Ballière. Il a été autorisé comme plusieurs dizaines d'autres déportés simples de l'île des Pins à s'installer à Nouméa. Pour cela il lui a d'abord fallu se dénicher un travail. Achille n'a pas eu de mal à taper dans l'œil des colons aisés de la chétive colonie : c'est le premier architecte qui séjourne dans l'archipel. Il me raconte qu'un John Higginson, aventurier devenu le premier millionnaire de l'île, cherchant à donner du lustre à sa réputation, lui a passé commande d'une villa qui jouxtera la résidence d'été du gouverneur. Il est aussi question d'un théâtre – ce serait le tout premier lieu de spectacle et de divertissement de la colonie. Achille ne m'a pas oublié : il a parlé de moi à Higginson. Ce type n'est pas seulement le négociant le plus en vue de l'archipel, qui détient le monopole de presque toutes les importations. Aucun projet ne se lance sans que ce brasseur d'affaires ne soit dans le coup, et depuis quelques temps il se diversifie dans l'industrie. Pour augmenter les revenus de sa mine de nickel dans le nord de la Grande Terre, il s'est mis en tête de créer le premier haut-fourneau de Nouvelle-Calédonie. Il va avoir besoin d'ingénieurs, et vu leur rareté, même un élève fera l'affaire, d'après mon camarade. Certes, on n'obtient normalement pas de bon de sortie de Ducos avant cinq années, *mais ne te désespère pas, Higginson fait ce qu'il veut du gouverneur.*

L'arrivée de Nathalie Le Mel et de Louise Michel redonne de la vigueur aux débats politiques. Le père Mabille, Malzieux, Charbonneau se sentent enfin moins seuls, qui tentaient depuis notre naufrage à Ducos d'entretenir la flamme des idéaux. Les ondées torrentielles, la boue de la vie quotidienne qui enlise nos existences, la moiteur qui ramollit nos cervelles semblaient avoir eu le dernier mot. Ressuscitées, les joutes idéologiques tournent parfois en rond, parfois à l'aigre, mais elles brassent l'air de notre petit univers racorni. Les vieux de la vieille, habitués des barricades, les éduqués de l'Internationale et autres collectivistes, ce qu'il reste de proudhoniens et les anarchistes débattent de modes d'organisation qui permettraient de répartir équitablement les fruits du travail, d'autogestion. Du partage du pouvoir, d'un nouveau contrat social à partir duquel le peuple se gouvernerait lui-même. D'un ordre juridique qui protégerait les pauvres.

Mon engagement dans la Commune n'a été finalement qu'une sorte de glissement. Balancé dans un rêve éveillé avec la proclamation de la République, gonflé au culot et à l'allégresse comme tous ceux qui voulaient le commencement d'un nouveau monde, je me suis retrouvé à battre des ailes au milieu de l'essaim sans avoir jamais songé auparavant que je volerais un jour. Des convictions, je pensais en avoir tout un stock. En réalité, ce que j'avais dans la tête, ce n'étaient que des concepts superficiels enrobés d'enthousiasme naïf. Mon emballement n'avait pas d'épaisseur. Rien à voir avec l'engagement qui aiguille leur vie, à ces Le Mel, ces Michel, ces Mabille. Leurs valeurs à eux, elles sont bien lestées. L'injustice, ils la fréquentent depuis qu'ils sont nés, c'est une intime. Ils ont eu tout le temps de bien la connaître. D'où elle vient, pourquoi elle se pavane, pourquoi elle se croit tout permis, alors qu'elle est laide et vieille comme le monde. Comment lui tordre le cou. Ils ont lutté contre elle, ils ont payé, et ça ne les a pas décidés à s'en retourner sagement à leur place. Mabille a été arrêté à treize reprises ; chaque fois qu'on commençait à fredonner un air de mouvement populaire, il venait donner de la voix. Il n'a pas renoncé après ses dix premières années de prison, pourtant il n'avait pas trente ans, il pouvait encore passer à autre chose. Il n'a jamais largué cette force, cet entrain, cet enthousiasme, ces rêves d'une société transformée. Un jeune homme se dissimule derrière ce vieillard courbé. Un jeune homme de soixante ans, avec un grand front ratatiné, une grande barbe blanche, de grandes jambes maigrelettes qu'on devine tremblotantes sous un pantalon de toile. Elles le portent sans renâcler à travers les mamelons et les vallées de Ducos, lui qui apprécie de pouvoir faire le tour de notre prison en plein air chaque jour après toutes ces années passées dans des cellules minuscules. Nathalie Le Mel, Louise Michel, c'est pareil. Pas des gamines qui se sont lancées dans le combat parce qu'il faisait un temps magnifique ce 28 mars, jour de proclamation de la Commune, et que le bal qui s'ensuivit, sous les fenêtres de l'Hôtel de Ville pavoisé de drapeaux rouges, promettait d'être très joyeux.

Grâce à ces débats, je commence à comprendre de quoi est fait le fumet de la Révolution, ce parfum que j'ai humé et qui m'a enivré. Et je comprends aussi que la révolte et le châtiment, les erreurs et les errements, tout cela va ensemble. Que le combat n'était pas inutile même si on l'a perdu cette fois-ci. Que la cause n'est pas salie par nos égarements. Quand je les regarde, ceux qui ont choisi cette vie de lutte, je les envie : ils ont deux, trois fois mon âge et ils sont fermes, ils sont dignes, ils supportent l'exil sans jamais se plaindre. Ils se tiennent droit malgré l'usure des ans et des prisons, malgré ce qu'ils ont dû sacrifier. Ils restent tendus comme la corde d'un arc et ne comptent pas abandonner la partie.

Et je ressens à présent un peu de cette sérénité et de cette cohérence qui les tiennent debout. De cette certitude que leurs valeurs sont justes et que ça vaut le coup d'y croire jusqu'au bout.

Rochefort, lui, prend soin de se tenir à l'écart des discussions. Il semble décidé à profiter pleinement de sa villégiature : il n'écrit pas, ne lit pas, passe la moitié de ses journées dans la mer à perfectionner sa nage. Son valet, qui a eu le privilège de l'accompagner en déportation, veille à ce qu'il ne manque de rien. Le marquis consacre ses soirées à jouer aux cartes et aux dominos dans la case de Bauër et s'est pris de passion pour la pêche.

Au début, je suis presque décontenancé par Louise Michel. Par sa mise franchement négligée, son caractère trop entier, trop exalté. Même sa générosité hors du commun me gêne par son excès : sans cesse elle cherche à donner le peu qu'elle possède.

Mais rapidement son énergie et son audace me sidèrent. Je me sens anémié à côté d'elle, et pourtant elle a l'âge de ma mère. Elle se lance dans des expériences scientifiques singulières, transformant une baraque de l'administration vide en serre pour tester un procédé de vaccination des végétaux. Elle sillonne comme moi la forêt de la presqu'île afin d'en répertorier la flore – les rapports qu'elle rédige sont copieux et elle les expédie chaque mois à la Société d'acclimatation de Paris, où elle a ses entrées. Elle n'hésite pas à réclamer à des savants australiens des œufs de vers à soie qu'elle aimerait implanter sur l'île. Elle met la main sur l'unique spécimen de Canaque qu'on peut rencontrer à Ducos, décidée qu'elle est à apprendre la langue indigène, à en établir un lexique et une grammaire, à étudier les chants et légendes des naturels. Bref, elle ne se refuse rien. Et se fiche pas mal des sarcasmes de ses amis, Bauër en tête. La façon qu'a Henry de la railler me gêne, *En voilà des ambitions scientifiques ! Dignes d'un docteur de l'université !*

La rencontre avec ce Canaque, c'est tout Michel, avec son absence de préjugés, sa hardiesse. Daoumi est le fils d'un grand chef de Lifou, l'une des îles Loyalty. Il est aussi le domestique d'un des épiciers qui a établi une cantine à Ducos. On l'entendait bien parler français avec l'épicier, mais personne ne s'était aventuré à lui adresser la parole : ce n'est qu'un naturel, un authentique sauvage. Sans doute pour agrémenter le banquet d'une touche d'exotisme, il avait été invité au repas offert par Rochefort en l'honneur des déportées à leur arrivée. Daoumi avait cru bon de revêtir un haut-de-forme, une redingote et des gants de peau pour l'occasion. Il semblait empêtré dans cette tenue et ne savait que faire de ses mains. Alors que les convives se divertissaient de son allure ridicule, Michel n'a pas hésité à s'intéresser à lui. Elle lui a fait réciter un chant de guerre, qui n'a pas manqué d'ébahir toute l'assemblée. Et elle l'a invité à revenir la voir.

Daoumi est revenu. Souvent. Michel lui apprend à lire, il lui fait connaître ses coutumes. Elle noircit des pages et des pages de légendes et de chants de geste de Lifou.

Je suis presque jaloux de tout ce que cette femme parvient à faire, de sa curiosité bouillonnante, de sa témérité intellectuelle. Il ne me faut pas longtemps pour admettre que je suis plein d'admiration pour Michel. Et tant pis si elle sent mauvais.

VI

Il est six heures, il n'a fallu au soleil que quelques minutes pour faire détaler l'obscurité. Aucun chant d'oiseau pour accompagner le commencement du jour. La moiteur de la nuit est désagréable, et pourtant on ne tarde pas à la regretter – la montée de la température rend la journée étouffante avant même le milieu de la matinée. Tout le monde est en train de s'apprêter, en ce 18 mars 1874, mon deuxième 18 mars à Ducos. Chacun se souvient ce jour-là que c'est pour des idées révolutionnaires qu'il a été condamné. Même ceux qui se tiennent à bonne distance du moindre débat, même ceux qui se sont tellement attachés à la boisson qu'elle est devenue leur compagne de vie. Chacun s'arrange pour mettre en valeur le bout de tissu rouge accroché à son habit avant de sortir de sa paillote.

Et c'est au milieu de l'odeur âcre du mauvais café, qu'on ingurgite sans y prêter attention, que déboule la rumeur. Elle s'empare de la presqu'île, bientôt tout Numbo s'y abandonne, puis le second camp de déportés établi dans la vallée de Tindu, et rapidement tous les ermitages disséminés de-ci de-là. Elle volette joyeusement de case en case, elle se leste de détails imaginaires et incohérents. Ils sont partis, évaporés, Rochefort et les deux camarades dont il partageait la paillote, située à l'écart du camp. Ils seraient même davantage, cinq, ou peut-être six en tout, à s'être fait la belle !

Durant les trois mois qu'il a passés à Ducos, Rochefort n'a sans doute pensé à rien d'autre qu'au moyen de faire sauter le verrou. On découvre que ce sont des déportés simples établis à Nouméa qui ont tout manigancé, minutieusement, armés de l'argent de Rochefort et de la carte de visite franc-maçonne. Ballière fait partie des évadés. Il s'avère qu'au milieu de la nuit les trois de Ducos ont rejoint à la nage ceux de Nouméa, qui s'étaient procuré une barque et les attendaient sur un rocher. Ils ont réussi à traverser la rade sans se faire repérer et à embarquer à bord d'une goélette au nom plein de promesses, la *Peace Comfort Ease,* qui effectue une rotation régulière entre Nouméa et les ports australiens. Le capitaine anglais s'était facilement laissé convaincre, d'autant qu'en bon sujet de la Couronne britannique, il ne pouvait qu'apprécier d'aider à jouer un tour au gouvernement français.

La toute première évasion réussie de Nouvelle-Calédonie ! Pendant quelques jours, on jubile sur la presqu'île.

La gaîté ne dure qu'un temps, la France finit par être mise au courant et le retentissement de cette évasion est énorme. Le gouvernement est ridiculisé. Notre jubilation est alors noyée sous un flot de répression. La lanière du collier est resserrée d'un coup et la chaîne singulièrement raccourcie. L'appel est désormais quotidien, il est interdit de sortir des paillotes après six heures du soir, et un chemin de ronde est tracé, qui orne la crête de nos montagnes. On y distingue la nuit les sentinelles en faction, une sorte de petit théâtre d'ombres pour enfants. Les rassemblements ne sont plus seulement interdits, on nous prévient qu'ils nous vaudraient un mitraillage en règle. Les cantiniers sont expulsés – Michel s'attriste de la perte de Daoumi. La fin du ravitaillement afflige ceux qui avaient les moyens de s'offrir du savon, des clous, du sucre, du saindoux ou du tabac. On en revient à la seule ration pénitentiaire.

Ce qui m'atteint le plus est cette cruauté qui s'ingénie à nous repousser en marge de l'existence, à nous éloigner le plus possible du monde, à nous empêcher de nous raccrocher à un semblant de vie en société. Les déportées Michel, Le Mel, Taillefer et Chéron, et les quatre autres communardes sont reléguées avec leurs enfants dans la baie de N'gi. On les éloigne, on les isole à toute force. La presqu'île est fermée à double tour : plus de permissions pour visiter Ducos, et les femmes de déportés sont empêchées de se rendre au chef-lieu. Notre tombeau est complètement scellé.

Sans compter que notre courrier est ouvert. Des types aux doigts sales lisent les lettres qu'on nous envoie, laissent des tâches de crasse ou de graisse sur le papier. Les gardes-chiourme sont au courant de toutes nos petites histoires et ils se délectent de nous le faire savoir. L'autre jour en s'adressant à Thibaudet, l'un de ces salauds l'a apostrophé, *Eh, la charogne, ta femme qui s'est soi-disant dégotté un p'tit garni, elle essaie pas de t'embobiner des fois ? Faudra me la présenter un de ces jours, elle doit pas être farouche !* Plus moyen de parler politique dans mes lettres, ni de donner de détails sur nos conditions de vie, elles ne parviendraient jamais à destination. Impossible de contrer la propagande en France, dont nous savons par nos familles combien elle a de l'imagination : on essaie de faire croire au pays que la Nouvelle-Calédonie est un paradis des antipodes, une version à peine carcérale de la Nouvelle-Cythère.

En dépit de cette mise en bière, couvercle rabattu violemment et vigoureusement cloué pour ne plus laisser filtrer un souffle d'air dans notre trou, le gouverneur de la colonie, Gaultier de La Richerie, est réexpédié en France. Il est remplacé par Alleyron. Avec celui-là, on sait à quoi s'en tenir avant même son débarquement : c'est le bourreau de la caserne Lobau, l'un des abattoirs à communards les plus productifs durant la Semaine sanglante. Il va se faire un plaisir de finir le travail.

Comme si cela ne suffisait pas, on apprend que l'Assemblée a finalement fixé la durée du mandat de Mac-Mahon comme président de la République à sept ans. Deux mille cinq cent cinquante-six jours. Est-ce la durée restante de notre captivité ?

On peut essayer de se réjouir : cette décision, c'est le signe que, malgré tous ses efforts, la Chambre a échoué à restaurer la monarchie. Mais quelle différence pour nous, pour notre amnistie ?

Les promenades dans la forêt à l'extrémité de Ducos étant à présent interdites, je suis forcé de me rabattre sur la partie désertique de notre bout de terre. De nouveau le découragement est à l'affût. Nous sommes près de sept cents déportés sur la presqu'île, mais mon monde se réduit à mes écoliers et à une dizaine de camarades. Les autres n'existent plus pour moi. Je ne les entends que lors de leurs disputes. Je ne les vois pas non plus, ils impriment aussi peu ma rétine que les couleurs lassantes et ternes de l'herbe-paille et des niaoulis.

De l'Europe, il ne me reste pas grand monde non plus. Gioia et mes parents, les cousins de temps à autre – Francesco surtout pense encore à m'envoyer des nouvelles, trop rarement – et deux amis de l'École centrale qui s'efforcent encore de m'écrire. À vrai dire, le ton que prennent leurs lettres me rend leur amitié de moins en moins indispensable. On s'évertue à me donner des leçons de morale. Nous partagions les mêmes espoirs et ils me voient à présent comme un gamin qui a fait des erreurs, ils m'encouragent à *me repentir de manière visible, pour être en mesure de présenter une demande de remise de peine.*

La énième ondée de la journée vient de se tarir, lasse de sa propre monotonie. Le soleil réapparaît une fois de plus comme si de rien n'était. La succession de courtes averses depuis ce matin m'assoupit petit à petit. Leur musique est plate et triste. Quasiment aucun changement de rythme. Cela commence d'un coup et s'arrête sans crier gare. Pas de lente montée en puissance, d'hésitation avant le ralentissement, de mise au pas, précédant un grand galop final. Seulement un trot soutenu, de bout en bout. Un coup d'œil à Thibaudet, toujours à l'ouvrage, silencieux, dans son coin de paillote transformé en petit atelier bien tenu. Il n'a pas son pareil pour tailler, repriser, réajuster n'importe quelle guenille. On a fini par le croire capable de faire durer nos vêtements pour l'éternité. On dirait qu'il laisse ses mains s'arranger seules avec les trous, le fil et ce qu'il reste de tissu, et que lui est ailleurs, au-delà de son regard indifférent à la tâche. Je finis par sortir de la paillote et je reçois une gigantesque claque sur la nuque, qui m'accable durant une poignée de secondes et me cloue sur place : le soleil m'a balancé sa grande pogne sur l'arrière du crâne.

Je rejoins la case des Piffault. Cela fait plusieurs jours que je n'ai pas réussi à en déloger Emma pour aller dessiner un paysage. Je m'efforce de ne jamais la brusquer – vivre au milieu d'ensauvagés, certains mutiques, d'autres braillards, une partie seulement encore civilisée, cela doit bien lui suffire pour ce qui est de la rudesse. Mais elle m'attriste : elle reste à se morfondre dans sa paillote une fois rentrée de l'école. Elle m'inquiète aussi. Ce n'est pas une vie de rester enfermée avec quelques livres, quelques travaux de couture, un peu de ménage à faire. De semaine en semaine elle espace davantage les séances de dessin. Aujourd'hui Eugénie la pousse doucement dehors. Pour une fois Emma ne résiste pas trop et se laisse emmener sur la rive.

La lumière est aveuglante en ce début d'après-midi, le paysage au loin en est tout décoloré. Même la mer a cette couleur passée, malgré les éclats argentés qui jonchent partout sa surface paisible. C'est un paysage pauvre, ennuyeux, fade. Mais Emma, dont le corps gracile s'est transformé ces derniers temps en une silhouette fragile, n'a pas la force de gravir le sentier qui conduit à Tindu pour rejoindre les coins d'où le panorama est plus intéressant :

la vue sur l'embouchure de la Dumbéa et sa terre rouge, sur les îles aux formes bizarres semées çà et là dans le lagon, sur les récifs qui serpentent à l'infini comme une muraille blanche. Certains jours j'imagine que la barrière de corail est là pour empêcher l'île de bouger. Cette île qui voudrait bien être moins isolée dans ce bout de Pacifique mais demeure maintenue dans ce recoin éloigné par ces centaines de lieues de récif qui la ceinturent entièrement.

Cela fait quelque temps qu'Emma ne choisit plus les paysages que nous allons dessiner. J'aimais son enthousiasme, ses hésitations quand elle prenait avec sérieux cette tâche de déterminer de quel tableau naturel nous allions partir, comment il faudrait le cadrer, les détails à garder, ceux à estomper en s'appuyant sur les effets de perspective. Son trait de crayon est devenu indécis. Elle prête moins attention à son geste, à ce qu'elle voudrait obtenir. Dessiner la vue depuis la plage de Numbo, ce n'est pas facile, rien qui ne retienne l'œil, une structure qui manque de lisibilité, des couleurs ternes et uniformes étalées par le soleil en larges aplats. Mais ce qu'Emma gribouille ne rime à rien, elle semble oublier tout ce que je lui ai appris, ou s'en moquer, et je m'agace. Je lui montre pourquoi son esquisse ne se tient pas. Je m'arrête soudain, car je la sens au bord des larmes. Est-elle consciente de ce vide qui la grignote ?

Nous rangeons nos affaires et remontons lentement vers le camp, silencieux. J'entends sa respiration courte, comme un sifflement. De temps en temps elle tousse, une toux sèche et brève. Il n'est pas rare qu'elle crachote dans la salle de classe. Elle n'a jamais été vigoureuse, mais la jeune fille à mes côtés me fait songer à un feu qui faiblit, inexorablement – le bois manque, des flammes s'élèvent encore de temps à autre, mais de plus en plus rarement.

Alors qu'Emma est partie avec Jacques chercher de l'eau pour le dîner, je partage mes inquiétudes avec Eugénie. Elle aussi a remarqué que sa fille semble s'ennuyer à l'école, même si elle continue de s'appliquer. Il est devenu difficile de capter son attention, d'obtenir une lueur d'envie ou d'enthousiasme dans ses yeux. Le confinement à Numbo la ronge. Aller en ville, même si le chef-lieu peut à peine prétendre au titre de bourgade, la ramenait à l'espoir d'une autre vie. Et puis Eugénie ne pouvant plus travailler pour les couturières de Nouméa, il n'y a plus d'argent pour offrir à Emma les quelques rubans avec lesquels elle se plaisait à décorer son chapeau de paille ou sa robe, ni le fromage ou les œufs avec lesquels on tentait de raffermir sa constitution si peu robuste. Privée des excursions à Nouméa, Emma n'a plus d'échappatoire pour sa mélancolie. Elle s'étiole.

Emma et Jacques rentrent, le seau rempli d'eau. Le contraste entre eux ne cesse de s'accentuer. Jacques aura bientôt la même taille que sa sœur, il n'est encore qu'un enfant efflanqué mais on le sent solide, un jeune animal toujours en mouvement que rien ne rebute – sauf l'école – ni n'effraie. Il a la peau basanée à force de vivre en plein air, dans cet été quasi permanent de la Nouvelle-Calédonie. Ses cheveux sont en train de tourner au jaune paille, irradiés par le soleil. Il a gardé sa voix aiguë et moqueuse de gamin de Paris, et on le sent joyeux de cette vie de liberté qui s'est offerte à lui, insouciant de l'avenir – ou de son absence. Il grandit au petit bonheur, entre baignades, pêche, collecte de coquillages à marée basse et chasse à la roussette. S'habiller, mettre des chaussures, se brosser les cheveux pour aller à l'école chaque matin, tout cela l'exaspère.

Un mois, peut-être davantage, que je n'ai pas rendu visite à Louise Michel.

Bien sûr, je pourrais faire la route plus souvent, même s'il faut plus d'une heure pour rallier le baraquement que partagent les déportées en marge de la baie de N'gi – que nous avons rebaptisée la baie des Dames. Mais Michel apprécie de plus en plus la solitude. De temps à autre nous nous croisons dans les montagnes où elle reste des heures à écrire.

J'arrive devant la paillote des déportées, à quelques centaines de mètres du bord de mer, pauvre bicoque isolée. Un livre entre les mains, Nathalie Le Mel se balance lentement dans le « rocking-chair » sur la véranda – un objet de luxe fabriqué par un ébéniste de la déportation. Elle apparaît minuscule dans ce fauteuil bien trop vaste pour son corps menu. Elle a toujours sa mise d'ouvrière, robe et châle noirs, bonnet de linge comme coiffure, et l'air d'une petite vieille tassée. Je m'assieds et contemple le panorama depuis la véranda. Je me demande quoi dire. Le Mel est très discrète, ne semble à son aise qu'avec ses vieux camarades. Elle ne perd sa réserve que lors des débats politiques.

Michel n'est pas encore rentrée mais tout fait penser à elle : sa ménagerie empeste et le boucan donne une idée du nombre de bêtes enfermées dans sa chambre. Dans la pièce qui lui est dévolue, elle partage la vie de deux chèvres, d'une poignée de poules, de plusieurs chats, d'un chien éclopé et même d'une anémone de mer dans un petit bocal. Cette arche de Noé fait bouillir les autres déportées. Avec les cloisons peu épaisses faites de planches mal ajustées, les odeurs comme le bruit ne s'arrêtent pas aux portes. Ce zoo crasseux est un sujet de railleries prisé dans la déportation.

Il y a d'autres bruits qui indisposent dans cette bicoque. La déportée que la rumeur désignait comme fille soumise se prostitue. La clientèle ne manque pas, à voir la file d'attente derrière la baraque. Certains jours, j'ai l'impression que l'abstinence sexuelle m'empêche de tourner rond, la privation devient une idée fixe, se débarrasser de cette pulsion relève alors de l'obsession. Mais finalement, je ne suis pas prêt à me résoudre à faire comme ces dizaines d'hommes qui viennent chaque jour ici.

Michel finit par arriver, l'une de ses chèvres et son chien à trois pattes gambadant autour d'elle. Elle rapporte divers échantillons de feuilles de palétuvier et de coquillages. Je suis venu avec mon herbier partager mes dernières découvertes. Dans sa chambre traînent un peu partout des pages manuscrites de sa transcription des légendes canaques narrées par Daoumi, de ses romans et de ses poèmes, de ses partitions de musique pour piano, et puis des dessins de la nature de Ducos, des brouillons de ses rapports scientifiques, des livres en pagaille. En plein milieu de la pièce, l'anémone a tout le loisir d'observer une ébauche de sculpture en terre argileuse de Tindu. La pièce est d'un désordre et d'une saleté ahurissants, mais j'admire cette curiosité qui pousse Michel à s'intéresser à tout.

Nous délaissons la chambre encombrée et nauséabonde. Le Mel n'a pas quitté son « rocking-chair ». Adélaïde Chéron et une autre déportée l'ont rejointe sur la terrasse et reprisent des vêtements. Michel nous sert un reste de café saumâtre. Le liquide est froid, mais il suffit à réchauffer Le Mel et bientôt la discussion crépite entre elle et Louise. Ces deux-là continuent de se vouvoyer, pourtant leur complicité intellectuelle est une évidence. Avec Le Mel, Michel élargit son horizon. Lors de la Commune, elle avait l'enthousiasme rivé au corps, une énergie quasiment suicidaire qui l'a transformée en furie. Au contact de Le Mel, elle mûrit sa réflexion politique, elle médite sur l'échec, elle cherche des voies pour la reprise du combat, lorsque nous serons rentrés – car nous rentrerons. Renoncer à cet espoir, c'est crever.

Je m'aperçois avec étonnement que les deux femmes partagent à présent cette conviction que le pouvoir porte en lui les germes de la pourriture. Elles sont en train de verser dans l'anarchisme. Je ne les suis pas dans cette voie. Ce qu'il nous a manqué pour gagner la lutte, c'étaient des décisions, une stratégie, et qu'on s'y tienne, c'étaient de vrais chefs. L'envie d'en découdre peut suffire à prendre le pouvoir, pas à le garder. Là est la leçon de notre échec. Reste à savoir ce que j'en ferai si je finis par me retrouver de nouveau à Paris.

L'entrée est à dix sous. La salle – nous l'appelons « la salle », mais il s'agit en réalité d'un enclos – est grande, quarante mètres sur vingt, et pourtant on doit refuser du monde. Quelques spectateurs au premier rang essaient d'épier ce qu'il se passe derrière le rideau d'avant-scène. En coulisse, car il y a des coulisses, la troupe achève de se préparer. Eugénie Piffault et Thibaudet procèdent aux derniers ajustements des costumes. Je m'assure que chacun a ses accessoires – sabres, épées, casques, cuirasses. Les acteurs sont malades de trouille. Hier encore, aucun n'était démangé par le trac, ils envisageaient tous avec sérénité cette grande première – leur premier rôle, leur première pièce. Veyrier, un rond-de-cuir qui réalise un rêve de jeunesse en faisant le metteur en scène, se doutait un peu que cette béatitude ne durerait pas et que la troupe dessaoulerait à l'approche des trois coups. Tout à l'heure encore, tout allait pour le mieux. Que peut-il vous arriver, quand vous êtes passé en cour martiale et avez cru que le prochain refroidi, le lendemain au petit matin, ce serait vous ? Et puis les spectateurs ont commencé à affluer. Derrière les murs en drap, le brouhaha enfle, vous devinez qu'ils sont nombreux, qu'ils sont en verve et ont bien l'intention de s'amuser. À vos dépends, s'il le faut ! C'est alors que le trac déboule.

Au moment d'entrer en scène – une scène bien visible de toute la salle, les terrassiers et les maçons de la déportation qui s'en sont chargés n'ont pas lésiné sur les couches de terre et de sable –, un grand trou se creuse soudain dans la tête des acteurs, par lequel leur texte si longuement répété s'évapore d'un coup. Le souffleur ne va pas manquer de travail.

La représentation est malgré tout un succès. Il y aurait certes à redire sur les acteurs, qui ne savent ni jouer, ni leur texte. Mais les décors ont de la gueule, nous les avons peints avec Emma et les enfants sur de grands draps dérobés à l'hôpital, avec de la terre rouge et jaune, du charbon, du marc de café, avec n'importe quoi. Les accessoires fabriqués par Cheroy, un ouvrier ferblantier, sont dignes du théâtre de la porte Saint-Martin. Les costumes préparés par Eugénie et Thibaudet, faits de chiffons et de papiers multicolores, manquent d'élégance mais pas de puissance évocatrice, et la longue robe noire prêtée par Louise Michel, celle qu'elle portait lors du conseil de guerre au cours duquel elle a réclamé la mort, sied à peu près au premier rôle, Jules Corion, et cache ses jambes trapues et velues. Il est métamorphosé, d'autant qu'un coiffeur de la déportation l'a rasé de près et est parvenu à transformer sa tignasse en une espèce de chignon. Corion s'est effacé derrière une Lucrèce Borgia réellement sinistre.

Bauër a eu raison de proposer le célèbre drame de Victor Hugo pour étrenner notre théâtre des Délassements. La déportation tout entière idolâtre Hugo, personne n'irait siffler la représentation d'une pièce du grand écrivain, magnifique opposant à Bonaparte et l'un des plus acharnés à nous obtenir l'amnistie.

Henry nous sauve la mise grâce à son impressionnante bibliothèque, due à l'intarissable prodigalité de sa mère. Mais depuis le départ de Rochefort, il glisse sur une pente exaspérante. Rochefort parmi nous, la vie sociale que Bauër apprécie tant s'était relancée. Depuis le départ du marquis, il replonge dans la déprime. Il ne sort quasiment plus de sa paillote. Évite les conversations, ne paraît plus aux débats, lui dont la verve et l'esprit brillant éblouissaient notre salon littéraire durant la traversée. Ses compagnons favoris sont ses livres. Il vivrait totalement en ermite si Michel, moi et quelques autres ne passions le voir de temps en temps. Elles me pèsent de plus en plus ces visites. J'en ai marre qu'il passe son temps à se plaindre, à étaler son aigreur. J'en ai assez qu'il ne voie rien d'autre que son malheur, alors que c'est en face, au bagne, qu'il devrait être emprisonné, condamné aux travaux forcés à perpétuité. Si le lieutenant-colonel Lisbonne n'avait préféré risquer la mort plutôt que de le dénoncer, s'il n'avait assumé à sa place les incendies de la rue Vavin, Bauër serait en ce moment en train de casser des cailloux, accouplé à un autre forçat par une chaîne de sept kilos, et l'argent de sa mère n'y pourrait rien. C'est un enfant gâté.

Encore une évasion de ratée, mais celle-là leur a coûté la vie, aux fugitifs. Ça nous laisse à tous un goût particulièrement amer au fond de la gorge. Le docteur Rastoul et dix-neuf autres déportés ont tenté de s'enfuir sur un misérable radeau. Ils comptaient gagner l'Australie ! Ils sont partis de nuit, alors que la mer était grosse, l'embarcation s'est fracassée sur les premiers récifs, à quelques centaines de mètres du rivage de l'île des Pins. On n'en a retrouvé que quelques planches.

Rastoul, ce n'était pas un aventurier, un risque-tout. Alors, avoir joué sa vie pour une évasion aussi hasardeuse… Un suicide. Seul le désespoir a pu lui faire perdre toute jugeote. Après la fuite de Rochefort, tous les déportés simples qui avaient réussi à s'installer à Nouméa avaient été forcés de regagner l'île des Pins. Rastoul n'avait rien pu faire pour rester, malgré la belle clientèle et la solide réputation qu'il s'était bâties au chef-lieu. Sa compagne et son fils, qui l'avaient rejoint sur le *Fénelon*, avaient été expulsés vers Sydney. Rastoul ne pouvait qu'être fou de tristesse quand il a tenté cette évasion stupide. Quelle belle clique d'assassins que ce gouvernement de « l'ordre moral » !

Près de quatre ans se sont écoulés depuis l'écrasement de la Commune et toujours aucun signe, aucun frémissement, aucune évolution sur notre sort.

Il y a bien de temps à autre des tentatives pour lancer le débat sur notre situation. Dans leur courrier, mes parents me rapportent chacune d'elles par le menu et joignent des coupures des journaux. Nous sommes nombreux à Ducos à suivre au plus près l'actualité politique, à dépecer chaque discussion à la Chambre, à disséquer la composition de l'Assemblée, à autopsier la moindre rumeur. Fin 1871, ç'avait bougé un peu, la férocité de la répression en avait secoué quelques-uns : des pétitions, des articles dans les presses républicaine et étrangère, une manifestation de lycéens, quelques députés de grandes villes de province qui avaient timidement chuchoté le mot d'amnistie à l'Assemblée, Louis Blanc qui avait fait l'honneur à la Chambre d'un beau discours. Des mots, rien que des mots. La ligne de Gambetta est majoritaire et lui ne veut pas entendre parler d'amnistie *tant que le pays n'est pas prêt*. Tant que le pays n'est pas prêt ! N'est-ce pas lui qui n'est pas pressé de nous voir revenir ?

La touffeur était intenable depuis quelques jours. Hier, au petit matin, le lever du soleil a révélé un ciel entièrement couvert. Je l'ai pris pour une promesse de fraîcheur qui avait des chances de durer toute la journée. Et puis le cyclone s'est lancé en début d'après-midi et il ne lui a pas fallu longtemps pour déchaîner une violence inconcevable. Cela a commencé par une pluie drue, teigneuse, qui ne s'arrêtait pas, qui s'acharnait de plus en plus violemment sur les paillotes. D'impressionnantes rafales de vent n'ont pas tardé à débouler, s'entremêlant aux trombes d'eau. Et le monstre n'a cessé de martyriser notre case toute la nuit durant. Cognant le toit de ses gros poings jusqu'à le transpercer. Tambourinant à la porte comme un forcené – elle aurait été enfoncée dès le début de la soirée si nous ne nous étions relayés, arc-boutés contre les planches qui tremblaient. Frappant les murs avec une massue dont les coups sourds étaient d'autant plus effrayants qu'on ne savait jamais quand serait décochée la prochaine salve. La terreur de perdre ce à quoi je tenais tant, les lettres, les livres, les photographies, m'a maintenu sur la brèche.

C'est d'abord la pluie qui a cessé, puis le vent s'est mis à faiblir. À cinq heures du matin tout était fini.

Notre paillote est en sale état, mais elle ne s'est pas effondrée. Pour l'essentiel, nos effets sont sauvés. Je sors de la case, titubant de fatigue, mais soulagé. Le spectacle est celui d'un désastre, à perte de vue. Tout le camp de Numbo est ravagé, nombre de cahutes gisent au sol, il n'en reste que des enchevêtrements de planches, de plaques de tôle, de branches, de boue. De nos maigres cultures ne subsiste qu'un fouillis de tiges. Des cadavres de poulets, de lapins, sont éparpillés. Les bêtes qui ont survécu errent, affolées, amochées. Le toit de zinc de l'hôpital s'est fait la belle. Seule la prison semble à peu près intacte.

Ducos est devenu un marais fangeux, un lac de boue noire et épaisse, dont s'exhale une odeur qui saisit à la gorge.

On entend des appels au secours, on extirpe les blessés des amas de paillotes. Des bras, des jambes, des côtes cassés.

Malzieux a récupéré quelques outils et, avec Mabille et Bauër, nous partons vers la baie des Dames, angoissés à l'idée de ce que nous allons trouver. La mangrove est un champ inextricable, la progression très malaisée entre les racines, les branches, les troncs enchevêtrés des palétuviers. On avance pas à pas, de l'eau jusqu'aux aisselles, en file indienne derrière Malzieux, qui nous fraie un chemin à coups de machette. Lent mais méthodique, il abat l'épaisse lame en poussant un *han !*, deux fois, trois fois de suite, puis repousse la végétation ainsi hachée, dégage le sabre d'un mouvement brusque et recommence, encore et encore. Sa force faiblit, mais il refuse obstinément de se laisser remplacer. Au bout d'un temps infini, nous débouchons enfin sur la petite plaine. Et c'est un soulagement de voir au loin la baraque des déportées qui semble avoir résisté. Nous nous approchons de la bicoque, inquiets tout de même.

Il ne leur est rien arrivé de grave. Seules quelques bêtes de la ménagerie de Michel se sont suicidées en se fracassant le crâne contre les murs, prises de terreur dès les premiers mugissements du cyclone. Sa chambre est sens dessus dessous. Elle en sera quitte pour y mettre un peu d'ordre.

Il va nous falloir du temps pour nous remettre de cette apocalypse. De nombreux déportés couchent à la belle étoile. Ils n'ont plus rien. Plus d'atelier, plus de basse-cour pour certains. Mais tous ont surtout perdu ce qui leur était le plus indispensable : courrier, souvenirs.

L'existence sur cette terre ingrate est décidément désespérante. On parvient à s'organiser, on se fabrique un lieu à peu près vivable, et tout est arraché en une nuit.

VII

18 mars 1875. Mon troisième 18 mars enfermé sur la presqu'île Ducos. Mille trois cent quatre-vingt-sept jours de prison, mille cinquante jours loin de la France.

Nous avons enterré vingt-neuf des nôtres à ce jour. Plus deux autres qui ont préféré la compagnie de l'aumônier pour leur dernier voyage.

Bauër s'est mis à la colle avec une blanchisseuse de Ménilmontant. Elle était venue en Nouvelle-Calédonie rejoindre son compagnon déporté sur l'île des Pins. La jeune grisette a décidé de ne pas pousser plus loin que Ducos.

Francesco a eu son premier enfant. Il l'a appelé Étienne et j'en suis en quelque sorte le parrain. Un parrain emprisonné et inutile. Pauvre gosse !

Le navire de liaison avec Sydney a fait naufrage. Il transportait nos lettres de France.

Pour le reste, rien ne varie jamais.

Nos figures. La tignasse, la barbe, la peau recuite par le soleil, le visage ridé et défait. Tous sont pareils, sauf quelques calvities qui commencent à apparaître.

La végétation, la température, l'envie de somnoler. Le rythme de cette nature est celui d'un été trop chaud et trop humide qui s'écoule indéfiniment.

Mon bout de terre, toujours aussi peu fertile, même s'il a retrouvé une allure de potager.

Les rumeurs sur l'évolution de notre situation. Ce sont chaque fois des stupidités qu'on n'a pas le droit de remettre en cause sous peine de se faire traiter de mouchard. Le bruit qui court en ce moment nous promet la relégation à Tahiti ou à La Réunion.

Les séances nauséabondes du « Comité de salut public » sous l'ombre chétive d'un niaouli en bordure du camp de Numbo. Chaque après-midi cette petite assemblée de types désœuvrés colporte les ragots, se repaît des cancans, condamne les déportés dont elle estime que les opinions révolutionnaires s'affadissent. Ces gens-là aiment vivre dans la paresse, la saleté et les calomnies.

L'attente de l'amnistie, dans laquelle nous communions tous, les sept cent quatre-vingt-dix-neuf de la presqu'île. Mais la République n'est toujours pas républicaine. La Constitution qui vient d'être adoptée tire sur le monarchique. Le *Daily News* a publié le témoignage d'un communard emprisonné au bagne de l'île Nou. On ignore par quel stratagème il a pu parvenir à la rédaction, en tout cas le détenu a réussi à ne pas être démasqué. Un franc-tireur en a profité pour interpeller la Chambre, il a dénoncé les sévices qu'on nous inflige et a déposé un projet d'amnistie pleine et entière. Comme à chaque fois, il n'y a même pas eu de débat.

Les tentatives d'évasion ratées. La dernière a valu à Assi un an de prison pour complicité. De toute façon, avant de se faire enfermer à double tour, il faisait bande à part. Il était le seul à ne pas assister aux enterrements, ces jours-là il restait confiné dans son atelier. Il ne célébrait pas non plus le 18 mars. La Commune, son souvenir et ses espoirs ne le concernent plus.

Louise Michel et sa frénésie d'activités. Elle a achevé un premier recueil de légendes canaques et a obtenu qu'un journal calédonien les publie en feuilletons.

La maladie d'Emma qui s'aggrave. Les quintes de toux se succèdent, secouant son corps chaque jour davantage amaigri. La fatigue s'est incrustée dans son visage. Elle ne parle pas de son mal, ne veut pas en parler, redoute qu'on en parle. Nous la voyons se consumer et ne pouvons rien faire.

18 mars 1876. Mon quatrième 18 mars confiné sur la presqu'île Ducos. Mille sept cent cinquante-trois jours de prison, mille quatre cent seize jours loin de la France.

Seize enterrements de plus. Quarante-sept trous creusés sur le promontoire face à la haute mer.

Celui de Passedouet est toujours fleuri. Jusqu'au dernier cyclone y était déposée une grande couronne de fleurs séchées venue de France. L'effondrement de Passedouet nous a glacés. Ses mains se sont mises à trembloter, brisant tout ce qu'il touchait. Il est redevenu un petit enfant qu'il fallait constamment surveiller, s'asseyant à côté de sa chaise, chutant à chaque pas. Puis il lui a été impossible de s'exprimer, il ne trouvait plus ses mots, les confondait. Ses sautes d'humeur le faisaient passer de l'apathie à la fureur et aux sanglots. Sa femme, qui l'avait rejoint en Nouvelle-Calédonie, a longtemps dissimulé son désespoir. La mort a délivré Passedouet de la folie.

Caulet de Taillac a obtenu sa grâce. Pour aller mourir en France. On entendait depuis des années ses crachotements de tuberculeux. Avec la mort de sa mère il a décroché. C'est parce qu'il était en fin de saison que la République lui a accordé un bon de sortie. Bauër a perdu son ami le plus proche et sombre encore plus profondément dans la neurasthénie. Il fait désormais fi de son honneur, il s'humilie à réclamer à Mac-Mahon une demande de commutation de sa peine en bannissement, rappelant qu'il est *un jeune homme qui a sa vie à commencer* et qui, *emporté par l'irréflexion de la jeunesse, entraîné par des idées chimériques, dont le temps et la réflexion se sont chargés de démontrer l'inanité, a eu le malheur de prendre part – dans une mesure très secondaire, il est vrai – aux faits insurrectionnels.*

Henri Place et une jeune femme déportée se sont mis en ménage. Leur premier gamin est né. Ils se sont mariés.

Notre théâtre des Délassements a été pulvérisé par le dernier cyclone. La troupe s'était peu à peu améliorée, à force de représentations tous les dimanches, avec chaque mois une nouvelle affiche. Chacun des titulaires était devenu convaincant, y compris Masse en premier amoureux, Vialon qui s'était spécialisé dans les rôles d'ingénue et Duturbe de grande coquette. On ne reconstruira pas la scène ni les coulisses, les rideaux, les décors – un salon fermé, une ferme, un jardin avec grilles, vases et statues, une forêt, une rue. Les cyclones qui se succèdent à la saison chaude ont eu sa peau, ils ont aussi éteint notre enthousiasme. Fini les vaudevilles et les comédies de boulevard, les pièces de variété, Molière.

Peu après le dernier cyclone est arrivé de la Grande Terre, un matin, un nuage noir, une traînée d'au moins une lieue de long. Une nuée de sauterelles. Une grêle d'insectes qui a anéanti les plantations, les feuilles, le moindre brin d'herbe. Durant des jours, Ducos s'est trouvé revêtu d'un manteau épais de bêtes vivantes et mortes. Après leur départ, le sol du camp est resté longtemps huileux, dépouillé de toute végétation.

À part ça, toujours aucun changement.

Le courrier qui s'égare. En ce moment tout le monde estime qu'on court moins de risque en demandant à nos familles d'adresser leurs lettres au ministère de la Marine et des Colonies. Alors les familles s'exécutent. Le délai du courrier en est rallongé.

La résignation du gros de la troupe, tête dans le sac, cou dans l'étau, pensée aux arrêts. Il y a de moins en moins d'amateurs pour jouer aux dames et aux échecs. Personne n'a plus envie de faire fonctionner son cerveau. Ça risque de faire réfléchir à d'autres choses. Le passé. L'avenir. À l'île des Pins quatorze déportés se sont pendus cette année.

L'amnistie qu'on attend et qui ne se profile toujours pas. Pourtant, avec les dernières élections, l'Assemblée est enfin devenue républicaine. Majorité absolue ! Les monarchistes défaits ! De nouveau une demande d'enquête d'un député sur la situation de la déportation, de nouveau la mèche éteinte immédiatement. Victor Hugo et Clemenceau qui abordent la question des responsabilités du gouvernement dans le déclenchement de l'insurrection, dans l'impossibilité de trouver un compromis, dans l'escalade de la violence. Et qui poussent à un vote sur un projet de loi d'amnistie. Rejet massif. Rejet catégorique par une Assemblée nationale devenue républicaine ! Le désespoir et l'apathie ont rapidement été submergés par l'écœurement, la rage, l'envie de crever ces députés qui attendent que nous finissions de pourrir dans notre tombeau.

Les évasions, qui continuent d'échouer. Allemane a été proche de réussir la sienne, entreprise avec une poignée de camarades du bagne. Un plan intelligent, robuste. Ils ont manqué de chance. Le châtiment a été exemplaire, les instruments de torture étant nombreux au bagne. La bastonnade – les jours où le vent porte depuis l'île Nou on croit entendre les hurlements de ceux qui subissent le fouet, et on sait que certains en crèvent –, la crapaudine, la poucette, les entraves, la barre de justice, la double boucle… On ignore si Jean s'en est tiré.

Michel, toujours sur la brèche de ses multiples activités. Elle a été déçue que nous ayons rejeté son projet d'un orchestre tropical. Elle seule parvient à imaginer les effets mélodiques qu'on pourrait tirer de bambous qu'on frappe, de coquillages dans lesquels on souffle, de feuilles qu'on plaque sur la bouche. Son idée d'une pièce canaque, représentée en maillots noirs, n'a pas non plus passé la rampe de l'approbation. Sans cesse occupée de nouvelles idées, elle ne se rend pas compte à quel point sa ménagerie horripile ses coturnes. Dans la baraque des déportées la tension empeste l'atmosphère. Même Le Mel a perdu toute bienveillance à son égard.

Emma, qui ne quitte plus sa paillote. Toute la journée ce ne sont que suffocations, râles, toux. La nuit la fillette est inondée d'une sueur glacée. Je vais souvent la voir pour lui montrer mes paysages.

C'est pour elle que je continue de dessiner. Pour voir ses yeux parcourir mes esquisses, ses doigts caresser la feuille. Pour voir son pauvre visage laisser un peu de sa tristesse, le temps de ma visite.

18 mars 1877. Mon cinquième 18 mars de prisonnier sur la presqu'île Ducos. Cela fait deux mille cent dix-huit jours que je suis reclus, mille sept cent quatre-vingt-un jours que la France est perdue pour moi.

Le cimetière est toujours aussi populaire, cinquante-quatre locataires à présent.

Des camarades du camp de Tindu cultivent des fleurs sur les tombes. Sur l'une d'elles pousse un eucalyptus.

Bauër a reçu la nouvelle de la mort de Caulet de Taillac, qui s'est éteint peu de temps après son arrivée en France. Et celle que son recours en grâce *n'avait pas paru susceptible d'être accueilli.* Sa renonciation n'aura servi qu'à l'humilier.

Au bout de cinq ans je connais chaque caillou, chaque herbe de ce bout de terre. J'ai parcouru des centaines de fois les sentiers, les plaines, les montagnes, je sais par cœur les détails de chaque paysage. Je connais chaque bruit que fait la nature. Souvent ce ne sont que des murmures. Je sais les minuscules métamorphoses des plantes tout au long de l'année, le rythme de la vie de la faune et de la flore sous-marine des baies. Je deviens indifférent à tout cela.

Plus aucune nouvelle des amis de l'École centrale. Ils ont achevé leurs études, ont fondé une famille, se sont lancés dans une carrière.

Gioia aura bientôt l'âge de songer au mariage. Elle ne me répond pas quand je lui demande pour la taquiner si elle s'est trouvé un fiancé.

Pour mon anniversaire j'ai reçu un petit colis bourré de friandises et organisé une sorte de banquet pour fêter la dégustation de ces trésors en sucre. Mes parents ne m'abandonnent pas. Il ne me reste qu'eux.

Les ouvriers d'art de la déportation ont été autorisés à participer à l'Exposition universelle qui s'ouvrira à Paris l'an prochain, le 1er mai. Cette décision a déclenché l'ébullition. Une dizaine d'entre eux se sont inscrits pour le concours d'artisanat et depuis, ils travaillent d'arrache-pied.

Soudain, après tant d'années à tourner en rond, toujours dans le mauvais sens, on dirait bien que la Terre est en train de changer d'orbite. Les signes annonciateurs se lisent dans les premiers retours en France et les manifestations de solidarité en Europe. Des déportés simples de l'île des Pins ont été graciés. De pauvres types attrapés au hasard par les troupes de Mac-Mahon lors de la Semaine sanglante, qui n'avaient sans doute même pas pris part à la Commune. Mais leur départ retentit comme une fanfare de trompettes au beau milieu de la nuit la plus sombre : la déportation n'est pas éternelle. L'espoir s'insinue de nouveau en chacun par les pores de la peau, envahit le système veineux, inonde le cerveau. On en vient à négliger sa paillote, on ne s'empresse plus de réparer les dégâts causés par les cyclones ou la sécheresse, *Ça tiendra bien encore un peu, hein !*, on commence à délaisser son potager. Les activités du quotidien sont comme de vieux habits qu'on a trop portés, on n'en peut plus de passer son temps à les rapiécer, à essayer d'éliminer la crasse. On se contente dorénavant de les laisser partir en lambeaux.

Pourtant la Chambre ne branle toujours pas, malgré Hugo, malgré Clemenceau. Michel, qui correspond régulièrement avec eux, nous tient au courant de leurs efforts. Mais c'est par les journaux, par les citoyens que la muraille de notre exil est assaillie. On entend le bruit sourd des coups de bélier contre le rempart monolithique. À Bruxelles des fonds sont recueillis, de Paris on nous envoie des vêtements achetés grâce à une souscription ouverte à Londres. Un comité d'aide aux rapatriés est créé. Le journal *Les Droits de l'homme* a enfin dénoncé l'obscénité des campagnes de propagande montées par *Le Figaro, Le Gaulois* et *La Patrie*. D'autres journaux n'hésitent plus à parler de la saignée due à la répression, il manquerait cent mille ouvriers en région parisienne. On commence à s'émouvoir de la misère en banlieues, des essaims de gosses maigres, en haillons, des femmes à l'allure sinistre à Saint-Mandé, à Belleville, à Ménilmontant, de l'absence d'hommes dans ces quartiers, des ateliers fermés dans Paris, qui était réputé pour la qualité de ses artisans.

Mon délai de cinq ans en enceinte fortifiée expire aujourd'hui. Higginson m'a embauché pour son usine. L'administration avait bien envie de faire durer le plaisir quelque temps encore. Mais Higginson a exigé que j'assiste à l'inauguration des hauts-fourneaux, ce 10 décembre. Toutes les personnalités que compte l'île seront présentes, il souhaite exhiber le brillant presque ingénieur de Paris qui en supervisera désormais la production. Higginson a exigé, il a obtenu. Ballière avait raison, cet homme semble tenir le gouverneur dans sa main. J'ai mon bon de sortie pour débarquer à Nouméa début décembre.

Emma est morte. Emma… est… morte.

Elle n'aura jamais dix-sept ans.

Quand elle a commencé à vomir des caillots de sang, quand les tremblements ne l'ont plus lâchée, nous avons compris que rien ne la sauverait. Le médecin de la marine affecté à Ducos l'avait annoncé à Eugénie et à Eugène. Le docteur Corlieu est un homme bienveillant, il a fait ce qu'il a pu.

Ma dernière nuit à Ducos.

L'air est pesant. En Europe il serait annonciateur d'un orage qui viendrait laver l'atmosphère et laisserait derrière lui une douce fraîcheur. Alors on patienterait en épiant les nuages et les bruits de la nature. Mais ici il n'y a rien à attendre : on sait bien que rien ne nous libérera de cette moiteur. La lune est pleine et éclaire vivement la mer et les terres alentour. L'eau en est phosphorescente. Mes amis ont organisé un banquet de départ sur le rivage de la baie des Dames, sur la plus belle plage de la presqu'île. Nous sommes une quinzaine, à l'écart du reste de la déportation. Cipriani et quelques autres m'ont suivi dans la mer, la plupart papotent sur le sable autour d'un feu. Des poissons pêchés par Jacques cuisent lentement sur une pierre.

La silhouette courbée du père Mabille, avec sa longue barbe de prophète, se découpe devant les flammes. Il reste immobile, l'air perdu dans ses pensées, comme lorsqu'il se promène le long des sentiers de la presqu'île. En attendant l'amnistie, que pourrait-il faire d'autre que continuer à arpenter les montagnes et les vallées jaunies par l'herbe-paille ? Il ne peut espérer se faire embaucher à Nouméa. Un ancien ciseleur en bronze, ça peut sans doute trouver à se placer au chef-lieu, mais il y a bien longtemps qu'il a perdu le tour de main, avec toutes ses années d'emprisonnement.

Malzieux nage à mes côtés. *Nouméa est réputé pour sa tristesse et son absence de distractions, tu vas vite nous regretter, l'ami !* Sa bonne humeur m'a aidé à survivre certains jours où j'avais le cœur gris. Ses épaules sont toujours larges, son dos continue de dégager un air de puissance. Mais je le vois bien, d'année en année, sa force physique décline, il se rouille. Pourrait-il encore être forgeron, avec ce corps qui s'est déshabitué du travail, qui s'est raidi ?

Bauër fait mauvaise figure ce soir. On ne peut pas dire que la nouvelle de mon départ le rende joyeux. Lui aussi a fini son bail et il serait prêt à accepter n'importe quel travail pour pouvoir vivre à Nouméa. Il n'a pas ménagé sa peine pour qu'on le laisse sortir. Et puis, sa grisette a fini par mettre les bouts. Pendant longtemps elle lui est restée attachée malgré les cris d'orfraie du « Comité de salut public », à qui il déplaisait de voir un bourgeois accaparer une jolie ouvrière. Elle a fini par comprendre que jamais il ne l'épouserait. Henry est assis en tailleur aux côtés de Michel et s'emploie à retourner machinalement avec un bout de bois les poissons en train de griller sur la braise. Michel, qu'on devine en grande conversation avec Le Mel – le coup de froid entre les deux femmes paraît oublié. Mais elle veille sans doute sur Bauër du coin de l'œil, comme elle l'a toujours fait. Elle le considère un peu comme un fils, et lui a beaucoup plus d'affection pour cette amie qu'il aime railler que pour sa propre mère.

Je n'ai pas réussi à persuader Assi de participer au banquet. Cet après-midi il est venu me souhaiter bonne chance et me donner quelques messages à transmettre au chef-lieu. Passer une soirée au milieu d'idéalistes toujours pas calmés, très peu pour lui. J'imagine qu'il m'envie, mais comme toujours sa figure n'en laisse rien deviner. Nouméa aurait bien besoin de son savoir-faire et cependant il va devoir patienter. Il est mal noté par les surveillants, sa participation à une tentative d'évasion, son insoumission chronique lui ont valu sept punitions. Pour avoir l'autorisation de mettre un pied à Nouméa, il faut d'abord être irréprochable. Ou en avoir l'air. Ma mine de bon élève m'a bien servi.

Je ne ferme pas l'œil de la nuit, avec cette excitation qui me donne des fourmillements dans tout le corps. Pourtant la tristesse me tient aussi, la tristesse d'abandonner ceux qui sont mes compagnons depuis cinq ans.

Ma dernière nuit à Ducos. La fin de la guerre à l'usure, à la crasse, à la paresse. En tout cas je veux l'espérer.

Ça ne va pas ? La santé ? Non, l'espérance

I

JE SUIS ARRIVÉ À L'AUBE et j'attends depuis trois heures, quatre heures peut-être. Assis par terre, dans un coin, sur le sol battu de la cabane des surveillants qui gardent l'isthme de la presqu'île. La sueur coule lentement sur ma peau. J'écoute les moustiques. J'observe les cancrelats. Je me défends des mouches. La moiteur dissuade les gardes-chiourme de s'intéresser à moi. Ils font comme si je n'existais pas. Les chiens aussi sont abrutis de chaleur, étendus sur le sol caillouteux juste devant le cabanon, la langue pendante entre les crocs, la gueule grande ouverte pour happer l'air. Cette attente n'en finit pas et je sens ma cervelle suinter, tomber lentement dans un puits sans pensées. Parfois je suis pris d'une secousse le long de l'échine, l'impression qu'on me verse quelques gouttes d'eau fraîche dans le cou. Dans un sursaut, je me rappelle alors ce que je fais ici. Et je comprends que mon entrain, que cette excitation à l'idée de me retrouver *dehors*, de quitter enfin le bout de terre stérile où j'ai passé cinq années de ma vie sont en train de fondre.

Enfin les chiens aboient. Ils ont ressuscité et semblent même enragés. Une solide charrette approche, tirée par un cheval au pas vif. Deux hommes y sont installés, l'un vêtu de la tenue des forçats, un pantalon large, une chemise informe de coton gris et un chapeau de paille, l'autre, un Canaque, tête nue malgré le pilonnage du soleil, portant juste un pantalon élimé. Le bagnard me salue chaleureusement, il s'appelle Narcisse Ledoux. Le Canaque me donne son nom, Kotra, et ne dit pas un mot de plus. Tous deux sont des employés de John Higginson et sont chargés de m'emmener en ville.

Il porte bien son nom, Ledoux, un caractère affable, des gestes paisibles, les traits du visage un peu mous sous son chapeau de paille, malgré la maigreur qui fait saillir les os. J'ai parfois du mal à le comprendre, le nombre limité de dents encore accrochées à ses gencives égratigne son élocution. Ma malle – ou ce qu'il en reste, malmenée sur le dessus par les attaques de la pluie à travers le toit de la paillote, à son fondement par les coups de langue de la boue qui nous servait de tapis, toutes ses ferrures rouillées par l'humidité salée de l'air de la presqu'île – est prestement embarquée sur la charrette.

Ledoux est particulièrement liant. J'ai l'impression qu'il n'a pas souvent l'occasion de discuter. Un bagnard, c'est fait pour recevoir des ordres et se faire hurler dessus. Il me raconte qu'il doit rentrer tous les soirs au pénitencier, mais qu'il passe ses journées au service de la famille Higginson : il fait profession de garçon de famille. *On nous appelle les anges gardiens*, et il me sourit d'un air espiègle. C'est le paradis, cette situation.

Les anges gardiens sont des forçats employés à Nouméa par des officiers ou des colons établis. Leur activité principale consiste à promener les enfants du ménage – ce sont plutôt les gosses qui les baladent, car les bagnards n'ont pas le droit de sortir seuls dans la rue. Ils aident aussi les domestiques de la famille pour de menus travaux. Un emploi qui rapporte à peine davantage que l'aumône à la sortie d'une église bien achalandée : 6 francs par mois. Mais une situation peinarde, pour laquelle sont sélectionnés les bagnards qui ont la meilleure conduite. Pour les autres, la journée se passe à manier la pioche dix heures par jour dans cette fournaise tropicale, à araser les collines de Nouméa afin de remblayer les marécages qui constituent l'essentiel du chef-lieu, ou à percer la roche pour tracer des voies de communication entre les vallées du bourg. Je m'étonne que la bonne société de la colonie confie sa progéniture à des condamnés aux travaux forcés. *Ben, z'ont le choix qu'entre nous et les cannibales !*

Nous passons par une vallée où sont construites de nombreuses baraques. Elles ont l'air assez robustes, on y voit des familles avec de jeunes enfants bien coiffés, bien habillés, prendre l'air sur leur véranda. Ledoux m'explique que ce sont les logements des fonctionnaires de la Pénitentiaire, qu'ils sont plusieurs centaines à habiter ici.

La seconde vallée a un aspect plus primitif. Les baraquements ordonnés ont fait place à des cases à toit de chaume, branlantes, disséminées çà et là à flanc de colline comme des babioles accrochées de manière aléatoire à un sapin de Noël. Le fond de la vallée est parsemé de potagers et de plantations de bananiers. Les visages, les accoutrements des familles qu'on aperçoit exhalent la misère. D'après Ledoux, ils sont au moins un millier à vivre dans ce hameau. Lui rêve de s'installer là quand il aura purgé sa peine : c'est ici que sera sa place.

Cette bourgade pouilleuse constitue le village des libérés. Pour peupler la chétive colonie, l'État a trouvé une recette magique : un bagnard qui a moins de huit ans à purger, une fois élargi, doit rester en Nouvelle-Calédonie encore au moins huit années comme colon. C'est la « doublure ». Si la condamnation excède les huit années, la résidence forcée dans l'archipel est pour la vie. L'administration octroie au libéré une petite concession, l'encourage à prendre femme, et voilà un joli couple de colons tout neuf, qu'on ne risque pas de voir s'échapper vers des terres plus luxuriantes. Je me rends compte que c'est en grande partie sur ceux qu'il considère comme le rebut du pays que l'État français compte pour créer ici une petite société et enraciner dans l'archipel l'ordre moral et la civilisation européenne.

La route de Ducos débouche sur le port. Les nombreux navires qui mouillent dans la rade laissent imaginer une intense activité au chef-lieu. De gros vapeurs de guerre, des canonnières, beaucoup de bâtiments de commerce également, des embarcations à voile ou à rame, et comme toujours des transports de forçats. Année après année, depuis Numbo, on a pu observer l'activité aller croissant. Pourtant les installations portuaires que nous longeons font penser que l'île vient à peine d'être annexée. Un quai en maçonnerie est en cours de construction. Nous passons devant quelques appontements de fortune, à l'usage de l'administration. Les navires de commerce doivent se débrouiller pour débarquer leurs marchandises sur une plage à l'aide de chaloupes. En ce dimanche, le café du Port est le seul lieu animé dans les parages. Il est bourré et le boucan que font tous ces hommes me laisse penser que beaucoup sont déjà éméchés.

Ensuite nous bifurquons vers l'intérieur des terres sur un chemin caillouteux bordé de dépôts de charbon, de bois et de diverses marchandises, qui nous mène au centre-ville. Son plan en damier est une première trace d'urbanisme qui me réconforte un peu. À part de nombreuses grappes de chiens galeux, affalés à l'ombre maigre des vérandas des boutiques, pas d'autre souffle de vie dans ces parages. Pas de souffle tout court : les collines alentour privent les lieux du vent frais qui pourrait avoir envie de se frayer un passage entre la chaîne montagneuse et la mer. Les toits des maisons, en tôle de zinc, réverbèrent les rayons du soleil. Se promener dans ces rues revient à traverser un four. Il y a des cocotiers par endroits – seulement, ces arbres-là ne donnent pas beaucoup d'ombre. On a commencé à planter çà et là des acacias et des bouraos, mais il va falloir patienter avant qu'ils n'exaucent leur promesse de fraîcheur.

Le chef-lieu, pour l'essentiel, se tient sous mes yeux. Nouméa est une ville en miniature, avec des rues en terre, des bicoques en bois construites de plain-pied, tapies sous leur toit en tôle ondulée. Et une allure de conquête de l'Ouest américain.

Nous longeons le Grand Hôtel Central, *le plus chic de la ville*, et croisons un colon tout de blanc vêtu, botté, casque en toile, moustache bien taillée, col et cravate, qui file avec élégance sur son vélocipède. Dans ces ruelles on s'attend plutôt à voir déferler une bande de cow-boys éperonnant leurs chevaux pour échapper à des Sioux revendicatifs et avides de scalps frais.

La villa devant laquelle nous nous arrêtons en impose avec son étage, les piliers sculptés de sa galerie et ses élégants balcons. Avec, aussi, ce banian monumental, trônant au milieu d'un grand jardin encadré d'une haie d'arbustes. Cette demeure laisse supposer qu'il y a finalement bien davantage de richesses à exploiter dans cet archipel que l'idée qu'on s'en fait depuis Ducos.

Un domestique canaque m'introduit dans la demeure et me demande de patienter. Je comprends que Higginson et sa famille rentrent tout juste de la messe. Dans le salon, au milieu du mobilier cossu et des épaisses tentures à décor fleuri, j'aperçois cinq ou six fillettes et jeunes filles, les bouclettes des cheveux savamment attachées. Il y a là aussi, en retrait, un garçon à l'air renfrogné, et l'épouse du maître des lieux, un nourrisson dans les bras.

Quand je pénètre dans la pièce vers laquelle le domestique m'a conduit, elle paraît étriquée tellement le bureau qui en occupe le centre est imposant. Ce meuble de style Empire, avec ses énormes pieds dorés en forme de sphinges, semble incongru dans ce hameau aux rues de terre battue. Un homme feuillette des documents. L'allure est rondouillarde, la calvitie s'installe.

Higginson m'invite à m'asseoir d'un geste de la main – elle est gantée de filoselle. Il m'accueille avec un entrain ostensible. En dépit de sa redingote ouverte sur un gilet de costume à l'étoffe soyeuse, il ne semble pas souffrir le moins du monde de la chaleur, qui continue pourtant de me liquéfier lentement, même à l'abri des persiennes. Le plateau du bureau est si large que je me retrouve à près de trois mètres du maître des lieux.

D'emblée Higginson se met à parler de lui. Il me raconte son arrivée à Nouméa, il y a près de vingt ans. La localité consistait alors en un marais au bord duquel s'élevait une poignée de cabanes en torchis. Quelques baleiniers et un bateau de commerce au mouillage dans la rade, et voilà.

Arrivant de la fringante Melbourne, le changement pour lui avait été complet et déconcertant. Il se fait insistant pour me faire comprendre que seules l'intéressent l'énergie et la détermination, *qui soulèvent les montagnes et font prospérer le business* – et qui, dans ce Far-West océanien, transforment en chef-lieu des mangroves, et en millionnaire un jeune homme sans le sou, dont le premier gagne-pain a été un emploi de manœuvre pour l'arasement d'une butte. Il ne s'embarrasse pas non plus de subtilité pour me faire savoir qu'il ne tolère ni entrave, ni états d'âme. Que seuls l'efficacité et les résultats lui importent.

Tout en l'écoutant, j'observe cet homme et son étrange capacité à discourir avec autorité, en dépit de ce parler bizarre à l'accent non identifiable. Son assurance aussi, et l'impression de vulgarité qu'il dégage. Il est manifestement accoutumé à imposer sa volonté. Je m'en veux de l'avoir, dès le début de l'entretien, laissé prendre l'ascendant sur moi. Il ne me fait que trop ressentir mon impuissance.

La discussion débouche finalement sur l'usine de la pointe Chaleix, où je vais exercer mes talents à partir de demain. Higginson en parle comme de sa nouvelle pépite, sa folie, *Je me suis dit, tu peux faire mieux que du commerce, et je me suis passionné pour le nickel !* Cette usine va lui permettre de tirer davantage d'argent du minerai.

C'est tout ce qui lui importe. Pour les détails, il fait confiance aux experts dont il s'est entouré pour mener le projet à bien.

Et puis brusquement, au détour d'une recommandation sur la manière dont je devrai me présenter aux éminences qui viendront inaugurer l'usine dans une semaine, l'entretien s'achève. L'homme perd toute amabilité et paraît soudain pressé, il vient de se rappeler qu'il a des affaires importantes à traiter.

Le domestique canaque me reconduit. Son élégant habit de majordome anglais est surplombé d'une chevelure dense et crépue qui culmine à une vingtaine de centimètres au-dessus de son crâne, ornementée de coquillages enchâssés dans l'épaisse toison.

Il me ramène auprès de Ledoux, en train de dîner en cuisine. Je partage avec lui les restes posés sur la table avec indifférence, sans délicatesse aucune mais sans animosité non plus, par la cuisinière de la famille.

C'est la première femme canaque qu'il m'est donné de voir de près. Les cheveux courts et grisonnants, le visage très noir, ridé mais bien plein, lui donnent un air intemporel. Je la sens qui m'observe du coin de l'œil, en prenant garde de n'en rien laisser paraître – tout comme moi. Son regard est sombre comme le fond d'une grotte, pas une parole, pas l'ombre d'un sourire. Aucun frémissement sur cette figure immobile. Un corps large et monolithique, des gestes lents, comme si elle voulait éviter de soulever l'air brûlant en suspension dans la cuisine. J'aimerais lui parler, mais Ledoux m'avertit que c'est peine perdue. Elle baragouine tout juste quelques mots de français. *Mais si ça s'trouve elle comprend tout, la vieille guenon !*

Dans la charrette, le Canaque dort paisiblement aux côtés de ma malle. Je m'installe avec Ledoux et nous repartons. La chaleur est toujours aussi lourde, la moiteur poisseuse, les rues vides et poussiéreuses, les cafés bondés et tapageurs.

Nous quittons le damier du centre-ville par une longue rue qui surnage au-dessus des marécages. L'endroit a été baptisé Quartier latin. Il en faudrait davantage pour que je parvienne à m'imaginer dans un café à la mode avec des amis. En tout cas, les colons n'ont pas attendu que les lieux soient au sec pour s'y installer, des maisons ont commencé à pousser, certaines sont juchées sur de hauts pilotis. La végétation reste pauvre.

Nous franchissons ensuite la colline qui mène à la vallée de l'Orphelinat. Arrivés en haut du col, nous saluons le troupier qui garde l'entrée de la pointe de l'Artillerie et son impressionnante caserne, le premier bâtiment qui s'était imposé à notre vue depuis la *Danaé* à l'approche de Nouméa, il y a cinq ans. La caserne est à présent entourée de nombreux bâtiments, eux aussi en dur. Ce sont les constructions les plus sérieuses de la ville. On comprend tout de suite que là est le cœur du chef-lieu. Ledoux me raconte que les jours de cérémonie militaire, en centre-ville, le nombre d'officiers et de soldats impressionne – et il rassure aussi, surtout les colons. Avec huit mille condamnés, on n'est jamais trop prudent.

Nous descendons vers la vallée. Le chemin est fastidieux, mais Ledoux cherche à me tranquilliser : le percement de la colline ne va pas tarder à commencer, il permettra un accès direct à la vallée, d'ici quelques années. Pour l'instant en tout cas, il faut être pauvre, malchanceux ou optimiste pour décider de vivre ici.

C'est là que je vais m'installer. Avec mon salaire – *200 ou 250 francs par mois pour commencer, nous ajusterons ce montant par la suite, au moment adéquat,* m'a promis le secrétaire de Higginson dans son courrier –, il va falloir jouer serré. Ballière m'avait prévenu que tout est hors de prix au chef-lieu, car tout est importé. Que le salaire d'un déporté ne pèse pas bien lourd.

Malgré tout, je veux économiser pour adresser des mandats à mes parents. Durant cinq années ils m'ont envoyé de quoi améliorer l'ordinaire à Ducos. Je veux être quitte envers eux lorsque je rentrerai.

J'ai donc opté pour une chambre chez un petit colon, une pièce forcément sans confort et sans intimité. Au moins, l'usine sera proche.

Nous débouchons sur une vaste baie. Une plage nue, une mer d'un bleu profond qui pousse tranquillement ses lames argentées vers le rivage. Et un brin de vent, enfin. La vallée elle-même n'est qu'une agglomération de cabanes et de fermes, perdues au milieu des broussailles, des niaoulis et des bananiers. Paillotes bancales, posées sur un coin de terre, dans le désordre. Les autorités n'ont pas dû se mêler beaucoup de l'établissement de ce quartier. À l'écart sur un flanc de colline, des cases plus sommaires encore : un camp indigène.

Nous longeons une bâtisse en pierre, à la façade austère et rebutante. C'est l'orphelinat. Ledoux me confie que sa première sortie de libéré sera une visite aux sœurs de Saint-

Joseph-de-Cluny qui tiennent cet établissement. Les premières orphelines venaient de France, la traversée était leur voyage de noces : on les convoyait en Nouvelle-Calédonie pour les marier aux hommes de la colonie. La pratique ne s'est pas perdue, pas davantage que la vocation des sœurs à prendre en charge les âmes des orphelines, ce qui consiste surtout à les préparer à devenir femmes de colons. Et si Ledoux ne trouve pas chaussure à son pied à l'orphelinat, il sait qu'il pourra compter sur le bagne des femmes à Bourail, qui est surnommé le « paddock » : l'enclos aux vaches.

Une baraque de saltimbanque. Un simple rez-de-chaussée, sorte de cube de planches mal jointes posé sur de grosses pierres. Une cuve en fer blanc pour recueillir l'eau de pluie, canalisée par les ondulations du toit en tôle de zinc. Une basse-cour sale et bruyante. Voilà mon « *sweet home* ».

Les colons chez lesquels je m'installe me racontent qu'ils sont venus d'Australie tenter leur chance dans ce nouvel Eldorado. Lui a quitté sa Pologne pour devenir millionnaire en Californie, mais il est arrivé trop tard, le filon était épuisé. Il a alors suivi le mouvement poussant les chercheurs d'or en Australie, dans la région de Melbourne. Il y a épousé une fille d'anciens forçats anglais. Et comme il n'a rien trouvé qui justifie ses journées de chien, à brûler sous le soleil, pistolet à la ceinture et trouille au ventre de se faire descendre à la première pépite dénichée, il s'est laissé convaincre que la vie de prospecteur était plus prometteuse en Nouvelle-Calédonie, où l'on venait de découvrir de l'or. L'or n'a eu qu'un temps, à présent, ce sont les mines de nickel, de cuivre et de chrome qui tiennent le haut du pavé. Mais pour mes logeurs, la vie de mineur, ça n'a pas duré. Dans la région où ils étaient installés, Higginson a signé avec la Pénitentiaire un contrat de chair des plus avantageux. *Il sait y faire pour convaincre les fonctionnaires, le Higginson.* Il a obtenu trois cents forçats pour ses mines, trois cents esclaves blancs payés dix centimes la journée. En prime, la nourriture et l'habillement restent aux frais de l'État. Ça a soufflé d'un coup, comme un bâton de dynamite, le travail et le commerce dans la région.

Le couple s'est alors établi à Nouméa et vivote avec ses quelques poules et les légumes qu'il tire de son lopin de terre. Avec le bagne qui dégueule une cinquantaine de libérés chaque mois, ce sont autant d'hommes qui doivent trouver le moyen de gagner leur croûte dans une île où les seules activités sont l'agriculture, l'élevage et la mine. *Alors c'est dur de faire de l'argent.* Elle, elle travaille à domicile comme repasseuse. Elle va chercher les ballots avec leur charrette. Ce sont les seuls moments où elle met les pieds au centre-ville. *De toute façon j'pourrais rien acheter*. Lui y est plus souvent fourré, surtout au café du Port, ce qu'elle lui reproche avec aigreur.

Ces deux-là, leur compagnie ne va pas être des plus distrayante.

Je paie d'avance mon premier mois. Avant de quitter Ducos je suis allé récupérer l'argent de mon dernier mandat de France. Mes logeurs font un peu la fine gueule en palpant le carré de papier sale que je leur tends. Quand un déporté touche son argent ici, ni pièces, ni or, mais des bons à l'ordre du Trésor colonial de la Nouvelle-Calédonie. Au dos du papier, on trouve toujours une réclame, pour le café Pacifique à l'angle des rues Sébastopol et Turbigo, pour la papeterie Guilbert rue de l'Alma ou pour l'hôtel Metropolitan rue de Wagram. Il n'y a pas de rue de Sedan.

Je suis en train de déballer mes effets – au moins ils ne seront pas dépaysés ici par la poussière, principal décor de la pièce – quand ma logeuse déboule sans même frapper. Elle veut me présenter une Canaque qui fait de petits travaux dans la vallée pour les colons, elle pourrait s'occuper de mon linge pour quelques francs. La jeune femme se tient en retrait mais ne paraît pas particulièrement effarouchée. C'est une adolescente à la mine boudeuse, le cheveu est ras et met en valeur son regard franc. Pas laide. Sous la blouse blanche à manches longues on devine des seins fermes, pointus. Des bracelets et un long collier en coquillages donnent une certaine allure à sa mise assez simple.

Je lui demande comment il se fait qu'elle parle bien le français. Elle a passé plusieurs années à la mission de Saint-Louis, à deux heures de marche d'ici. Elle s'appelle Hygué, et les sœurs maristes qui l'ont éduquée en ont fait une Rosalie. Elle est originaire de Touho, sur la côte est de la Grande Terre. Quand le grand chef s'est converti, le reste du clan a immédiatement suivi, et comme à leur habitude les maristes ont embarqué tout ce petit monde pour l'installer sur l'un de leurs domaines. À l'écart des autres tribus encore païennes, de la ville tentatrice et des diables de colons aux mœurs dépravées.

J'aurais bien aimé passer la soirée à discuter avec Hygué – elle préfère que je l'appelle ainsi, et ça lui va mieux, de toute façon. Qu'elle me parle des Canaques. Se retrouver sur une île où subsistent encore des peuplades primitives et ne presque rien savoir d'elles, c'est ridicule ! Daoumi m'a juste appris quelques mots. Mais la nuit est tombée, ma logeuse m'appelle pour le souper. Sa voix est aussi rêche que sa figure.

Va-t-il falloir souper en leur compagnie tous les soirs ? Ou seulement aujourd'hui, parce qu'on fête mon arrivée et mes 75 francs de loyer ? Le riz – une purée insipide qui colle au palais – a dû cuire toute la journée. Quant au bouillon de poule, il semble sortir du fond d'un baquet à lessive. La brise en provenance de la mer finit tout de même par adoucir mon humeur maussade. On est mieux sur la véranda qu'à l'intérieur, où l'air chaud est incrusté aux murs, collé aux plafonds et bouffe tout l'espace qui subsiste au milieu. Alors j'accepte un deuxième verre de grog au gin, et de regarder le temps passer à travers l'obscurité des broussailles et les senteurs de niaouli.

Je demande à mon logeur s'il connaît les coutumes des Canaques. Il a vécu en brousse, à proximité de tribus. Rien à en tirer. Il n'a jamais cherché à en rencontrer. Les naturels ne l'intéressent pas plus que les bandes de chiens errants du centre-ville.

Il pleut durant la nuit. Les gouttes qui tombent sur cette toiture de tôle résonnent en continu. Un roulement de tambour ininterrompu. À Ducos, l'eau qui s'attaquait au chaume de notre paillote faisait un bruit sourd, presque apaisant.

Ça va donc être ça, ma nouvelle vie ? Mon nouvel horizon, cette ville improvisée, ces habitations regroupées autour d'un poste militaire, planté là parce que le site est facile à défendre ? Idée dérisoire, quels ennemis voudraient s'emparer de cette terre ingrate !

Bien sûr, il y a de l'exotisme dans cette bourgade, mais je vais vite m'en dégoûter. D'autant plus rapidement que j'y suis cloîtré. Les limites de la prison se sont élargies, mais je reste confiné dans un réduit : pas le droit de s'éloigner de plus de huit kilomètres. Et j'y suis seul.

Cet exil ne s'arrêtera donc jamais ? D'abord l'immersion dans les prisons versaillaises et les forteresses de la côte atlantique pour un premier décrassage, ensuite la traversée et un second lessivage à grande eau, et puis les cinq années à la presqu'île, à se faire rincer, tordre, presser. Et maintenant, cette arrière-cour où l'on va me laisser sécher sous le soleil inexorable. Jusqu'à quand ?

II

Elle est apprêtée pour la cérémonie. Aussi propre que possible. Parée de feuilles de cocotier. Légèrement maquillée avec quelques copeaux de sciure de bois, de façon à dissimuler les taches d'huile. Silencieuse, aucun bruit inconvenant. Des hommes en costume, des femmes à chapeau et ombrelle, le tout-Nouméa est venu de bon matin assister à l'événement. L'usine est en beauté pour une visite qui mettra en valeur les investissements réalisés, tout en évitant de rappeler que l'industrie, c'est salissant et bruyant.

Les cabs et les victorias défilent, Higginson et le directeur de l'usine, Reverdy, sont en première ligne pour accueillir le beau monde. Je me tiens en retrait, aux côtés de Malet, le comptable. Cette parade est l'occasion pour moi de découvrir d'un coup tout le gratin de la colonie.

Le gouverneur est arrivé le premier, en grande pompe, dans sa victoria attelée en flèche. Ce contre-amiral de Pritzbuer s'est plu depuis trois ans à saupoudrer de sel la plaie de notre vie en déportation. Le personnage apprécie l'apparat et les fanfreluches, et tient en Higginson un partenaire de choix. Tandis que l'un promène avec solennité son bicorne à plumeau, porté au flanc près de la monture de son épée, l'autre arbore une redingote à col de fourrure ras et des gants de chevreau – stoïque dans la moiteur déjà poisseuse de ce début de journée – que complète une canne à pommeau en or.

De Pritzbuer est accompagné de ses chefs de service, uniformes blancs impeccables, casques coloniaux, figures sévères. Tout le conseil municipal est également présent. Malet me fait remarquer parmi cet aréopage un homme de haute stature, dont la grosse barbe laisse imaginer le républicain : Jean-Baptiste Dézarnaulds. *Celui-là devrait vous être sympathique et vous auriez avantage à faire sa connaissance.* Il aurait quitté la France à la suite d'un coup d'État raté contre Napoléon III, et après une escale en Californie et un crochet de plusieurs années par Melbourne et Sydney, il s'est établi dans l'archipel quelques années après Higginson. Il a la charge du notariat de l'île et est l'avocat des procès les plus délicats. Il ne se gêne pas pour afficher ses opinions : républicain et anticlérical.

Pour compléter cette assemblée de haut vol, ne manquait qu'une robe, qui vient d'arriver : le révérend père Fraysse, provicaire apostolique de Nouvelle-Calédonie. Il est sept heures, le ciel est d'un bleu franc, lumineux. L'inauguration peut commencer.

Le directeur de l'Intérieur de la colonie se charge du discours. Cette fonderie fait entrer l'archipel dans l'ère industrielle, *C'est un progrès considérable pour la Nouvelle-Calédonie et cette impulsion, c'est à vous, cher monsieur Higginson, que la France la doit.* S'ensuit un hommage appuyé à l'homme d'affaires, dans lequel le fonctionnaire salue *la rare audace et la grande habileté d'un homme animé de grandes et généreuses ambitions.* Enfin, après une allocution de Higginson, l'usine est solennellement bénite par le goupillon du curé.

Higginson et de Pritzbuer s'éclipsent, et Reverdy, rendu à son autorité et à son prestige de seul maître à bord dans l'usine, peut enfin engager les chefs de service et les conseillers municipaux au complet dans une visite dont il a soigneusement répété le parcours, affûtant depuis plusieurs jours les détails techniques de son exposé tout autant que les mots d'esprit. Il s'attarde particulièrement devant les deux hauts-fourneaux de sept mètres de hauteur et dix-huit mètres cubes de volume, assurément le clou du spectacle. Avec une précision aussi rigoureuse qu'austère, il explique comment, à partir d'un minerai à six ou sept pour cent de teneur en nickel, on obtient un produit enrichi jusqu'à soixante-cinq pour cent, ne négligeant aucune étape technique pour faire apprécier aux visiteurs l'ingéniosité de ce procédé de traitement par voie sèche. Reverdy a à peine achevé son exposé que les applaudissements fusent. Ils témoignent avant tout du soulagement d'en avoir fini avant que la chaleur de la matinée ne s'empare complètement de l'atmosphère.

Je rentre tard, l'heure du souper est passée. Mes logeurs profitent comme à leur habitude de la brise du soir sur leur véranda. On a mis de côté mon repas, toujours le même riz trop cuit, encore des ignames, quelques biscuits. De toute façon je suis trop fourbu pour avoir faim. Mais un petit grog de gin, ça ne se refuse pas.

Nous parlons de l'inauguration. Ça réveille les souvenirs de mon logeur, qui évoque son boulot à la mine. Il se lève pour aller chercher un caillou de garniérite, le minerai riche en nickel qu'on exploite dans les massifs montagneux de l'île. C'est une belle roche, qui mêle les nuances vert pomme du nickel au rouge brun de la latérite. *C'était dur mais c'était du vrai travail, pas comme ici, à la ferme.*

Ce qu'il me décrit est un turbin de forçat. Il explique comment on décape les gisements à la pioche, avant d'attaquer les filons à la pince, puis de casser au marteau les morceaux de roche, dont on ne récupère que les parties les plus riches. Le triage se fait à la main, il n'y a aucun équipement, et les blocs les plus intéressants sont mis en sac, *Des sacs de cinquante kilos, remplis jusqu'à la gueule, des dizaines et des dizaines de sacs à transporter chaque jour à dos d'homme.* Puis par wagonnets, jusqu'à la côte, où ils sont ensuite transbordés sur des minéraliers à voile.

Il me décrit aussi ce qu'on voit du sommet des montagnes exploitées : partout la roche mise à nu, de gigantesques lacérations rouges sur les flancs des massifs, des blessures qui jamais ne se refermeront, que le pelage gris-vert de la végétation ne viendra plus jamais recouvrir.

À mon arrivée à l'usine ce matin, je suis invité à prendre le café dans le bureau de Reverdy, qui conserve encore en bouche le goût délicieux de l'inauguration de la veille. J'en profite pour lui parler d'une dispute entre les ouvriers, à laquelle j'ai assisté sans y rien comprendre. Les Canaques employés à l'usine baragouinent à peine quelques mots de français ; nous communiquons par mime. Pendant la pause, une partie de l'équipe a commencé à invectiver l'autre, ça gueulait de plus en plus fort, les hommes se sont levés les uns après les autres pour donner du poids et du geste à leur mécontentement. Leur agressivité commençait à m'effrayer. Quand j'ai tenté d'y mettre le holà, l'un des deux groupes a semblé me prendre à témoin, faisant le geste de partir par la mer pour ne jamais revenir. Qu'est-ce que cela pouvait bien signifier ? De quelle partie de l'archipel viennent-ils ? Reverdy me toise comme si j'étais un rural fraîchement débarqué à la ville, avant de m'expliquer que les ouvriers de l'usine ne sont pas originaires de Nouvelle-Calédonie. Ils sont de race mélanésienne, comme les Canaques, mais ils viennent des Nouvelles-Hébrides. *Leur dispute était peut-être la résurgence d'une vieille querelle commencée au pays il y a plusieurs générations.*

Je découvre ainsi que la majorité des Canaques refuse de travailler pour les Blancs. Il y a bien des domestiques, quelques coursiers pour l'administration, de rares interprètes au service des Affaires indigènes, mais seule une poignée de chefferies ont accepté de mettre à disposition leurs hommes jeunes – ils sont employés comme manœuvres pour la construction des infrastructures du port.

C'est donc par la traite que le problème d'une main-d'œuvre pas chère et docile est résolu. En ce coin de Pacifique français existent ainsi des esclaves. Des goélettes partent chercher aux Nouvelles-Hébrides, archipel indépendant que ni la France ni l'Angleterre ne se résolvent à annexer, des travailleurs « sous contrat ». Le capitaine note sur son registre qu'ils s'embarquent de leur plein gré pour travailler en Nouvelle-Calédonie ou en Australie durant deux années, alors qu'ils ne reverront plus jamais leur île. Cette méthode d'enrôlement forcé a un nom, le « *black-birding* », et Reverdy ne semble pas embarrassé de me faire savoir que Higginson s'en est fait une spécialité.

Le soir, encore tourneboulé, j'en parle à mon logeur. *Ben oui, ça ne date pas d'hier. Et l'administration aussi, ça lui arrive de passer commande.* Des esclaves, il en a d'abord vu à la mine, car au début, c'est pour casser les cailloux que Higginson les a fait venir. Des centaines. Puis les colons aussi se sont intéressés à cette main-d'œuvre, pour leurs exploitations agricoles et l'élevage. J'apprends que sur le marché aux Noirs, un homme « valide et consentant » vaut dans les 300 francs, une femme autour de 200 et qu'un enfant se négocie entre 100 et 150 francs.

Ainsi notre belle République s'accommode-t-elle plutôt bien de la traite des hommes.

Le *Moniteur de la Nouvelle-Calédonie*, version tropicale du *Journal officiel*, a relaté avec emphase et sous une belle photographie l'inauguration de l'usine. C'est Reverdy qui m'a montré l'article. Je ne connaissais pas la feuille de chou, dont l'intérêt est limité – elle est publiée par l'administration, les épreuves des articles sont corrigées par le gouverneur en personne. J'ai tout de même acheté un numéro pour l'expédier avec ma prochaine lettre à mes parents. Ça les changera de mes dessins.

Les journées défilent, toutes semblables. Chaque jour, pour chaque tâche, je dois rabâcher aux ouvriers ce que je leur ai dit la veille, l'avant-veille et l'avant-avant-veille. Leur capacité d'apprentissage est nulle. Ils n'ont pas demandé à travailler ici, j'imagine que leur échappatoire, c'est ça, ne surtout pas être là où ils sont, dérouler les tâches de manière mécanique mais sans prêter aucune attention à ce qu'ils font, à ce qu'on leur demande. Et puis qu'est-ce que j'en sais après tout ? Qu'ont-ils dans la caboche ? Comment pensent-ils, ces naturels ?

Les journées défilent, toutes semblables. Passer en revue ma troupe d'ouvriers devant le baraquement où ils dorment, vérifier qu'ils ont attaché leurs chaussures, qu'ils ont l'œil vif – un soir ils ont réussi à introduire du tafia, je ne sais toujours pas comment. Lancer le broyeur, m'assurer que le premier chargement est convenablement concassé et criblé, répéter les instructions. Vérifier que le mélange avec le charbon est bien dosé, répéter les instructions. Observer les allers-retours du monte-charge pour déceler une éventuelle anomalie, répéter les instructions. M'assurer que les stocks du magasin sont bien tenus, répéter les instructions. Être présent à la mise à feu des hauts-fourneaux, répéter les instructions. Inspecter les mattes en bout de processus, contrôler leur teneur, répéter les instructions. À dix heures, thé-biscuit-bœuf salé-patates-riz, qu'on avale rapidement. Le menu du dîner aux environs de midi est à peu de chose près le même et on l'ingurgite tout aussi vite. Mon seul petit plaisir, je me le réserve pour la fin de la journée : si tout fonctionne normalement, je m'offre une promenade sur le quai. Il y a souvent un navire qui vient dégueuler ses sacs de minerai ou engloutir un chargement de mattes.

Voilà, chaque jour se répète ainsi et si tout se passe bien, au bout de la première année, l'usine aura craché ses six cents tonnes de mattes.

Et moi, où en serai-je ? Rien ne m'intéresse dans cette vie qui est à présent la mienne. Je suis occupé du lever au coucher, mais mes journées sont inutiles. Même le dimanche, quand je déguerpis de mon logis et de la vallée de l'Orphelinat, ce que je fais m'importe peu. Personne à retrouver, personne avec qui aller. Je m'exaspérais à la presqu'île d'entendre ressasser les mêmes choses : le passé, les idéaux, la poursuite de la lutte. En fait c'était le moyen de continuer à faire vivre, au moins un peu, notre monde. Ici, j'évite les conversations. Je n'ai rien à dire, et on n'a rien à me raconter non plus, dans cette ville à l'horizon restreint par les montagnes d'un côté, la mer de l'autre.

Il m'arrive de me rappeler ces journées, à la presqu'île, que j'organisais si méthodiquement. Cette lutte continuelle pour ne pas avoir le temps de ne rien faire. Cet acharnement pour m'efforcer d'apprendre quelque chose chaque jour. Et le soir je faisais le compte de mes nouvelles connaissances en anglais, de mes découvertes en botanique, je repensais aux leçons pour les gosses de l'école. J'avais une telle volonté ! Comme la peau de ma figure, elle s'est desséchée, elle est usée sous le soleil. J'ai vieilli.

Malet, le comptable de l'usine, n'a pas bonne mine ces temps-ci. Le cours du nickel est à la baisse depuis plusieurs semaines, et la chute ne semble pas décidée à s'enrayer. Inutile d'aller réclamer à Higginson cet *ajustement* de salaire que son secrétaire avait évoqué.

Un colporteur passe deux fois par semaine approvisionner la vallée, mais il n'a à proposer que des denrées de base, et j'en ai assez du riz bouilli, des ignames et des biscuits. J'y ai pensé toute la semaine. Existence sordide, où le plus éminent de mes actes intellectuels consiste à rêver d'oranges ou de tomates. Je me résous à aller au marché. Et tant pis si je me condamne ainsi à attendre plusieurs semaines avant de pouvoir me racheter des feuilles à dessin.

Le centre-ville est plutôt animé en ce début de dimanche matin. Pas mal de chevaux montés par leur propriétaire ou attelés à des cabriolets, à des victorias débordant d'enfants ou à des charrettes. Des Canaques se promènent dans les rues, par petits groupes. Ils semblent errer dans la ville. Ils se tiennent par le bras et fredonnent des mélodies lancinantes. Elles me paraissent tristes.

La place du marché n'est quasiment fréquentée que par des hommes. On trouve là à peine trois rangées de tréteaux alignées à l'intersection de deux rues inachevées, des étals abrités sous un appentis et une échoppe qui fait office de boucherie. Il y a quelques buvettes improvisées, alors que la ville compte déjà une cinquantaine d'assommoirs. Des libérés vendent des légumes et des œufs, des naturels du poisson, et la boucherie propose du bœuf, mais aussi de la volaille et du porc, fraîchement arrivés par le bateau de Sydney.

Je ne rapporte rien de ma virée au marché : il fallait retenir d'avance les légumes et les fruits, et tout est hors de prix.

La place du marché se vide, le centre-ville aussi. Les cafés et les églises se remplissent. Il paraît qu'il y a une régate cet après-midi à la baie de la Moselle, et qu'on attend tout un tas de participants. Ce sera certainement un beau spectacle, ces voiles blanches sur la mer. Je devrais y aller. J'irai peut-être.

Que faire d'autre, de toute façon ? Je n'ai goût à rien. Errer dans la ville sans la regarder. Entrer dans un café, m'y sentir étranger. Me laisser entraîner par une serveuse, le regretter presque aussitôt. Rien ne se fixe en moi, de ma vie à Nouméa. Rien de plus que ce goût salé qui reste sur la peau, le soir, quand la sueur de la journée a fini de s'évaporer.

Lorsque je rentre de l'usine après ma journée de travail, il n'est pas rare que Hygué passe justement par là. Elle n'est plus distante. Son air indifférent a laissé place à beaucoup de gaîté et de volubilité. Une adolescente de quatorze ans, insouciante et pleine de vie. Cela me plaît de discuter avec elle.

Ses cheveux ont poussé, même s'ils restent assez courts. Elle m'a expliqué que les femmes canaques se rasent la tête lorsqu'elles sont en deuil. Elle pleurait un oncle. Elle porte souvent à présent, fixées dans sa chevelure, de belles plumes aux couleurs vives. Parfois ce sont des fleurs de tiaré blanches, très odorantes.

Elle prend soin de sa mise, qui tranche avec la négligence de mes logeurs et de nombre de familles de colons qui vivent dans la vallée – à l'exception du dimanche quand ils se rendent à l'église. Sa blouse blanche et sa longue jupe sont toujours propres, et elle porte souvent les bijoux en coquillages que j'avais admirés lors de notre première rencontre. Je ne lui ai jamais vu de chaussures aux pieds. Mes ouvriers à l'usine ne parviennent pas à s'y habituer non plus.

Je suis las ce soir – davantage que d'habitude. Les wagonnets ont encore déraillé, le programme de production en a été complètement perturbé. Journée fastidieuse : j'ai passé mon temps à m'exaspérer contre mes ouvriers. Dès que quelque chose sort de l'ordinaire, ils s'arrêtent de travailler et palabrent entre eux en attendant que le problème se résolve de lui-même. Alors, malgré ma fatigue, ça me fait plaisir de voir Hygué arriver peu avant le souper. Et puis c'est l'occasion de me passer de la compagnie de mes logeurs.

J'emporte ma pitance dans ma chambre et tout en rassemblant le linge que j'ai à lui donner, je pousse Hygué comme chaque fois à me raconter de quoi est faite la vie en tribu. Et comme chaque fois elle me parle de petites choses : une cascade où elle aimait se baigner quand elle était gosse, les jeux dans la cocoteraie, la préparation des ignames… Je lui demande pour quelle raison la plupart des Canaques refusent de travailler pour les Blancs. Elle fait la moue, ne répond rien. J'ai beau insister… *Et toi alors, pourquoi travailles-tu pour les Blancs ?* Elle, elle veut gagner de l'argent avant de se marier. Elle aime bien s'acheter des choses. Ceux de son clan, la plupart, ça ne les concerne pas, l'argent.

Soudain, elle se lève pour me montrer la médaille qu'elle porte autour du cou, cachée sous son vêtement. Elle est fière de ce symbole d'appartenance à la nouvelle religion. Ce que je remarque surtout, c'est une plaque de cuivre au bout d'un collier. *C'est mon numéro de contrat, tu ne connais pas ça ?* L'accès à Nouméa n'est autorisé qu'aux Canaques munis d'un contrat de travail, et ils le portent en tour du cou.

Elle prend doucement ma main et la pose sur la plaque, puis la pousse légèrement vers la clavicule, et lentement, cherche à la faire descendre vers ses seins, en me souriant.

Je me laisse faire, impuissant, paralysé par la surprise, et puis je me ressaisis et je bats en retraite brusquement. Fait-elle cela pour un peu d'argent ? Elle est très jeune. De toute façon, c'est une Canaque…

III

Le directeur de l'usine me prête son cab anglais et son cocher néo-hébridais : je suis en représentation aujourd'hui. Plusieurs affaires à pousser avec l'administration, des irrégularités dans les approvisionnements à régler. Ça me changera de l'ordinaire. Mais il me prévient que c'est une faveur toute relative, *Vous aurez l'occasion de vous en rendre compte par vous-même, le fonctionnaire n'est par nature guère accommodant, mais le fonctionnaire colonial se surpasse.*

Le cheval trottine à belle allure, c'est un plaisir de filer sur la route et de laisser la poussière s'enfuir derrière le cab. Habituellement je me résigne à cheminer à pied, veste sur le bras, paysage rendu encore plus monotone par la lenteur de la marche.

Mon chauffeur me conduit rue Montebello, l'artère des administrations, c'est là que j'ai à faire. Les bâtiments à l'allure robuste défilent : secrétariat général du Gouvernement, directions de l'Intérieur, de la Pénitentiaire, du Port, hôpital militaire, magasin de la Flotte, Ponts et Chaussées… Dans la rue on ne croise qu'employés administratifs, chefs de gardes-chiourme, officiers et soldats d'infanterie de marine. Un ramasseur de tinette et un rémouleur ambulant dénotent parmi tous ces costumes surmontés de casques coloniaux.

Les démarches terminées, je m'offre une promenade en ville. À l'entrée du parc de l'hôtel du gouverneur, une belle résidence, seul témoignage dans le centre-ville de ce dont est capable un architecte, j'aperçois des guerriers, des femmes et des enfants canaques, assis. Je m'approche. Les hommes sont juste vêtus du bagayou, le tissu blanc qui entoure leur pénis, parés de traces de terre rouge sur les pommettes et l'arête du nez qui accentuent leur regard agressif et insistant. Les femmes ne portent qu'un court jupon tressé en filaments d'écorce. Beaucoup ont l'air jeune, pourtant leurs seins pendent comme deux blagues à tabac. Elles fument de vieux brûle-gueule à bout court, ce qui accentue l'allure rebutante de leur face. Le groupe empeste. L'un des gardiens de la Résidence m'explique que les Canaques qui vivent en brousse s'enduisent d'huile rance de coco, dont la mauvaise odeur éloigne les moustiques. Ce sont des naturels de Goro, dans le sud de la Grande Terre, ils accompagnent le chef de leur clan venu palabrer avec le gouverneur.

Sur la place des Cocotiers, un lieu qui sert de place publique centrale mais ressemble avant tout pour l'instant à une grande fosse carrée, des bagnards sont en train de construire un kiosque à musique. Je m'attarde devant la boutique d'un photographe, en vitrine sont exposées des vues de Nouméa, des maisons d'habitation et de commerce, des paysages de la Grande Terre, et de nombreux portraits de studio, surtout des indigènes. Tous en costume national, bagayou et jupette, alors que ceux qui résident en ville ont l'obligation d'être habillés à l'européenne. Sur les photographies, les hommes sont parés de turbans et exhibent des frondes et des casse-tête. Les femmes font étalage de nombreux colliers et parures de coquillage. Les clichés sont bien cadrés, adroitement mis en scène.

J'entre dans la boutique et je reconnais immédiatement l'Anglais qui était venu prendre des vues de notre thébaïde quelques semaines après notre débarquement sur la presqu'île, à la fin de 1872. Il a gardé cet air posé, cette mise raffinée et cette voix bienveillante, qui m'avaient réconforté à l'époque. Notre courte discussion m'avait fait respirer une bouffée d'Europe, après les longs mois de cachots et de traversée.

Son accent ne l'a toujours pas quitté, mais son français est devenu excellent. Allan Hughan se souvient lui aussi de notre rencontre. Ce reportage à Ducos avait été sa première commande officielle du gouvernement de la colonie. Il venait de s'installer à Nouméa avec sa famille, après avoir gagné sa croûte pendant des années en traficotant dans le Pacifique Sud. Avec sa goélette et son équipage australien, il avait passé des années à convoyer des moutons, des porcs ou du maïs de Sydney vers les Loyalty et les Nouvelles-Hébrides, à en repartir chargé de coquillages, de nacre, parfois de naturels qu'il débarquait dans le Queensland, avant de regagner la Nouvelle-Zélande ou la Tasmanie avec du charbon et du coton. Et puis, à la suite d'un naufrage dans le nord de la Grande Terre, il avait décidé qu'il était temps de changer d'existence.

Le verre de vermouth que me sert Hughan est exquis, le fauteuil en cuir des plus confortables, et la conversation avec cet homme plein d'esprit me fait l'effet d'un retour en civilisation. Je me cale avec délice dans ces plaisirs oubliés, je hume ces exhalaisons de raffinement, je me rassasie de la délicatesse de ces saveurs qui me rappellent tant l'Europe.

Je raconte à Hughan la cérémonie d'inauguration, et j'évoque l'obséquiosité du directeur de l'Intérieur dans son discours. *C'est bien le moins qu'il puisse faire ! Sans l'audace de Higginson, il n'y aurait sur cette île rien d'autre qu'un fort et une mission mariste.* En s'installant à Nouméa, Hughan était loin de se douter que la colonie se développerait à un rythme aussi lent. Il admet en souriant qu'ils ont même songé plusieurs fois à repartir en Australie, avec son épouse. D'après lui, cela fait seulement une, deux années, que la vie est devenue moins rêche ici, avec des trottoirs, des égouts, l'eau courante en centre-ville.

Je m'apprête à prendre congé quand il me demande si je dessine toujours. Il avait trouvé que mes dessins au fusain rendaient bien les paysages majestueux et pourtant vides et asséchés de cette partie de la Nouvelle-Calédonie. Certains clients pourraient être intéressés. Je promets de lui en apporter quelques-uns.

Cela fait quelque temps que Hygué ne passe plus à la bicoque. Et ce soir, elle vient m'annoncer qu'elle ne s'occupera plus de mon linge. Elle s'est mise en ménage avec un colon, un type arrivé de France l'an passé, qui n'a pas chômé pour mettre en valeur la concession qu'on lui a octroyée. Il y a beaucoup de travail là-bas. Et puis elle est enceinte. Elle est joyeuse. Cette nouvelle vie lui plaît. Je lui demande l'autorisation de dessiner son portrait avant qu'elle ne parte, au moins une esquisse rapide. J'aimerais garder un souvenir d'elle, de sa spontanéité, de sa jeune beauté exotique. Mais elle me dit qu'elle n'a pas le temps ce soir, qu'elle reviendra. Je sais qu'elle ne reviendra pas.

Ma logeuse me croit inquiet pour mon linge et cherche à me rassurer, *Remplacer la Rosalie, ce sera pas bien difficile.* Je lui demande si c'est fréquent, les colons qui prennent une Canaque pour femme. D'après elle, ça arrivait souvent au début de la colonisation, quand il n'y avait pas assez de femmes d'origine européenne. On voyait pas mal d'enfants métis. Ils allaient à l'école chez les maristes avec les enfants des Blancs. C'est devenu plus rare à présent. *La Rosalie, elle s'est trouvé une belle situation, mais pour ce que ça va durer…* Elle est prête à parier avec moi un poulet qu'avant un an, le type de Hygué se sera trouvé une fille de colon à épouser, et qu'elle n'aura alors d'autre choix que de s'en retourner à la mission de Saint-Louis, son gosse sous le bras.

Toujours pas d'amnistie en vue. Mais le nouveau gouverneur de la colonie semble disposé à desserrer l'étau. Cet Olry est à peine installé dans la belle résidence au fond du parc que la rumeur court – la rumeur, seul véritable journal de la colonie – qu'il envisage d'autoriser certains déportés à s'établir à Nouméa. Qu'il a ordonné l'assouplissement des règles de vie à Ducos. Que les visiteurs vont de nouveau y être acceptés.

Ce n'est pas l'amnistie. Pourtant, si Nouméa se peuple, si l'air qu'on respire au chef-lieu se renouvelle enfin, si je peux rendre visite aux camarades sur la presqu'île, le goût de ce semblant d'existence sera moins amer.

Je n'attends pas longtemps avant de retourner à la boutique de Hughan. Mes dessins lui plaisent, il pense qu'il y aura preneur et qu'il pourra en obtenir entre 8 et 12 francs, selon les formats. Ce sera pour moi une source de revenus bienvenue, car je rumine ma décision depuis quelques jours : puisque des déportés, et avec eux un semblant de vie, vont sous peu faire leur apparition au chef-lieu, je vais quitter mon gourbi de la vallée de l'Orphelinat pour m'installer au centre-ville. Il va me falloir dénicher un nouvel emploi et un logement. Hughan propose de me présenter à une certaine Mrs Hovell, une veuve néo-zélandaise qui loue une pièce de sa maison à des négociants de passage. *Elle est un peu portée sur le gin, mais vous n'allez pas vous effaroucher pour si peu, n'est-ce pas ?* Il lui parlera de moi quand ils se verront au temple. Je n'ai qu'à venir dîner chez lui dans une dizaine de jours pour avoir des nouvelles. Et puis ce sera l'occasion de rencontrer sa famille. Son épouse rêve depuis toujours de voir Paris, *Vous lui raconterez votre ville et ses splendeurs, elle sera enchantée.*

À part l'annonce de l'amnistie, rien n'aurait pu me rendre plus heureux que cette invitation.

Pas de clochette, rien pour avertir de mon arrivée. Je reste planté au bord de la route, devant la demeure, indécis. Depuis la rue, on entend quelqu'un jouer du piano. Une mélodie gracieuse sur laquelle s'appuie une voix de soprane. Les passants ralentissent devant la maison, il y en a même un qui s'est arrêté pour profiter du récital.

Je finis par me décider. Je frappe doucement à la porte d'entrée. Une domestique m'accueille avec un sourire franc. Sans me demander qui je suis, elle m'annonce avec autorité qu'on m'attend au salon.

Mrs Hughan est installée au piano. C'est sa fille aînée – elle s'appelle Esther, et ce prénom s'accorde bien à son port de tête altier – qui possède cette voix lumineuse. Allan et leurs trois autres filles les entourent.

Le chant s'est éteint. Il faut m'arracher à ce rêve et battre des mains. La domestique nous apporte des rafraîchissements, j'observe la pièce dans laquelle je suis assis depuis mon arrivée. Je ne peux retenir le sourire qui me monte aux lèvres. Cela fait sept années que je n'étais plus entré dans une vraie maison. Pas une paillote au sol en terre battue, pas une bicoque à toit de tôle dépourvue du moindre ornement, pas la villa au luxe ostentatoire et impersonnel de Higginson. Non, un vrai foyer, accueillant, qui laisse entrevoir la personnalité de ceux qui l'habitent. Les rideaux, les tableaux aux murs, les bibelots font remonter en moi les images de notre appartement de la rue Saint-Martin, de la villa de Bologne, de la maison de Grenoble. J'ai du mal à contenir mes larmes.

À table, la conversation va et vient de la musique romantique à la magnificence de Paris, de l'éclat de la baie de Sydney à mes dessins de paysage. Jusqu'à ce que la domestique dépose devant moi, avec un soupçon de solennité, le dessert. C'est en mon honneur que les plus jeunes des sœurs ont préparé un gâteau qu'à Nouméa, on réserve habituellement pour Noël : un plum-pudding. La domestique partie, je confie aux Hughan ma perplexité : j'ai l'impression d'avoir déjà vu cette Canaque. Elle se remarque, cette Marguerite, une femme d'âge mûr, à l'allure surprenante mais si élégante dans sa longue robe entièrement blanche, complétée d'un sautoir en coquillages, des reflets nacrés dans les cheveux. D'un air malicieux, Esther m'affirme qu'effectivement je la connais. Elle consent à m'octroyer quelques indices, mais j'ai beau chercher… Les quatre jeunes filles éclatent de rire – elles se moquent de moi, mais j'aime leur spontanéité.

C'est dans la boutique de Hughan que je l'ai aperçue. Dans la vitrine. Elle s'est fait tirer le portrait il y a peu. Marguerite est fière de ses vêtements européens et de son style sophistiqué. Mais pour la photographie, c'est en Dao qu'elle a voulu paraître : seins nus, jupette en ficelle, superbe turban natté à plume, collier en tresse de poils de roussette de son clan. Hughan me raconte que, lorsque les Canaques viennent à son studio, c'est pour obtenir une image authentique d'eux-mêmes. *C'est leur personnalité, leur identité qu'ils veulent faire photographier*. Ils arrivent dans leurs habits de travail de tous les jours, revêtent leur costume traditionnel et méditent sur leur pose durant un certain temps. Allan s'imagine que, si cette préparation est si longue, c'est qu'elle consiste pour eux à retrouver leur corps et à redevenir eux-mêmes. *Et ça ne les embarrasse pas de s'apercevoir nus dans votre devanture, visibles par tous ?* À son tour il se prend à rire. *Bien au contraire, c'est ce qu'ils recherchent !* Ils paient leur photo d'avance, et souvent, ne viennent pas la retirer, préférant la voir exposée en vitrine. Une vitrine devant laquelle défile toute la ville lors de sa promenade rituelle sur la place des Cocotiers.

Après le dîner, les Hughan m'emmènent assister à un match de cricket sur la place des Jeux, un terrain vague qu'on a tenté de domestiquer. L'ensemble de la communauté anglo-saxonne s'y retrouve chaque dimanche. Des joueurs en blanc s'agitent sur le terrain. Esther prend à cœur de m'initier aux règles de ce jeu d'origine britannique. Je renonce rapidement à comprendre, à vrai dire je m'en moque. Tout ce qui m'intéresse est qu'elle continue de me parler, aussi une nouvelle question me vient-elle à l'esprit dès que son attention se porte sur le déroulement de la partie.

Dès que les rumeurs sur les bonnes dispositions du nouveau gouverneur ont commencé à se propager, j'ai demandé l'autorisation de me rendre à Ducos. Six mois que je n'y ai mis les pieds. J'ai envie, j'ai besoin de retrouver les camarades, de me retremper dans le bain des vieilles discussions politiques – et tant pis si leur eau n'a pas été renouvelée depuis un bail.

Hughan m'a prêté l'un de ses chevaux. Il est à peine plus de huit heures quand je mets pied à terre devant la cabane des surveillants qui gardent l'isthme de la presqu'île.

Je déboule sur Numbo en dévalant le sentier qui part de la crête de la montagne. Depuis le sommet, on croirait surplomber un campement paisible, encore endormi sous son ciel bleu, malgré l'heure déjà avancée. Mais au fur et à mesure que je descends dans la vallée, l'image se précise. Un instant je reste là, en bordure du camp, interdit. J'essaie de me rappeler à quoi ressemblait la vallée lorsque je l'ai quittée début décembre. Et je finis par admettre que ce campement dévasté est à peu de chose près dans le même état qu'il y a six mois. Ce n'est pas le dernier cyclone de l'été – à peine un gros coup de vent, cette année – qui a ravagé la vallée. Le camp indigène de la baie de l'Orphelinat est mieux tenu que ce bivouac. Pour sommaire que soit Nouméa, la bourgade m'a tout de même réhabitué à une esquisse de cité avec laquelle Numbo n'a pas grand-chose à voir. Ils ont réussi leur coup, les salauds qui nous ont expédiés ici ! Nous sommes devenus ce que leur propagande faisait de nous : des gueux, abêtis par leur misère.

Je déambule dans le camp, on me reconnaît bien sûr, on me hèle, et l'agitation fait progressivement sortir tout le monde de sa paillote. Le camp prend vie. Je serre des mains, je donne l'accolade. Mais c'est surtout le désespoir qui est palpable. Le niveau des eaux qui charrient le découragement et l'envie de lâcher prise n'a pas cessé de monter depuis mon départ. Il a continué à engloutir le campement, case après case. Partout je vois des camarades qui flottent, les yeux fermés, se laissant porter sans être sûrs qu'ils sont encore réellement en vie.

À me morfondre à Nouméa, en marge d'une société de laquelle je me sens étranger, je me voyais réduit à une solitude et à un abandon que je m'étais mis à imaginer être le seul à vivre. J'avais perdu de vue qu'à la presqu'île aussi, on est seul. On peut bien être nombreux dans ce campement – jusqu'à se trouver à l'étroit, entassés dans le périmètre du camp. On peut bien avoir conservé son groupe de camarades, sa petite société, à travers les années et malgré les querelles, malgré les mesquineries et la lassitude, qui finissent par ronger l'amitié. Mais, au bout du compte, on reste isolé dans son abattement, dans son désœuvrement.

Le père Mabille, Malzieux, Le Mel – les déportées ont eu l'autorisation de se réinstaller à Numbo –, même Cipriani, que je n'avais jamais vu perdre de son tranchant, me donnent ce matin l'impression de ne plus tout à fait réussir à surnager.

Ici pas d'ouvriers à surveiller tout le long de la journée, pas de crainte d'un accident de production, qui vous tient malgré tout éveillé. Ici, on a toute la journée pour ne songer qu'à l'amnistie qui ne vient toujours pas, qu'à l'arrivée au pouvoir des républicains qui n'a rien changé depuis deux ans.

Michel au moins semble continuer de résister. Elle me parle de ses dernières études sur les plantes, du recueil de poésie auquel elle est en train de mettre la touche finale, de l'école pour Canaques qu'elle espère ouvrir quand elle sera autorisée à s'installer à Nouméa. *Je trouverai un piano et en donnant des cours de musique aux enfants des colons, ça fera un peu d'argent pour financer l'école.* Elle ne se ramollit guère : toujours pas à court d'idées.

Sans y avoir réfléchi, je me mets à lui confier les doutes qui m'assaillent depuis quelque temps. Bien sûr je trouve la vie dans cette colonie inconfortable, factice, vide. Mais, cette amnistie qui ne vient toujours pas… *Si les républicains au pouvoir ne veulent pas nous voir revenir, à quoi bon s'accrocher à l'idée du retour ? Et quand bien même nous pourrions enfin retrouver les nôtres, nous n'avons aucune idée de ce qui nous attendra. Qui sait comment on nous accueillera ?* Elle m'écoute. Et puis elle lâche un *Eh bien ?* Ses yeux restent plantés dans les miens. *Eh bien, avant qu'il ne soit trop tard, avant d'avoir perdu toute envie, tout désir, avant d'avoir oublié ce que c'est que vivre… je pourrais essayer de prendre en main mon existence à Nouméa.* Je me contrains à ne pas dévier mon regard. *Me bâtir une vie. Me marier.* Je sais bien que, pour elle, le moindre relâchement est une traîtrise. Que pouvais-je espérer en lui parlant de ça ? Elle me répond, de son ton entier, *As-tu toujours envie de changer le monde ?*

Évidemment, c'est la seule question qui vaille.

Me faire remettre d'aplomb, sans ménagement. C'est sans doute cela que je suis venu chercher auprès d'elle.

Je passe voir Assi à son atelier. Toujours attelé à son établi, toujours la même tête, pas du tout ranci, et cela me revigore.

Charbonneau m'accueille lui aussi avec un plaisir évident. Il me demande si, au chef-lieu, on a des nouvelles de l'Exposition universelle, qui s'est ouverte en mai à Paris. *Eh bien, non, même au chef-lieu il est trop tôt pour savoir ce qu'il s'est passé à Paris le mois dernier.* Charbonneau a fabriqué une bibliothèque sculptée pour participer au concours de menuiserie. Il sait bien que les lauréats ne devraient pas être connus avant la fin de l'Exposition en octobre, mais il espère qu'il y aura d'ici là des articles dans les journaux sur le concours. Lui au moins n'attend pas que l'amnistie et ça lui donne bonne mine.

Je ne lui ai jamais demandé comment il était devenu révolutionnaire, alors aujourd'hui qu'il se fait presque bavard, autant en profiter. *Et que voulais-tu que je fasse d'autre ?* Il me raconte qu'à la mort de son père, un sabotier, il avait été forcé de se mettre au turbin. Il avait neuf ans. *Ça m'a fait comprendre rapidement ce que c'est que cette société.* Après ça, son éducation révolutionnaire, il se l'était faite tout seul : tous les écrits de Proudhon, *absolument tous*, l'adhésion à l'Internationale parmi les premiers, et voilà, le parcours classique pour finir en déportation. *Il n'y a pas grand-chose de plus à en dire. Je crèverai révo-*

lutionnaire et sans le sou, les types comme moi n'ont pas d'autre solution.

Très peu de camarades me demandent à quoi ressemble la vie à Nouméa. Ça ne les intéresse pas. Puisque cet archipel est une prison, et qu'ils sont confinés à la cave, inutile de se préoccuper du reste de la bâtisse, des travaux d'agrandissement en cours, de l'aménagement des nouvelles pièces, ni même des mœurs des autres locataires. Je me contente de leur raconter qu'on ne s'y amuse guère.

On me parle surtout de l'événement qui a agité toute la presqu'île la semaine passée : les frères Allemane ont enfin pu se revoir. Sept années qu'ils s'étaient embrassés pour la dernière fois, presque certains de n'être plus jamais réunis ! C'était à Versailles, après leur passage en cour martiale. Depuis l'avènement d'Olry, François, qui est enfermé à la presqu'île, a adressé de nombreuses lettres au gouverneur pour lui demander à voir Jean, prisonnier à l'île Nou. Et il a fini par obtenir que son frère vienne pour quelques heures à Ducos.

Mardi dernier au lever, on l'a prévenu que c'était pour le jour même. En milieu de matinée, les gardes-chiourme ont escorté François vers le camp militaire, dans la vallée de

M'bi. Les retrouvailles ont eu lieu dans une baraque. Le surveillant qui accompagnait Jean avait ordre de ne pas le quitter de la journée. Pourtant il a détaché les menottes qui le liaient à Allemane, a donné deux heures aux frères et est sorti prendre l'air.

François a raconté à son retour que Jean était à double-chaîne depuis sa tentative d'évasion. Ça signifie, depuis deux ans, vivre avec sept kilos d'acier à la jambe gauche. Après son évasion ratée, il a été battu et laissé pour mort par un surveillant. Mais c'est une force de la nature et surtout, il n'a toujours pas l'intention de laisser sa peau ici.

Il me reste encore quelque chose à faire à la presqu'île avant de m'en retourner à Nouméa. Je veux aller fleurir la tombe d'Emma. Eugénie et Eugène proposent de m'accompagner. Cela me fait du bien de pouvoir leur parler sur le chemin qui mène au cimetière.

La petite tombe d'Emma est devenue un mausolée. Un mémorial de chagrin. Lucien Henry, un déporté que j'ai bien connu à Ducos, a travaillé pendant des mois pour fabriquer une statue de terre cuite. Il a modelé la silhouette et le visage de la jeune fille dans la terre rouge de la presqu'île. La statue est belle. On reconnaît si bien Emma.

Au pied du mausolée, l'herbe est bien entretenue, les fleurs sont fraîches. Jacques ne laisse personne d'autre que lui s'occuper de la dernière demeure de sa sœur.

La fille d'Eugénie et d'Eugène est devenue par sa mort la fille de tous les déportés. Sur la première marche du socle, Lucien a gravé ces mots :

À la mémoire d'Emma Piffault
morte à seize ans
le 2 octobre 1877.

CEUX DONT ELLE A PARTAGÉ L'EXIL

IV

Ne plus se réveiller au son de la basse-cour, ne plus se faire secouer par ce chant sonore et vulgaire du coq, mais émerger mollement du sommeil dans un bruit de fond de chevaux qui trottinent, de cabs qui passent, de gens qui se hèlent : depuis quelques jours, je n'ai plus cette désagréable sensation de commencer ma journée dans la peau d'un garçon de ferme.

À sept heures et demie, c'est dans celle d'un vendeur que j'accueille les premiers clients. Vendeur au bazar Rordorf.

Rordorf s'est diversifié. Pour que sa boutique d'épicerie et comestibles, déjà bien en vue à Nouméa, devienne la plus grande enseigne de la ville, il lui fallait recruter rapidement. Je me suis présenté au bon moment. Glisser un peu de vocabulaire technique aux messieurs qui viennent se renseigner pour l'acquisition d'un vélocipède, évoquer les boutiques parisiennes à propos d'un fauteuil estampillé « dernière mode » qui retient l'attention des dames, l'apprentissage du métier n'a pas été bien long.

Bien sûr, cet emploi est insignifiant. Mais dans ce Nouméa où, en dehors de l'usine de la pointe Chaleix, on ne s'occupe que d'administrer et de commercer, il a bien fallu que je me reconvertisse pour pouvoir m'installer au centre-ville. Après tout, il n'était pas davantage indispensable d'avoir étudié l'analyse mathématique, la logique, les lois chimiques ou la physique acoustique pour passer ses journées à broyer et à brûler des cailloux à l'usine. Quant au salaire, il n'est pas plus mauvais que celui que m'octroyait Higginson.

Dès le milieu de la matinée, une rumeur alarmante commence à déferler sur la bourgade, et la vague ne cesse d'enfler durant les heures suivantes, jusqu'à tout inonder. Ce sont d'abord des clients qui en parlent, livides, *Il est arrivé quelque chose d'horrible à La Foa…* Puis un déporté qui travaille dans les bureaux de la Pénitentiaire, rue Montebello, me confirme les bruits, avant de courir auprès des autres déportés de sa connaissance pour les prévenir. Une révolte aurait éclaté avant-hier à La Foa, un village d'éleveurs situé à un jour et demi de cheval de Nouméa, plus au nord. On parle de postes militaires attaqués par une nuée de guerriers canaques, de familles de colons massacrées au sabre d'abattis. Les enfants compris. En milieu d'après-midi, à l'heure habituelle d'affluence, le bazar est désert. On voit passer dans la rue des silhouettes pressées. La population de la ville commence à se calfeutrer. J'hésite à rentrer sans plus tarder.

Rordorf débarque enfin au magasin, la transpiration sur sa figure tient assurément autant de l'émotion que de la précipitation. Non seulement La Foa a été attaquée, mais Bouloupari également. L'effroi monte d'un cran : Bouloupari est le poste juste après celui de La Foa, en descendant vers le sud, donc vers Nouméa. Les insurgés se rapprochent.

Je file place des Cocotiers, espérant retrouver Hughan. Pourquoi, je n'en sais trop rien. Dans mon désarroi, c'est à lui que j'ai pensé. Lui demander conseil, me tranquilliser, m'assurer que lui et sa famille sont en sécurité… La boutique est fermée. Je cavale jusqu'à son domicile. Mrs Hughan s'est barricadée chez elle. Elle est complètement affolée, mais elle finit par reconnaître ma voix. *Allan est parti à l'hôtel de ville, tous les hommes doivent s'y être rassemblés à l'heure qu'il est. Courez-y!* Je lui demande si je peux faire quelque chose. Ses filles sont à la maison, elles sont rentrées dès les premières rumeurs. *Ce sont elles qui m'ont appris ces événements terrifiants!* Et Marguerite, leur domestique, a été emmenée: le gouvernement a fait interner à l'île Nou tous les Canaques qui travaillent à Nouméa.

À l'hôtel de ville, c'est l'ébullition. La salle est bourrée, chauffée à blanc. Tout ce que Nouméa compte de colons est présent. On veut se retenir de tomber dans la panique, mais il y a du monde au bord du précipice, et cet aggloméraat d'hommes, qui s'accrochent par grappes aux branches, qui s'agrippent aux troncs, qui craignent que leurs mains ne lâchent prise, ça fait l'effet d'une masse prête à basculer d'un coup. Dans le brouhaha, la nervosité, la confusion, impossible de trouver Hughan.

La température descend un peu quand Gally-Passebosc, le commandant militaire de la colonie, entre dans la salle. Il commence par confirmer les pires rumeurs. Puis il admet que le déroulement des événements n'est pas encore tout à fait clair et surtout, que les intentions de ces Canaques sont toujours incertaines. Il rappelle que chaque année, il y a bien de-ci de-là un soulèvement, quelques colons sont assassinés, un poste militaire un peu trop isolé est pris d'assaut, et on en reste là : l'ordre est vite rétabli, les guerriers mis hors d'état de nuire, les survivants du clan déportés sur une autre île de l'archipel. Mais cette fois-ci, la révolte semble d'une tout autre ampleur. On estime à trois mille le nombre de guerriers qui auraient déferlé sur les villages. Ce qui signifie que de nombreux clans ont fait alliance. Ils ont commencé par assaillir le poste de La Foa et tuer les militaires, afin de libérer le chef Touatté qui y était emprisonné. Ensuite, ils se sont abattus sur les fermes des environs, l'une après l'autre. On dénombre pour l'instant une centaine de victimes. Une tuerie d'une ampleur inédite. Cette rébellion semble conduite par Ataï, grand chef de Komalé, dans le district d'Uraï.

À l'issue du compte-rendu de Gally-Passebosc, l'excitation remonte à son niveau maximal. Le maire propose de s'organiser en milices d'autodéfense et de se relayer pour patrouiller jour et nuit aux abords de Nouméa et dans la ville elle-même. Pas un qui ne se porte pas volontaire. Le commandant cherche à apaiser cette assemblée en état de siège et rappelle que le chef-lieu est gardé par pas moins de cinq compagnies d'infanterie de marine, des détachements d'artillerie et de gendarmes, et que le soutien que peut apporter la base navale est également significatif. Et pourtant personne ne se sent rassuré. Les hommes commencent à se répartir les quartiers et à faire le compte des fusils pour les patrouilles.

Je ne peux participer à ce genre de randonnée, un déporté n'a pas le droit de porter une arme. Je me sens délesté d'un poids colossal : je n'ai ni l'envie de risquer ma peau pour défendre cette colonie, ni celle d'abattre qui que ce soit, serait-ce un Canaque. Que l'armée fasse son travail et justifie son imposante présence sur cette île et les crédits qu'elle engloutit !

Je m'approche du commandant, qui se tient à présent à l'écart du bouillonnement, sur la véranda. Autour de lui font cercle une dizaine d'hommes, qui semblent ne pas avoir égaré leur sang-froid. Je reconnais certains des conseillers municipaux qui avaient visité l'usine. Je demande si l'on a une idée des causes de ce soulèvement inédit. Plusieurs des notables s'esclaffent, *Et vous croyez qu'il faut une raison particulière à ces primitifs?* On m'explique, avec une politesse froide qui cache mal la suspicion et le mépris envers le condamné que je suis, que je n'ai sans doute pas encore tout compris à ce pays. *Ce sont par nature des sauvages, des assassins! Ça se prend pour des guerriers, mais ça ne s'y connaît qu'en meurtre!* Ils sont consternés que je recherche d'hypothétiques causes en un tel moment, *qui exige détermination et combativité.* L'un des notables met cela sur le dos de l'oisiveté des pensionnaires de Ducos, *qui n'aide pas à réfléchir sainement.* Il serait imprudent de poursuivre la discussion. Ces hommes seraient capables de me boucler moi aussi à l'île Nou en compagnie des cent trente Canaques qu'on y a expédiés hier.

Le commandant prend la parole pour inviter ces messieurs à retourner dans la salle et j'en profite pour filer.

Je rentre chez moi en marchant rapidement, malgré la boue qui rend les rues impraticables. Il a beaucoup plu cette semaine et les voies sont en très mauvais état. Ça pue par endroits et ça pullule de moustiques. Je passe devant le Cercle des officiers, il est fermé ce soir. C'est bien la première fois! Personne dans les rues. La ville est comme morte. La frousse me tenait déjà bien solidement, à présent je me sens dériver vers la panique, seul dans la nuit totalement silencieuse. Je ne pense plus qu'aux images qu'on nous a rabâchées, les gosses démembrés, une femme enceinte dont on a ouvert le ventre, des têtes fichées sur des pics…

Je suis arrivé depuis à peine quelques minutes lorsque le coup de canon habituel retentit. Il est dix heures, les rares lumières de la ville s'éteignent. Je passe la nuit à me ronger les poings, craignant à chaque bruit de branchage sur ma fenêtre, à chaque craquement des tôles du toit, à chaque déambulation d'un rat sur le plancher, de me retrouver avec un Canaque dans ma chambre, la hache à la main. J'ai mis une pelle et un couteau de cuisine sous mon lit et je les palpe en permanence.

Le bazar n'ouvrira pas aujourd'hui. Le désœuvrement n'est pas bon pour le moral, il aiguillonne la peur. Je me décide donc à mettre le nez dehors. Voir s'il se passe quelque chose, aller prendre des nouvelles. Ce n'est pas ma logeuse qui risque de m'en donner. Elle reste à tricoter dans son salon aux côtés de sa bouteille de gin, de ses chats et de ses porcelaines.

Peu de monde dans les rues, on pouvait s'y attendre. Aux abords de la place des Cocotiers, je tombe sur l'homme aux chèvres. Il traîne comme chaque jour sa carriole d'enfant, tirée par deux biquettes indisciplinées, et propose à l'encan sa petite cargaison de légumes. Je l'aborde pour lui acheter quelque chose, comme à l'accoutumée. Il me fait pitié avec son regard de chien soumis qu'on a trop souvent battu, son corps courbé, essoré, sa bouche édentée. Je lui demande s'il connaît la situation. Oui, mais il s'en fiche. Il semble me demander ce qu'il pourrait bien avoir de plus à perdre. Sa piaule est un trou d'ermite, un réduit entre deux baraques en centre-ville, recouvert d'une tôle et fermé par des planches, où il dort en compagnie de ses bêtes. Il n'a même plus de chaussures.

Alors que je poursuis le tour de la place, un homme m'apostrophe, *Prenez garde, on pourrait vous voir causer avec lui.* Je devine à quoi il fait allusion. *Eh bien quoi?* et je le fixe avec un air candide. *Vous ne savez pas, monsieur: c'est un libéré!*

Chez les Hughan se tient un conseil de guerre en cette fin d'après-midi. Mrs Hughan m'introduit dans le salon et je me retrouve en compagnie d'une quinzaine d'Anglo-Saxons fiévreux, qui délibèrent en buvant du vermouth. Ils devisent sur les dernières nouvelles et sur ce qu'il conviendrait de faire. L'armée en est à peu près sûre à présent, beaucoup de chefferies, toutes peut-être, se sont concertées. Des messagers ont circulé malgré l'interdiction faite aux naturels de changer de district sans autorisation de l'administration. Des alliances ont été conclues après de longues négociations. Ataï est bien l'âme de l'insurrection, mais de nombreux chefs seraient dans le coup. Y compris ceux qui jusqu'à présent étaient considérés comme des auxiliaires de confiance. Seules les tribus du sud et quelques-unes au nord semblent avoir préféré rester neutres. On peut craindre pour sa peau, même à Nouméa. Si des milliers de Canaques sont décidés à jeter les Blancs à la mer, malgré leurs armes rudimentaires…

L'heure du couvre-feu approche. Avant de quitter la maison des Hughan, j'aurais aimé parler avec Esther. Mais aucun prétexte ne me vient à l'esprit. Il ne me reste qu'à partir sans l'avoir vue.

Tout au long de la journée les fausses nouvelles affluent, sont confirmées, enflées, démenties. *Ils sont au Quatrième Kilomètre ! Ils sont à Montravel !* C'est-à-dire dans la ville même. Les colons qui se relaient au bac de la Dumbéa tirent sur tout Canaque qui se présente, sans sommation. Ils en ont abattu une poignée, des individus isolés.

Le sommeil finit par me venir ce soir. L'insomnie des deux nuits précédentes m'a démoli.

Les jours suivants, on se rend progressivement à l'évidence, Nouméa n'est pour l'instant pas menacé. Je me sens un peu moins fourbu, l'horizon de mes pensées peut de nouveau dépasser les deux heures à venir. Au bazar, tout le monde a la même mine, celle du lendemain d'une nuit envahie de cauchemars.

Le gouverneur fait savoir que l'armée a la situation en main. Le lieutenant-colonel Gally-Passebosc, le commandant militaire de la colonie, mène en personne les troupes qui traquent les révoltés. Ces derniers semblent s'être dispersés en plusieurs groupes et ne pas s'intéresser à Nouméa. Les milices d'autodéfense continuent leurs patrouilles aux abords de la ville.

Une semaine après le déclenchement du soulèvement, je reçois un message du père Mabille. Son ami Antoine Malato – qui avait été déporté à l'île des Pins – se trouverait en brousse avec sa femme et son fils. Le rejeton, Charles, a une vingtaine d'années et travaille à l'installation du télégraphe dans l'île. Mabille s'inquiète pour eux et me demande de me renseigner sur leur compte. Ont-ils pu rejoindre Nouméa à temps ?

Je suis à peu près certain de ne pas avoir vu le nom de cette famille sur la liste des Blancs qui ont été massacrés. Cette liste a circulé dans toute la ville, chacun s'en saisissant, la gorge enflée par une boule d'angoisse, le regard chaviré par la peur d'y trouver des patronymes connus.

À l'office des Postes, nulle effervescence. On n'entend que le roucoulement des pigeons voyageurs installés dans une cabane sur le toit de l'édifice. L'employé préposé aux dépêches m'assure que la station de télégraphe où travaille Charles Malato n'a transmis aucune information alarmante.

Hughan a à faire au consulat britannique. Il a accepté que je l'accompagne, quand j'ai prétexté l'envie de découvrir cette vallée du Trianon. En réalité, je guettais une occasion de lui parler seul à seul.

Ma discussion sur la véranda de l'hôtel de ville avec certains notables n'est pas passée. Les colons ne cachent généralement pas leur mépris envers les déportés, il a bien fallu s'habituer aux remarques, aux vexations. Mais ceux-là m'ont traité comme un pauvre type avec qui il est bien inutile de discuter. La sauvagerie de ces Canaques est effroyable, mais est-on si sûr que cette barbarie soit uniquement due à la nature des indigènes ? Ne les a-t-on pas poussés à bout pour pouvoir s'en débarrasser définitivement ? La situation me rappelle trop évidemment cette façon qu'a eu le gouvernement de Thiers de provoquer les Parisiens en exigeant les loyers impayés en plein siège prussien alors qu'on se battait pour survivre, de nous imposer comme gouverneur militaire l'un des généraux les plus minables de l'armée, de refuser tout compromis qui aurait pu apaiser l'escalade et éviter de faire sauter le bouchon le 18 mars. Ces colons à l'hôtel de ville voulaient me faire la leçon, mais ils avaient l'air de poulets sans tête pris au dépourvu dans leur basse-cour alors que les renards rôdent derrière le grillage mal assuré. Des poulets qui se donnent des allures d'aigles. Avec Allan je sais que nous allons pouvoir parler de la situation de façon sensée.

Nous progressons sans nous presser sur le chemin à flanc de vallée. *Cette révolte hors du commun, comment faut-il la comprendre ?* Avec son calme habituel, il m'explique que *la situation est simple : les Canaques se sentent lésés, mais la terre appartient à ceux qui savent la mettre en valeur.* Les colons triment comme des chiens pour faire fructifier ce sol difficile, là est toute leur vie et celle de leurs gosses. Les Canaques n'entendent rien à cela, ils ne savent pas exploiter la terre, *de toute façon, travailler, ça ne les intéresse pas*. Que peut-on faire d'autre avec eux que les repousser vers les pentes du massif montagneux ? Devant la puissance de feu de l'armée, ils finiront rapidement par abandonner la partie.

J'évoque les injustices, les Canaques traités comme des êtres sans droits. Hughan me coupe la parole. *Étienne, ne vous emballez pas. Vous finirez par comprendre ce qu'est ce pays.* Dans sa voix, pas d'animosité mais un constat, simplement. Je sens bien que, si la courtoisie n'a pas disparu, il est inutile de discuter davantage. Il y a, même chez Hughan, ce présupposé, que les Canaques ne sont qu'une nuisance, et que l'idéal serait de s'en débarrasser rapidement, mais sans trop se salir les mains. Comme des blattes qu'on essaie de chasser d'une pièce, tout en évitant de souiller ses semelles en les écrasant.

Le chemin du retour se fait en silence. Hughan me demande si je suis fatigué, je le lui laisse croire. Mais c'est la morosité qui m'a envahi. Une sorte de nostalgie de notre amitié. Hughan n'a pas perçu ce qu'il s'est passé sur ce chemin. Lui si attentif, si attentionné même, d'habitude.

Je sens bien que, si je veux conserver sa sympathie et celle de sa famille, je ne dois plus jamais m'approcher du sujet de la révolte des Canaques. Là se situe la frontière de notre entente et elle ne bougera pas.

Lorsque nous nous quittons, il m'invite au pique-nique familial du dimanche à venir. *Le match de cricket qui suivra devrait être des plus excitants.* Un colon débarqué de Nouvelle-Zélande vient de rejoindre l'une des équipes et on dit que c'est un joueur d'exception.

J'ai fini ma journée et en rentrant chez moi, je longe l'hôtel de ville, comme de coutume. Dézarnaulds, le conseiller municipal que j'ai rencontré lors de la visite de l'usine, en sort au même moment. Il n'est pas rare que je le croise dans ces parages. Et alors, nous nous saluons d'un signe de tête, sans plus. Mais aujourd'hui, il semble vouloir engager la conversation. Les conseillers municipaux qui ont voulu m'humilier lors de l'assemblée lui ont raconté nos échanges. *Prenez garde, dans une ville de cette taille, une réputation est vite faite. Et en même temps que vous, ce sont tous les déportés qui sont jugés.*

Ce serait dommage de laisser passer l'occasion d'avoir l'avis d'un républicain sur la situation. *Et vous, qu'en pensez-*

vous, de cette révolte ? Aucune hésitation dans sa réponse. *Disons que le comportement du chef Ataï lorsqu'il a rencontré de Pritzbuer en début d'année aurait dû nous alerter.* Et il m'explique que le chef indigène a d'abord déversé devant le gouverneur un sac de terre : *Voilà ce que nous avions,* et ensuite un sac de pierres : *Voilà ce que tu nous laisses.* C'était la première fois qu'un grand chef se permettait de manifester son désaccord. *Les nouvelles concessions accordées aux colons et l'extension du domaine pénitentiaire, année après année, ont fini par empiéter sur les terres des réserves.* La situation s'est davantage tendue encore quand la sécheresse a incité l'administration à autoriser les colons de La Foa à laisser paître leur bétail au-delà des limites habituelles. Les tribus ont alors vu leurs cultures détruites. *Certaines limites ont sans doute été dépassées.* Nous arrivons devant son office notarial. Il me salue et entre.

Après une semaine en apnée, Nouméa commence à reprendre son souffle. Le sang qui s'était glacé dans les veines se réchauffe peu à peu. Les magasins ont rouvert. Le cerveau retrouve une irrigation normale, les milices semblent moins promptes à abattre tout ce qui bouge au bout de leurs fusils.

Mais l'annonce de la mort du lieutenant-colonel Gally-Passebosc, celui-là même que j'avais abordé à l'hôtel de ville, fige de nouveau la bourgade dans la peur. Le commandant de la colonie a été tué dans une embuscade. Il est immédiatement remplacé, mais il est manifeste que l'armée ne sait pas comment s'y prendre avec cette bataille où il lui faut pourchasser les guerriers entre broussailles, forêt et montagne, sur un terrain qu'elle a soigneusement cartographié mais qu'elle connaît si mal.

Durant les deux semaines qui suivent, on apprend une série d'attaques sur un front qui s'étend sur une grande partie de la côte ouest de la Grande Terre, jusqu'à la baie Saint-Vincent, tout près de Nouméa. La côte est n'est pas en reste : la vallée de Thio est occupée par les guerriers canaques, et le centre minier, le plus important de l'île, est évacué. L'armée, les colons, tous les Européens cèdent du terrain, et dès qu'ils se sont enfuis, les révoltés pillent et incendient. Ils ne s'emparent pas des propriétés ni du bétail, ils les détruisent.

J'imagine que les Canaques ne cherchent pas seulement à chasser les intrus de leurs terres. Qu'ils veulent susciter l'effroi afin qu'on ne songe pas à y revenir. En l'absence de route dans la majeure partie de la Grande Terre, le gouvernement évacue par mer vers Nouméa tous ceux qui étaient installés près d'un port. Ceux qui entreprennent de rejoindre les forts militaires par voie de terre ne sont pas à la fête.

Nous sommes une cinquantaine de communards à vivre à Nouméa à présent. Nombre de commerces du chef-lieu ont leur déporté – aide-épicier, commis à tout faire, comptable, garçon boucher... Certains réussissent même à monter une boutique. Ils ont renoué avec leurs anciennes relations d'affaires et importent de France des marchandises qu'on ne trouve pas sur place. Surtout des vins et des produits de bouche. Et ça marche bien.

Certains déportés ont commencé à se réunir les dimanches au café du Cosmopolitan Hotel pour discuter des événements en brousse, échanger des informations, essayer de comprendre ce qu'il se passe. Et bien sûr pour spéculer sur l'amnistie. J'hésite chaque semaine à me rendre à ces réunions. Radoter sur cette Assemblée qui ne se décide toujours pas à nous rappeler à la vie, ça me fait l'effet d'être tiré par la manche vers le néant.

Ce dimanche, je me résigne à prendre le chemin du Cosmopolitan au dernier moment. Ça parle déjà fort quand je pousse la porte du café. D'habitude, il faut plusieurs verres d'absinthe avant d'en arriver à ce tapage. La nouvelle qui agite tout le monde : des communards condamnés au bagne se sont engagés aux côtés de l'armée pour mater le soulèvement canaque. C'est Amouroux qui aurait pris l'initiative de proposer ses services et une trentaine de compagnons employés avec lui sur une mine au nord de la Grande Terre auraient suivi. D'abord on croit que celui qui raconte ça a forcé sur l'alcool. Mais il s'entête. El Mokrani serait aussi de la partie : il a formé un régiment équestre. Tous prêtent main-forte à l'armée en échange d'une grâce ou au moins d'une remise de peine !

Je suis abasourdi. Et je ne suis pas le seul. Dans le brouhaha des commentaires qui se cognent contre les murs de la salle et rebondissent vers les différentes grappes d'homme, on perçoit à présent distinctement une engueulade entre deux tablées. *Vous crachez sur Amouroux, et quoi, vous préféreriez laisser les cannibales égorger tout le monde, et vous avec ?* Certains ont les poings qui les démangent. *Non, on ne va pas se laisser bouffer, mais les communards n'ont pas à se mêler de ça, à devenir les larbins de cette armée qui a exterminé les nôtres !*

Je me lève pour parler à mon tour. Mais la salle, chauffée à blanc, est devenue une fournaise. Inutile d'insister, tout débat est désormais impossible.

Avec les renforts d'infanterie de marine, débarqués d'Indochine mi-août, la situation évolue très rapidement. On nous annonce début septembre la mort d'Ataï, tué à coups de sagaie et décapité par un chef de guerre de la région de Canala, retourné par l'armée. Sa tête a sitôt été expédiée en France dans un bocal de formol. Qui a pu avoir cette idée barbare ? Les militaires ne semblent pas se montrer présomptueux cette fois en affirmant que l'initiative est à présent de leur côté. On entend toujours parler de foyers d'insurrection qui refusent de s'éteindre ou se ravivent, mais l'armée paraît parvenir à étouffer petit à petit le feu de la rébellion. Les chefs de clans se rendent les uns après les autres. On dit que c'est la promesse d'avoir la vie sauve qui les convainc.

Il a fallu le trophée de la tête d'Ataï pour qu'on retrouve pour de bon une vie normale au chef-lieu. Après deux mois d'angoisse et de confusion, les habitudes reprennent. Toute la ville recommence à aller respirer la fraîcheur du soir sur la place des Cocotiers. Les guinguettes et leurs joueurs de biniou et d'accordéon retrouvent leur clientèle. La saison des régates, qui court une bonne partie de l'année, reprend à la baie de la Moselle.

Je continue d'être invité de temps à autre par les Hughan. Nous n'avons jamais reparlé du soulèvement. Je me sens de plus en plus étranger lors de leurs pique-niques. On n'y cause que du soleil qui nous accable, ou de la saison des pluies qui approche. Esther virevolte d'un convive à l'autre, insaisissable. J'aimerais discuter avec elle de la musique qu'elle aime, évoquer ses souvenirs de Sydney. Mais il est impossible d'échanger plus de deux phrases. Mes tentatives d'évoquer Paris sont mises en pièces : l'Europe qu'ont quittée ses grands-parents ne l'intéresse pas. Et encore moins mes rêves d'instruction et de justice pour tous ces gosses destinés à rester esclaves leur vie entière.

Le bazar ferme plus tôt cet après-midi. Par désœuvrement, je décide d'aller écouter la phalange philharmonique de la ville, qui se produit sous le kiosque à musique de la place des Cocotiers trois fois par semaine : une fanfare formée de vingt forçats, qui soufflent dans divers instruments en cuivre et tapent sur des percussions. C'est plutôt une fanfouille, les morceaux sont sans intérêt et l'exécution médiocre, mais ils y mettent du cœur et c'est la seule distraction pour qui n'envisage pas de traîner du Cosmopolitan Hotel au café Pacifique, après être passé par le café

Oblet. Le chef d'orchestre est un assassin, un étrangleur de renom, dont je ne peux m'empêcher d'observer les mains avec une attention malsaine. Il dirige les fanfaristes avec de beaux gestes amples. Il n'est pas impossible qu'il finisse par arriver à tirer quelque chose de cette troupe, dont seuls les accoutrements de bagnards sont accordés pour le moment. Il vient d'obtenir que les vingt forçats soient exemptés de corvée, afin d'avoir le temps de se consacrer à leur art.

Je prends place sur l'un des rares bancs ombragés de la place. L'essentiel du public est composé de Canaques, qui préfèrent s'asseoir sur l'herbe, par grappes, l'air indolent et gai, le sourire aux lèvres, des fleurs et des brindilles de verdure dans les cheveux. On aperçoit aussi une poignée de troupiers, des déportés, quelques libérés. Le beau monde du chef-lieu s'abstient.

Les morceaux s'enchaînent, personne n'y prête plus d'attention que nécessaire, ils ont l'air tous semblables. Malgré le raffut, je finis par flotter dans la touffeur. Lorsque je suis chassé de ma somnolence, réveillé en sursaut par un final tapageur, je prends conscience que je ne suis pas à Paris. Je viens de m'offrir une excursion dans ma ville, avec ses dômes, ses monuments, ses maisons amies. Je me suis promené de la Bastille à la Madeleine, reconnaissant les boutiques où je suis entré, les cafés que j'ai fréquentés. J'étais de retour chez moi.

V

Un beau matin d'octobre, alors qu'un foyer d'insurrection vient de se déclarer dans leur région et qu'on était sans nouvelles d'eux, les Malato débarquent à Nouméa. Tous les trois, sains et saufs. On les accueille en ressuscités. Et ils racontent qu'ils ont bien failli ne pas en réchapper.

Ils vivaient en confiance dans le voisinage d'une tribu. Et puis un jour, alors qu'ils étaient en excursion, leur maison a été incendiée, le poste télégraphique attaqué, et comme ils cherchaient à rejoindre le poste militaire, le chef de la tribu leur a tendu une embuscade – le fils Malato, Charles, le connaissait pourtant bien. Les militaires sont intervenus à temps. *Et voilà comment notre paradis sauvage est soudain devenu un coupe-gorge!* S'il sourit à l'évocation de cette aventure digne des explorateurs les plus audacieux, ses parents, qui ont l'air assez âgés, ne semblent pas près de se remettre de leur frousse.

Les Malato ont pris un logement à deux pas de chez moi, chez une amie de Mrs Hovell. Deux pièces d'une bicoque plutôt bien entretenue, qui donnent sur un jardin ombragé par un bourao. Je leur rends souvent visite. Au début, par politesse, pour voir si je peux leur être utile dans leur installation. Puis rapidement par goût. J'aime respirer dans leur foyer cet air chargé d'affection, de complicité, cette tranquillité aussi, qui n'est pas de l'abattement.

J'apprécie aussi les longues conversations avec Charles. Il est mon cadet de sept ans, sa naïveté, sa sentimentalité n'ont pas encore eu le temps de s'essorer. Je me suis tout de suite plu en compagnie de ce jeune homme érudit, qui ne sait pas résister à sa curiosité, à son enthousiasme. Il est devenu en quelques semaines le frère que Georges n'a jamais vraiment été pour moi. Et sur lequel j'ai tiré un trait. En sept ans, je n'ai pas reçu une seule lettre, un seul mot de lui.

Comme souvent les dimanches, nous partons de bon matin, Charles et moi, nous baigner à l'anse Vata. Cette baie est celle que je préfère à Nouméa, avec son sable d'un blanc lumineux et son eau limpide.

Nous nous partageons un numéro du *Siècle* daté de même pas trois mois, et les pages de *La Revue illustrée*, une feuille de chou locale qui fait nos délices. Elle est spécialisée dans les campagnes contre les satrapes de la colonie. C'est que Nouméa se dévergonde : une presse indépendante est en train de surgir au chef-lieu. Même si ces journaux sont souvent éphémères et que la censure veille, c'est un progrès appréciable. Après être entrée dans l'ère industrielle, la colonie met un pied dans celle des débats et des polémiques.

La matinée se passe à discuter de tout ce qui nous traverse la tête. Charles a commencé à me raconter lors de nos précédentes promenades comment il est parvenu à vivre plus de deux années en brousse, et je lui réclame de poursuivre le récit de ses aventures. Il me parle d'un pays, au-delà des collines de Nouméa, que je ne connais pas.

Il est arrivé en 1875 en Nouvelle-Calédonie, avec ses parents : le bail de déportation de son père a démarré avec du retard, ce dernier ayant réussi à échapper à la police durant près de trois ans après l'échec de la Commune. La chance de Charles a été, à bord du navire qui le menait à l'autre bout du monde, de taper dans l'œil du chef de la mission télégraphique, un orientaliste distingué, un homme avec lequel les affinités intellectuelles ont été immédiates. Ce Lemire avait pour tâche d'installer le télégraphe sur la Grande Terre. Le service des dépêches de la colonie ne se satisfaisait plus de ses seuls pigeons voyageurs.

Charles a donc parcouru la Grande Terre en compagnie de Lemire et de sa petite équipe pour installer un fil aérien qui fait le tour de l'île, courant ainsi sur près de mille deux cents kilomètres. Après cette excursion, il a été affecté à l'un des postes télégraphiques, à Oubatché, où ses parents ont fini par le rejoindre. Cette vie-là lui a permis de connaître les Canaques, loin de l'enclos à Européens qu'est Nouméa. *Des années d'une existence fantasque de naturisme primitif* qu'il considère comme les plus belles de sa vie.

Son travail au poste était une véritable sinécure. Pas plus de deux télégrammes quotidiens, les jours fastes. Jusqu'à la révolte d'Ataï, il ne se passait rien en brousse. Il a ainsi consacré l'essentiel de ses journées à étudier les dialectes et les coutumes de la tribu toute proche, et a rapporté un tas de notes sur ce qu'il a observé. Il faut que je lui fasse rencontrer Louise Michel. Tout autant qu'elle, il semble toqué des Canaques. *Certains jours je n'en pouvais plus de la vie contemplative des indigènes. Mais quelle chance de pouvoir l'étudier! Je pourrais me faire explorateur de tous les peuples non encore pervertis par notre civilisation.* Il me décrit ses découvertes, et par jeu je m'efforce de démonter chaque fois les hypothèses un peu naïves et parfois extravagantes qu'il a échafaudées pour interpréter les mœurs et les croyances de ces sauvages. De toute façon, qui saura jamais comment ils voient les choses ?

Les colons l'ont bien moins enthousiasmé que les naturels. Ce sont essentiellement des libérés, au caractère dur, et en même temps complètement soumis devant tout ce qui porte un casque d'administrateur colonial ou un couvre-chef militaire. Il me raconte la pauvreté de ses relations avec ces hommes qui se méfient de tout le monde.

Je demande à Charles s'il a goûté aux femmes canaques. Il répond par l'affirmative, et sa timidité lui met le rouge aux joues. Une femme de la tribu voisine dénommée Bouboute, vénérable mère de deux ou trois gamins, l'avait abordé un jour qu'il se baignait presque nu dans la mer. Pas besoin de parler la même langue pour comprendre ce qu'elle lui proposait. Ces choses-là se font au vu et au su de toute la tribu et il ne viendrait à personne l'idée de s'en offusquer, d'autant que cela rapporte quelques sous à la dame. Cette Bouboute lui a fait son éducation, lui qui regrette, comme il l'affirme avec malice, d'avoir eu une enfance *trop préservée. Tu as devant toi, avec toutes ses carences, la victime d'une trop bonne éducation bourgeoise* me dit ce fils d'un noble napolitain, révolutionnaire impénitent mais qui n'a jamais égaré ses mœurs aristocratiques, et d'une jeune fille de Lorraine dont on devine immédiatement les origines aisées à son maintien.

Ces années d'exil sont en train de le transformer. Il s'est évaporé le sage bachelier qui s'apprêtait à commencer sa médecine quand son père a été arrêté. Plus trace du jeune timoré qui n'a pas osé participer à la Commune dans ce garçon que rien ne détourne plus de son goût du danger.

Pour Charles, ces années loin du monde ne sont pas des années perdues.

Moi aussi, je suis en train de changer. Je ne me sens plus beaucoup d'affinités avec celui que j'ai été, ce jeune bourgeois en adoration devant la Déclaration des droits de l'homme et du citoyen, qui braillait sa profession de foi pour la République sociale. Cette République qui devait faire fleurir les promesses et advenir les idéaux de la Révolution. Tous ces beaux principes, toutes ces théories se sont fait trouer la peau par le mensonge et la trahison de cette Assemblée soi-disant républicaine. Ils ne valent pas un clou face à la lâcheté, à la médiocrité, à la cruauté de ceux qui tiennent l'État depuis bientôt trois ans.

Quand la lutte reprendra, ce ne sera pas par un bal sur la place de l'Hôtel-de-Ville qu'on la lancera.

Je n'aurais jamais parié qu'un jour j'aurais la nostalgie des décorations de Noël, de la morsure du froid, de la neige. Sous ces tropiques, rien ne distingue ce mardi 24 décembre d'un autre mardi de l'année. Les Malato m'ont invité pour le souper. L'une de nos dernières soirées avant longtemps, sans doute. Charles veut repartir en brousse, *muni, cette fois, d'un revolver*. Il n'attend que la signature de son contrat d'agent des télégraphes à Thio. Une jolie petite promotion : responsable du bureau le plus important de la côte est. Son départ m'attriste et ses parents s'inquiètent de son appétit d'aventures. Mais il a bien raison, lui qui est libre de quitter le chef-lieu, de préférer poursuivre l'exploration de cette île et la découverte des mœurs des derniers anthropophages. *Que veux-tu regretter dans cette ville où chiaoux et rastaquouères tiennent le haut du pavé, sans musée, sans bibliothèque, sans aucune activité intellectuelle* ? Rien, effectivement.

En janvier, les déportés en enceinte fortifiée auront à leur tour l'autorisation de vivre à Nouméa. J'attends avec impatience de voir débarquer Michel, Bauër et Cipriani. Cipriani ! J'ai peine à l'imaginer, silhouette aiguisée comme un sabre, traits du visage sévères, regard intense qui doit effrayer les gosses, derrière un comptoir d'épicier ou à un bureau de commis aux écritures. Son métier, c'est révolutionnaire, révolutionnaire intransigeant et aventurier. Pour compter les occasions qu'il a eues de mourir, en Italie, en Crète ou ailleurs, les doigts des deux mains ne suffisent pas.

Je leur ai trouvé à chacun un logement. Tout est prêt pour les accueillir, mes camarades.

En début d'après-midi, Charles passe me voir au bazar. L'état de sa mère le préoccupe : elle supporte de plus en plus mal la chaleur, elle respire difficilement. Il la voit s'affaiblir de jour en jour. Elle ne sort plus que rarement et n'a même plus la force de se rendre seule à l'église – Mme Malato est restée profondément catholique en dépit de son mariage avec Antoine. Charles doit désormais l'accompagner à l'office.

Le 15 janvier, l'un des meneurs de l'insurrection canaque, le chef Naïna, est tué. Le 31, c'est au tour du chef Daouï. Le ratissage de l'armée se poursuit à un rythme qui ne laisse plus aucun doute quant à l'issue des opérations.

Le 2 février, un déporté qui vient d'arriver à Nouméa m'apprend la mort de Pierre Simonnet. Ils ont partagé la même case à l'île des Pins. Simonnet a passé l'arme à gauche à la fin de l'an passé. Pierre a traîné son désespoir durant plus de six ans avant de se décider à crever, à bout de forces.

Les premiers déportés en enceinte fortifiée s'installent aujourd'hui à Nouméa. Mes camarades ont pris possession des garnis que je leur ai dénichés et nous nous retrouvons ensuite pour nous rendre aux bains de la ville.

L'établissement, un lieu de rendez-vous prisé par la déportation, est tenu par Victorine Gorget, débarquée depuis peu de l'île des Pins avec son mari. Victorine n'est pas regardante quant au temps qu'on y passe, on reste ainsi des heures à y discuter, à y rencontrer de nouvelles têtes. Des gens avec qui on ne s'est pas déjà tout dit.

Mes camarades connaissent du monde parmi ceux qui se prélassent aux bains aujourd'hui. On les fête avec beaucoup de gaîté, on les embrasse, on s'exclame, c'est un bonheur de voir tous ces visages souriants, Emonnot, Sivadon, même Taillefer est là, qui avait bien failli crever à la forteresse d'Oléron. Même si l'on n'a pas grand-chose à se raconter sur les sept années qui viennent de s'écouler, à Ducos pour les uns, à l'île des Pins pour les autres. Et même si, lorsqu'on échange des nouvelles des camarades, *Comment va Duchemin ? Et Langlois ? Pierret, il ne se porte pas trop mal, enfin, il se maintient, je crois,* on redoute d'entendre parler de nouveaux cas de folie, de nouveaux morts.

Seul Bauër garde son air las au milieu des effusions. Mes retrouvailles avec lui sont d'abord fades. Pendant un temps, nous n'échangeons que des banalités. J'ai beau essayer de nous faire glisser sur les pentes de la littérature, *Tu l'as reçu, le Plutarque que tu attendais ?*, de bifurquer vers les versants du théâtre, *Et cette nouvelle pièce ?*, Henry s'entête à ressasser la décrépitude de son ancienne paillote et le coût de la caisse qu'il a dû se faire fabriquer pour pouvoir transporter sa bibliothèque, *Ça m'a coûté 11 francs, tu te rends compte ! Du vol. Commis par un déporté sur un autre déporté !* Je le laisse discourir sur les difficultés de son déménagement à Nouméa et sur l'insignifiance du salaire que son emploi d'aide-épicier va lui valoir. Puis il se tait et son aigreur se transforme soudain en abattement. *Qu'y a-t-il ?* Après un moment, si long que je finis par regretter de lui avoir posé cette question au bout de laquelle il semble se balancer comme un pendu à sa branche d'arbre, *Ça ne va pas*, me répond-il. *Qu'est-ce qui ne va pas ? La santé ? Non, l'espérance*, me lance-t-il. J'ai l'impression que son cerveau passe ses journées à dériver entre ses rêves de liberté, anéantis avec la fin de la Commune, et l'effondrement de son existence. Il ne le dit pas, mais je vois bien que ce qui bourdonne dans son crâne, c'est la pensée que tout cela a été inutile. Qu'il n'y a rien d'autre à faire que regretter. *En fin de compte, dans ce monde, le plus modeste progrès est trop chèrement payé.* Je sais bien dans quelles profondeurs on se trouve entraîné lorsque la tête prend cette direction. Henry est obsédé par la fin de ce calvaire, il semble prêt à tout pour retrouver sa liberté. Il l'a déjà montré en s'humiliant à solliciter une commutation de peine il y a trois ans, et je le crois disposé à recommencer. Mais une part de lui s'en veut, alors que tant d'ouvriers autour de lui, qui doivent se contenter de conditions d'existence bien plus rudes que les siennes, n'ont toujours pas largué leur fermeté et leur intransigeance. Il a conscience de sa faiblesse.

Comme Louise Michel a en poche une lettre du père Mabille, resté à Ducos, pour ses amis les Malato, nous nous rendons chez eux le soir même de son arrivée. Elle fait ainsi la connaissance d'Antoine et de Charles, et leur entente est immédiate. Cette soirée pourrait être un moment idéal. Mais Mme Malato, qui se terre dans sa chambre, ne quitte pas nos pensées, sans qu'on en laisse rien paraître. Son état s'est encore dégradé. Il est question de l'hospitaliser, mais elle s'oppose à être séparée de son époux et de son fils, et c'est sans appel. De toute façon les médecins ne savent pas quoi faire pour elle. Antoine et Charles masquent leur inquiétude pour ne pas nous embarrasser, mais je devine leur tristesse résignée, et elle me serre le cœur.

Charles est impressionné par l'intérêt de Louise pour les Canaques et par les connaissances qu'elle a pu emmagasiner en cuisinant sans relâche Daoumi. Il décide de lui abandonner les notes qu'il a prises durant son séjour en brousse. Elle aura, elle, l'énergie d'écrire, de faire connaître les mœurs et les coutumes des naturels avant qu'il ne soit trop tard – *avant que la France, avec la manière dont elle s'y prend pour coloniser cet archipel, n'ait fait disparaître tout ça d'ici une ou deux générations.*

Michel ignore quasiment tout des causes de la révolte d'Ataï. *Le Moniteur* ne rend compte que des massacres des Blancs, bien entendu. Et à la presqu'île, personne n'a entendu parler de *L'Avenir de la Nouvelle-Calédonie*, un hebdomadaire qui a tout juste eu le temps de prendre position pour les indigènes insurgés et de poser la question des responsabilités avant de se faire interdire.

J'explique donc à Louise ce que nous savons de l'insurrection, les Canaques chassés de leurs terres et dénués de droits. Charles confirme qu'il n'a pas vu autre chose dans son coin de brousse que cette manière de traiter les indigènes. Il s'est longtemps demandé pourquoi ils ne se révoltaient pas devant ce qu'on leur faisait subir. Et puis l'insurrection est arrivée… À travers les télégrammes qu'il avait à expédier et les conversations avec les hommes du poste militaire d'Oubatché, Charles s'est fait une petite idée de la manière dont l'armée procède pour obtenir la reddition des clans. Tout est incendié, tribus, cocoteraies, plantations, cultures vivrières. L'armée offre 5 francs pour chaque paire d'oreilles canaques coupées. Quand les officiers soupçonnent que certains de ces trophées proviennent plutôt de femmes, voire d'enfants, que de guerriers, ils exigent qu'on leur rapporte la tête entière.

Quand on y pense, les Canaques étaient simplement anthropophages, honnêtes et hospitaliers avant la civilisation, conclut Charles.

Nouméa est de plus en plus cosmopolite. Les déportés qui s'y sont installés font à peine partie du paysage qu'arrivent de nombreux hommes, protégés par de larges chapeaux coniques. Il paraît que les Tonkinois deviennent un produit d'importation prisé chez les colons en raison de leur docilité, de leur acharnement au travail et de leur propreté. Ceux que nous croisons à Nouméa sont employés comme domestiques. On dit qu'il y en a aussi dans les mines.

En sept ans, je n'ai pas exploré plus de quelques kilomètres carrés de cet archipel, mais si un jour je rentre, je pourrai me vanter d'avoir vu un bel échantillon des couleurs du monde depuis mon enclos.

Pierre Charbonneau s'installe lui aussi à Nouméa. Il s'est trouvé un petit hangar en bordure du port où transférer son atelier. Je lui rends visite pour le féliciter de sa réussite à l'Exposition universelle. Et puis je suis heureux d'avoir de nouveau l'occasion de discuter avec lui. Son caractère intransigeant et ses idées sans compromis ne s'affadissent pas malgré les années.

Il a obtenu rien de moins qu'une médaille de bronze pour sa bibliothèque sculptée. Une bonne partie des déportés qui ont participé aux concours des artisans ont été distingués. Faut-il y voir une évolution de l'opinion publique envers les communards ?

Je passe de moins en moins souvent à la boutique d'Allan. Nos conversations me paraissent superficielles. À lui aussi certainement. Ses invitations sont devenues rares.

Mme Malato a demandé à être enterrée religieusement. Nous avons été très nombreux parmi les déportés à accompagner Antoine et Charles derrière le cercueil jusqu'à l'entrée de l'église. La silhouette d'Antoine est affaissée. Il faut le soutenir tout le long de la procession. Je sens bien que Charles est lui aussi très remué, c'est la première grande douleur de sa vie. Son visage est figé. Un masque de tristesse.

Charles a embarqué hier matin, tôt. La ville se réveillait à peine quand nous l'avons traversée jusqu'au port. Nous n'avons échangé que quelques mots. Le contrat pour le poste qu'on lui proposait depuis des mois à Thio a fini par arriver. Son père reste au chef-lieu et va continuer à s'occuper du petit commerce qu'il a monté. Il ne semble pas vraiment accroché à son affaire, d'ailleurs elle n'a pas l'air de lui rapporter grand-chose. Mais il veut pouvoir se recueillir chaque jour sur la tombe de sa femme.

Charles parti, je passe davantage de temps avec Louise Michel. Son énergie, comme toujours, me revigore. Elle a repris à Nouméa son métier d'institutrice. Elle a créé une institution indépendante, la direction des écoles publiques étant toujours tenue par les congrégations. Les religieuses de Saint-Joseph-de-Cluny s'assurent du salut des filles, les maristes de celui des garçons. Michel, elle, s'occupe de la quinzaine d'enfants de déportés qui vivent à Nouméa avec leurs parents. Et elle a réussi à se procurer un piano. Cet instrument est son gagne-pain : il lui permet de donner des leçons de musique aux jeunes filles de colons.

À vrai dire, je sais bien que tout cela n'est pas réellement important pour elle. Ce qui l'intéresse au chef-lieu, c'est de pouvoir enfin côtoyer de nombreux naturels. Elle a ouvert un cours pour les Canaques les dimanches. Daoumi a dû faire savoir qu'elle se passionnait pour les indigènes, car son cours est immédiatement pris d'assaut. Elle accepte tous les gamins qu'on lui confie en dépit du manque de place. Elle leur enseigne la lecture, le chant, le dessin, la sculpture sur bois. Les plus éveillés, elle les initie aussi à l'écriture et au calcul. Souvent je lui prête main-forte. J'aime observer ces gosses, qui sont presque toujours curieux, attentifs et d'une grande adresse manuelle. Louise a pour ces enfants le même rêve que celui que nous avions formé pour les gosses des pauvres lors de la Commune : leur faire comprendre ce qu'est le monde, leur donner les armes pour qu'ils se battent contre l'injustice et la servitude.

Si la République cherchait vraiment à civiliser les naturels, ce serait avec des maîtres d'école plutôt qu'à coups de fusil.

Hier, je passais déposer de nouveaux dessins à Hughan quand il m'a annoncé les fiançailles d'Esther avec le fils Gallande. Un beau mariage, sans aucun doute, la famille de son futur gendre est de celles qui comptent sur l'île. Hughan m'a invité au vin d'honneur, *Si vous n'avez pas été amnistié d'ici-là et embarqué pour Paris.*

Il faut bien me l'avouer, ma lassitude ce soir a à voir avec les fiançailles d'Esther. Une partie de moi n'avait pas tout à fait renoncé à l'idée d'une existence confortable ici, peut-être heureuse, en tout cas normale. Esther avait le visage de cette vie-là. Mais qu'aurais-je fait de mes rêves avec elle, au sein de cette société dont je me sens tant étranger ?

VI

Mille quatre cent vingt-deux. Mille quatre cent vingt-deux grâces signées par Mac-Mahon avant sa démission forcée. Dont deux cent cinquante-huit pour les pensionnaires de Ducos. Nous sommes informés qu'un sous-directeur de la Pénitentiaire va annoncer cet après-midi la liste des heureux élus au camp de Numbo.

Tout le monde est là et attend, immobile. Sauf les morts : quatre-vingt-deux déportés qui manqueront à jamais à l'appel. Un sur neuf. Les femmes et les enfants sont là aussi. Un immense attroupement qui impressionne par son silence. Le sous-directeur arrive, tenant à la main la liste. Le fonctionnaire jauge furtivement la foule avant de commencer l'appel des graciés, par ordre alphabétique.

À mesure que le fonctionnaire prononce les noms, nous nous regardons, consternés. Tous les brigands font partie des graciés. Les vauriens condamnés pour des larcins commis bien avant la Commune et les bandits au casier judiciaire plein ras la gueule, que le gouvernement avait mêlés aux communards pour aggraver notre réputation et enjoliver sa propagande. Sur les deux cent cinquante-huit graciés, il y en a une centaine de cet acabit. Belle manière pour Mac-Mahon de marquer sa haine et son mépris ! Contraint d'accorder des grâces, il signifie ainsi que pour lui nous ne sommes rien d'autre que des malfaiteurs ordinaires.

Pour ceux qui ne sont pas appelés, la colère se mêle au désespoir. Davantage que la tristesse, le dégoût marque les visages.

Mon nom est sur la liste.

Ma décision est prise depuis longtemps. Je refuse cette humiliation.

Nous gracier, c'est dire que nous sommes et resterons à jamais coupables. Seule l'amnistie n'est pas indigne. L'amnistie, c'est la réhabilitation, c'est la réintégration parmi les citoyens de la République.

Oui, ma décision est prise depuis longtemps. Lorsque Cipriani, Malzieux et les autres, et Michel avec eux, ont pris position en ce sens, j'ai tout de suite pensé moi aussi qu'il n'y avait pas d'autre solution. Accepter la grâce, c'est accepter d'avoir perdu huit années de sa vie. Huit années de calvaire pour rentrer comme un criminel qu'on accepte du bout des lèvres de réintégrer dans la société tout en lui conservant cette marque d'infamie sur la figure : coupable.

Tant qu'il n'y avait pas d'annonce de grâce, cette résolution ne prêtait pas à conséquence. Mais quand il m'arrivait d'y penser, je craignais de flancher le moment venu. Ou d'être l'un des seuls à tenir ma promesse.

Eh bien non. Tous ceux qui l'avaient juré, et qui sont sur la liste, tous ceux-là, comme moi, refusent cette faveur.

Ma décision est prise depuis longtemps, mais comment l'annoncer à mes parents, à Gioia ? Que leur dire à tous les trois, les derniers à encore m'écrire, à encore penser à moi, à encore attendre mon retour ? Ma mère est-elle capable de supporter cette nouvelle épreuve ?

La rumeur court que la mesure récompense ceux dont la famille s'est abaissée à de nombreuses reprises à réclamer pour eux la « clémence ». Mes parents ont-ils écrit pour moi en dépit de mon interdiction ?

Je veux attendre l'amnistie, sinon en plus de huit années de ma vie, j'aurai aussi perdu mon honneur et renoncé à mes convictions. Mais faut-il pour cela que je me transforme en bourreau, est-ce un prix supplémentaire à payer ?

Je me suis fâché avec Michel. Elle a l'habitude, avec sa rudesse, de se mettre à dos les camarades, et puis tout finit toujours par rentrer dans l'ordre, pense-t-elle. Moi, je reste tourmenté par cette empoignade.

Ceux qui ne sont pas sur la liste sont nombreux à adresser des recours en grâce. Les plus optimistes pensent que ça va aller vite à présent et ne désespèrent pas de prendre le même bateau de retour que ceux de la liste de Mac-Mahon. Michel les a traités de lâches. Je ne supporte pas ce rigorisme obtus. Ils ont des gosses, une compagne, qui depuis toutes ces années vivent dans la misère et le désespoir. Ramener la vie dans leur famille, la sortir de l'indigence, c'est ça l'honneur, pour eux.

Préparer son ballot pour le voyage de retour, distribuer aux camarades les quelques trésors crasseux et dérisoires qu'on ne rapporte pas, tout ça n'est pas bien long. Alors en attendant les navires qui les achemineront vers la France, ceux qui ont été graciés ont le temps de se demander ce que signifiera le retour. Bien plus que la gaîté, c'est l'anxiété qui domine. Tous redoutent de ne pas trouver à se faire embaucher. Que pensera un patron quand il aura en face de lui un type qui n'aura pas été employé depuis presque une décennie, qui aura forcément perdu de son habileté technique ? Et un rouge patenté, donc un meneur de grève, par-dessus le marché ! Il y a aussi ceux qui sont sans nouvelles de leur famille depuis longtemps, ou qui ne reçoivent plus que rarement une lettre qui transpire l'indifférence. Je les entends ressasser leur trouille de l'arrivée sur le quai de la gare à Paris. *Il n'y aura personne pour m'accueillir. Nulle part où aller.*

J'aurais envie d'être simplement heureux pour eux, ils vont rentrer, ils vont retrouver la France, mais en réalité ils me fichent le cafard avec leurs angoisses. D'autant que ceux-là sont morts à la politique. Vivre en bête de somme, se faire oublier, recommencer sa vie sur une page blanche, c'est ça leur espoir. Alors j'essaie de frayer surtout avec les optimistes et les acharnés. Ceux qui veulent toujours et encore que les idéaux de la Commune revivent, ceux qui se sentent retrempés pour les combats, après ces années de repos forcé.

Charbonneau fait partie des graciés. Il s'est bien évidemment toujours refusé à formuler le moindre recours, c'est sa médaille de bronze à l'Exposition qui lui vaut son billet de retour.

Nous organisons un beau banquet dans son atelier pour fêter la nouvelle. Et comme le père Mabille vient de se voir notifier une remise de peine, le nombre de toasts à porter est doublé. Le coup de canon qui sonne le couvre-feu nous surprend en pleines libations. Impossible de rentrer chez soi sous peine de se faire embarquer par la milice indigène qui patrouille dans la ville sous les ordres d'un officier connu pour sa perversité. Cette milice est un sujet de conversation prisé, avec ses guerriers en costume national, le bagayou pendouillant entre les jambes, un casse-tête et une courte sagaie ornée de tresses en poils de roussette à la main. Il ne nous reste qu'une option, dormir entassés dans l'atelier.

En mars, l'un des derniers meneurs de l'insurrection canaque, le chef Cham, a été capturé. En avril, ç'a été le tour du chef Judano. Le gouverneur vient d'annoncer que les combats avaient cessé.

Si l'on sait que deux cents Européens ont été tués, il est bien plus malaisé de se faire une idée du nombre de morts du côté des Canaques. L'armée en évoque huit cents, mais Charles me fait comprendre dans ses lettres qu'il y en a sûrement plus du double. Même chose pour les indigènes qui sont déportés dans des îles de l'archipel, aux Bélep, à Lifou : mille ? mille cinq cents ?

En juin, l'état de siège est définitivement levé. Nouméa retrouve sa pleine et entière somnolence.

Puis l'engourdissement du chef-lieu est interrompu par l'entrée en rade de la *Picardie*, l'une des frégates qui avait acheminé des communards en Nouvelle-Calédonie et le premier convoi à rapatrier des déportés. Le navire n'a pas été réaménagé, le voyage de retour va se faire dans les mêmes conditions qu'à l'aller : en cage.

Bauër est prêt à tout pour arracher une place, *même si ce doit être dans le compartiment des bestiaux*, car il l'a enfin obtenue, sa grâce. L'ultime requête de sa mère, soutenue par Victor Hugo et deux députés qui se portent garants de la conduite de l'insurgé repenti, a porté ses fruits. Bauër se démène donc comme un fou durant quatre jours. Son ordre d'embarquement lui parvient finalement quelques heures avant le départ du navire.

Avec ces démarches qui l'ont accaparé, nous n'avons pas eu le temps de fêter son départ. Quelques verres au café du Cosmopolitan, et c'est tout. Je m'attendais à retrouver celui qu'il avait été. Mais son air accablé ne l'a pas quitté. Il semble sans réaction. *Eh bien, tu n'es pas heureux de partir?* Un peu embarrassé par ma question, comme s'il n'y avait pas pensé jusque-là, il me répond *Oui, je suis libre. Et ça me laisse indifférent. Je me sens fini.*

À onze heures et demie, la *Picardie* lève l'ancre. Depuis le quai où nous sommes entassés, nous crions *Vive la République!* Au loin dans la rade, les camarades qui s'en vont, massés sur le pont de la frégate, nous répondent d'une seule voix *Vive la République! Vive la France!* Le navire s'éloigne lentement.

Je redoutais ce départ. Je craignais que ce jour ne soit gâché par mes doutes. Mais non, pour l'instant je ne vacille pas.

Et puis la dernière lettre de ma mère m'a rassuré. Elle aussi se tient droite. Elle m'apparaît sereine, elle est convaincue que l'amnistie ne saurait attendre longtemps. Les dernières élections ont confirmé que la République est maintenant solidement établie, Gambetta ne peut plus tergiverser.

Les convois de retour se succèdent, le *Var*, le *Calvados*, la *Vire*... En une poignée de semaines on souhaite bon vent à des centaines et des centaines de camarades.

Quand vient le tour du père Mabille, je m'efforce de dissimuler mon malaise. Je suis heureux de voir notre vieux compagnon rentrer en France, mais ne peux m'empêcher de m'inquiéter. Quelle existence pourra se reconstruire cet homme âgé et usé, ayant perdu son métier, et sans famille ? J'ignore ce qu'il pense réellement, en tout cas il ne nous montre que de la gaîté.

Le départ du *Navarin* clôture la première saison des retours. Il emportera demain les Piffault, Le Mel, Charbonneau, Bourdinat, Wolff, Joly, Millet, et puis encore Poulignier, Fallecker...

Les Piffault ont renoncé à leur idée de se bâtir une vie en Nouvelle-Calédonie. Cette terre est le tombeau d'Emma. Ils ont hâte de partir, et sont en même temps tourmentés par la pensée que plus jamais ils ne pourront aller porter des fleurs à leur fille.

Jacques, lui, ne veut pas rentrer en France et il n'a pas cherché à ménager ses parents quand il le leur a annoncé. Il a quinze ans, c'est un adolescent efflanqué mais énergique et indépendant. Il ne voit pas pourquoi il quitterait cette existence de plein air et de liberté. Paris n'est plus rien pour lui, juste un souvenir sans contours et sans odeur. À Nouméa rien ne lui manque. Ses parents m'ont demandé de lui parler, de le raisonner. J'ai fini par l'emmener dans les bureaux de la Pénitentiaire, où on lui a répété qu'il lui était interdit de séjourner dans l'île sans ses parents. Depuis, il balance entre la colère et la résignation.

L'embarquement sur le *Navarin* a débuté. Le Mel est montée dans la première chaloupe. Elle n'aime pas les effusions. Charbonneau nous quitte à son tour, il n'est pas non plus du genre à s'épancher. Je le regarde s'en aller avec son air résolu et un brin rigide. Lui n'a jamais paru effrayé par le retour. Son programme est clair : rester fidèle à ses idées et se remettre à son établi.

Avec les Piffault en revanche, les étreintes, les sourires et les larmes se prolongent. Eugénie ne se résout pas à quitter ce quai, ultime bout de cette terre où elle laisse à jamais sa fille. Soudain je m'aperçois que Jacques n'est plus là. On l'appelle, *Jacques, Jacques !*, de nombreuses personnes dans la foule relaient le message. Eugénie flanche et on l'assoit sur des caisses. Malzieux se charge de les tranquilliser, elle et Eugène, pendant qu'une vingtaine d'hommes se répartissent les recherches. Le temps presse. À quoi Jacques peut-il donc avoir pensé comme cachette ? Les autres partent fouiller les hangars du port, écumer la poignée de magasins assez grands pour pouvoir s'y dissimuler parmi les clients, sillonner le damier du centre-ville. De mon côté, je vois deux possibilités. L'école de Louise Michel et la baraque où habite Daoumi. Celui-ci est devenu une sorte de grand frère pour Jacques. Pile ou face… Je me décide pour l'école.

Lorsque je ramène Jacques, résigné et mutique, la chaloupe et son dernier lot de déportés sont encore à quai.

Toujours pas de nouvelle de l'amnistie, mais les communards condamnés au bagne ont été transférés du pénitencier vers Ducos. Ils sont sortis de l'enfer. Sur les trois cent vingt-quatre qui avaient été condamnés aux travaux forcés, cinquante et un resteront pour toujours à pourrir dans la fosse commune du cimetière de l'île Nou.

Je revois Jean Allemane, pour la première fois depuis le jour de notre arrivée en Nouvelle-Calédonie. Sa peine a été commuée en cinq années de bannissement.

Son frère François avait obtenu de lui rendre visite à l'île Nou, la veille de son départ sur le *Navarin*, et il n'avait rien exagéré en nous racontant que Jean l'avait impressionné par sa vigueur, tant physique que mentale. Le corps et la tête peuvent bien avoir été marqués au fer rouge par les tortures et les injures de plus de huit années de bagne, Jean en impose par sa robustesse et sa détermination à poursuivre la lutte.

Nous parlons du retour, de la manière de poursuivre le combat pour la justice sociale, dans cette République que nous avons voulue, pour laquelle nous avons chèrement payé, et qui ne se montre pas tellement empressée de changer le monde. Pour lui il n'y a qu'une voie : s'engager, militer, se battre avec ses idées, avec les armes du peuple comme la grève, l'action directe, se battre avec les poings quand il le faut.

C'est avec des hommes comme lui, sûrs de leur but, inébranlables, que je veux reprendre la route.

Charles est de retour à Nouméa pour une semaine. Son père a été gracié à son tour. Le jeune homme est inhabituellement grave. *C'est vrai, nous sommes libres. Mais la tombe de ma mère nous retient ici. L'abandonner, ce serait la trahir, non ?* Puis il retrouve son air facétieux, sans que j'arrive à déterminer s'il se joue de moi ou s'il parle sérieusement, *Tu sais, j'ai une situation fort sortable.* Il aime son métier de télégraphiste et surtout la vie de liberté qu'il lui offre. À seulement vingt-deux ans, avec un rang déjà honorable dans l'administration coloniale, *je peux devenir un personnage de marque dans cet éden administratif.* Quant au reste... *Épouser la fille d'un colon argenté et amoureux de la particule* – et fonder la dynastie Malato du Cornet sur l'île. Il continue ainsi de me décrire avec son enthousiasme coutumier l'existence qu'il pourrait envisager de mener ici : dilettantisme, ciel bleu, aventure. Et laisser voguer sa barque sans trop se faire de souci.

Nous nous revoyons chaque jour jusqu'à son départ pour Thio. Partir et quitter pour toujours celle qui est enterrée ici, son père et lui n'arrivent décidément pas à s'y résoudre. Je parie pourtant en moi-même que la nostalgie de l'Europe l'emportera, car elle est aussi une envie de se battre. Charles devient âpre lorsqu'il parle de son désir de venger la mort de sa mère en s'érigeant contre les hommes et les institutions qui en sont responsables. De poursuivre la lutte engagée par ses aînés pour la révolution sociale. Je ne le crois pas prêt à rester là sous le soleil, à ne rien faire, à se tenir en dehors de tout.

Quand je l'ai salué depuis le quai le matin de son départ pour la brousse, j'étais confiant, certain que je le retrouverais bientôt à Nouméa. J'ai même pensé que, peut-être, nous serions rapatriés sur le même bateau, si l'amnistie était votée assez rapidement. Que la longue traversée en cage me ferait l'effet d'un moment plaisant en sa compagnie.

Une dizaine de jours plus tard, sa lettre m'annonce que son père et lui ont décidé de rester.

Fin novembre, quatre mois après le départ du *Navarin*, la *Loire* vient mouiller en rade de Nouméa et lance une nouvelle saison de retours. Avec ces départs, nous ne sommes plus à présent qu'environ six cents déportés dans l'archipel.

Je continue de travailler au bazar. Je ne vois pas grand monde. J'essaie de réfléchir à ce que je ferai lorsque je rentrerai en France. Quel métier ? Rien ne vient. Pas même une tentation. La seule pensée qui occupe mon esprit, qui prend de plus en plus de place dans ma caboche, est celle de la poursuite du combat. La République est installée à présent, mais à quoi bon ? Ses couleurs sont si ternes par rapport à celles dont nous avions rêvé pour elle !

Toute vie publique s'est retirée du chef-lieu. Débats d'opinion, discussions, engueulades, tout cela est fini.

Nouméa redevient la ville des militaires, des fonctionnaires et des épiciers.

La saison de l'attente s'étire et s'allonge démesurément, nous entamons une nouvelle année sous les tropiques. Dans sept mois, la République aura dix ans.

Cette fois encore, l'été ne s'achève pas sans un cyclone. On le sent arriver dès le petit matin. Les chevaux sont nerveux, ils ne tiennent pas en place. Les colons s'empressent d'arrimer leurs bicoques avec des cordages, de gros câbles ou des chaînes, qu'ils accrochent à des pieux enfoncés profondément dans le sol. Mrs Hovell prépare des provisions, essentiellement des bouteilles de gin. Et comme toute la ville, nous nous enfermons pour attendre le déchaînement du ciel.

Le cyclone déferle à partir du début de l'après-midi et n'a de cesse jusqu'au milieu de la nuit de balayer la bourgade, couchant les arbres en travers des rues, arrachant les toits de tôle, jetant à bas les cahutes mal ajustées. La fureur de la mer lance sur la côte nombre de navires, le quai est endommagé. Le grand banian dans le jardin de Higginson est déraciné. À Ducos, comme après le terrifiant cyclone d'il y a quatre ans, il ne reste plus rien.

Une poignée de déportés graciés n'ont pas embarqué sur les frégates de la République : ils ont choisi l'aventure coloniale en Australie. La France a même payé le passage de ceux ayant trouvé à s'employer pour l'Exposition universelle qui se tient à Sydney – la première à se dérouler dans l'hémisphère Sud.

Lucien Henry, l'artiste qui a sculpté le mausolée d'Emma, quitte la Nouvelle-Calédonie aujourd'hui sur une goélette effectuant la liaison avec Sydney et je viens souhaiter bonne chance à un homme avec qui j'ai eu plaisir à parler peinture. Phtisique, réservé de caractère, j'ai toujours eu du mal à me figurer que durant la Commune, il avait été élu à l'unanimité chef de la légion et, à vingt et un ans, avait commandé près de neuf mille hommes.

Lucien a présenté un buste à l'Exposition de Sydney, qui se clôturera en juin. *Tu penses rester là-bas à tout jamais ?* Un sourire s'esquisse sur son beau visage à l'air encore juvénile. Il me répond qu'on lui a fait savoir que ses œuvres ont été remarquées. Il peut espérer une médaille et un début de notoriété. *On verra… J'y vais en comptant pouvoir amasser de quoi me créer un foyer*. En attendant, il sait que les débuts de l'aventure ne seront pas faciles. Il part sans un sou en poche et sans parler l'anglais.

Une poignée de main, un dernier regard d'encouragement que nous nous offrons l'un à l'autre, et il monte dans la chaloupe avec son baluchon.

Je me dis qu'il en faut de la détermination pour s'embarquer ainsi vers l'inconnu. Mais après tout, est-ce autre chose qui m'attend ? Elle sera certainement très changée, la France que je retrouverai. Et moi je ne suis plus le même. Je n'ai pas l'intention de reprendre ma vie là où je l'ai laissée le jour de mon arrestation. Sinon ces neuf années n'auront servi à rien.

Je revois Adolphe Assi de temps à autre. À vrai dire, pas très souvent. Avec les années son caractère fier et indépendant devient excessivement orgueilleux. Il a décidé de rester définitivement en Nouvelle-Calédonie. Il l'a annoncé le jour où sa grâce a été prononcée.

Je m'y attendais. Dès les premiers temps de la déportation il semblait avoir rompu avec le passé. En début d'année il s'est installé à Nouméa comme mécanicien-ajusteur. On l'a vu frayer avec des notables, il m'a posé des questions sur Dézarnaulds et cherche à se faire connaître des conseillers municipaux. Je ne serais pas surpris qu'il tente de s'introduire dans la vie politique locale.

D'autres déportés graciés ont également décidé de commencer une nouvelle existence à Nouméa, une vie sans le lest du passé. Ils se comptent sur les doigts des deux mains. Il y a Budaille, à présent établi comme boucher, Joulain, dont la réputation de dentiste lui vaut de soigner même des chefs de clan, Bourdinat, qui tient avec sa femme et leur fils un restaurant apprécié des notables, Mourot et sa petite concession agricole…

Si la France avait réellement voulu nous rééduquer par la colonisation, elle serait bien déçue de ce maigre bilan. Mais il est évident que cela n'avait aucune importance aux yeux du gouvernement.

Pour la première fois, cette année, le 18 mars a été célébré dans de nombreux quartiers de Paris. Les coupures de journaux que nous avons reçues, que nous nous passons et repassons fiévreusement entre camarades, racontent par le détail l'enthousiasme populaire et affirment que les Parisiens réclament qu'on en finisse avec notre proscription. L'effervescence de la rue fait enfin bouger le sommet de la République : Gambetta semble se démener pour obtenir du gouvernement une évolution de notre sort.

Ici aussi, l'atmosphère est en train de changer. La ville est maintenant émancipée, le gouverneur Olry lui a accordé l'an passé le statut de commune de plein exercice. Elle est républicaine et anticléricale. Dézarnaulds en est devenu le maire, et plusieurs des communards graciés font partie du conseil municipal. La nouvelle municipalité a décidé de célébrer la République par une grande fête qui devrait réunir tous les Nouméens le 14 juillet.

Les colons nous regardent à présent d'un œil différent. Ils se montrent aimables, s'attardent pour discuter de tout et de rien. Sous les tropiques comme ailleurs, il faut savoir prendre le vent : ils s'imaginent apparemment qu'à notre retour en France, nous serons les nouveaux maîtres.

Ce 14 juillet à Nouméa, le climat est à l'allégresse. La ville est couverte de pavillons, tout le monde est dans la rue dès le milieu de l'après-midi, on se salue, on plaisante, on se bouscule et on rit joyeusement. La foule se précipite vers les jeux de toutes sortes qui ont été installés place de Solferino : mâts de cocagne, baquets russes, courses en sacs… Les régates de la baie de la Moselle offrent un spectacle splendide, une sorte de ballet de voiles blanches sur une scène d'un bleu velouté. Des filles de colons sont venues de brousse. Presque toutes descendent pour la première fois au chef-lieu. Je laisse de côté ma timidité et les convenances, et n'hésite pas à les aborder, à causer, à les prendre par la taille en riant. En tant que déportés, nous avons tous du succès ce jour-là.

La nuit tombe d'un coup comme à son habitude. Les façades du centre-ville s'éclairent, des lanternes vénitiennes et des lampions décorent les rues. La foule est rassemblée sur la place des Cocotiers. Seul le kiosque à musique est éclairé par quelques girandoles, le reste de la place est plongé dans l'obscurité. Au milieu du halo de lumière, trois silhouettes. Mme Penand, la première institutrice laïque de la colonie, qui dirige l'école communale pour filles de Nouméa depuis que le conseil municipal a laïcisé l'enseignement. Louise Michel, employée dorénavant par la ville comme professeur de chant. Et un artilleur de l'orchestre militaire. Les premières notes de *La Marseillaise* retentissent.

Les voix des trois chanteurs semblent porter loin, très loin, bien au-dessus des cuivres de la Musique de la Transportation, bien au-delà de la place. Mais sans doute est-ce avant tout en moi que porte ce chant, le chant de la Révolution. Le chant de la République qu'on célèbre enfin, dix années après sa proclamation. Il gonfle ma poitrine. Il me monte à la tête. Et il retombe comme un coup de poing au ventre au moment où mes yeux se posent sur la silhouette de Louise Michel.

Lui faire chanter *La Marseillaise*, lui demander de chanter pour fêter cette République dont elle ne fait toujours pas partie ! Cette République qui nous a déchus de nos droits civiques, qui nous tient toujours éloignés au plus loin d'elle.

Une salve d'applaudissements et des vivats enthousiastes saluent la fin de l'hymne. Ils me ramènent sur la place de l'Hôtel-de-Ville ce 4 septembre 1870, ils me ramènent parmi la foule en liesse, transfigurée par la promesse du monde nouveau qu'annonçait la naissance de la République. C'était il y a dix ans.

Dix ans et cette République n'a toujours rien changé à l'esclavagisme, à l'exploitation des plus faibles, au massacre de ceux qui s'opposent à l'injustice.

VII

L'amnistie.

L'amnistie totale et complète. La nouvelle parvient en Nouvelle-Calédonie plus de trois semaines après sa proclamation à Paris, le 11 juillet.

Je me sens d'abord simplement joyeux. Et puis tout de suite après les poumons et le cœur se gonflent à en suffoquer, je pousse un hurlement pour ne pas étouffer, et je pleure.

Mais c'est une bien pauvre joie. Rien à voir avec le bonheur dans lequel m'avait jeté la Commune. Une joie stérile, une joie qui ne porte rien. Une bien pauvre joie qui ne fait que clore plus de neuf années loin de la vie. Une délivrance plutôt, celle de parvenir à la fin d'un livre dont je tourne les pages de souffrance et de désespoir depuis trois mille trois cent cinquante-quatre jours.

Les cafés ne désemplissent pas. La ville barbote dans une atmosphère d'allégresse. Au bazar les collègues me félicitent, dans la rue les clients me souhaitent bon voyage, me demandent quand est le départ. *Nous sommes bien contents pour vous, vous savez !* Impossible d'échapper à la bienveillance des commerçants, des voisins de Mrs Hovell.

Certaines paroles me touchent, certains mots traduisent une compassion que je ne soupçonnais pas. Mais il y a aussi tous ces gens devenus soudain expansifs, qui avaient jusqu'alors du mal à dissimuler leur mépris derrière une apparente réserve. C'étaient les mêmes, lors du passage en cour martiale à Versailles, à la gare de Brest, sur le port au moment du départ à l'île d'Aix, les mêmes qui nous crachaient dessus et nous insultaient. Ils ont oublié. L'amnistie est oubli, elle décrète l'oubli de ce qui a eu lieu. On nous a volé dix années de notre vie, on a volé sa vie à Emma et à tant d'autres, et on voudrait effacer tout ça d'une accolade.

Mon existence m'appartient à présent. En tout cas dans quelques mois elle m'appartiendra de nouveau. Le chemin que j'emprunterai, je veux qu'il soit à la hauteur des espoirs pour lesquels j'aurai passé près de dix années relégué au bord du monde.

Ma blague à tabac en peau de roussette. Quelques coquillages ramassés sur la presqu'île. Une poignée de photographies achetées chez Hughan. Mes livres et ceux que m'a laissés Bauër. Certains de mes dessins de paysage et tous les portraits que j'ai faits. Mes 300 francs d'économies. Et la petite pièce de tissu rouge que j'arborais les 18 mars.

Avec quelques vêtements, c'est tout ce que j'emporte. Ma malle n'aura pas trop de peine à fermer. Elle vient d'être retapée par un camarade, elle tiendra bien jusqu'au bout.

C'est pour aujourd'hui. Le *Navarin* est au mouillage dans la rade. Non loin de la frégate *City of Melbourne*, un imposant trois-mâts à vapeur. Les deux navires partiront à une heure d'intervalle.

Du côté du *Navarin*, les opérations d'embarquement ont commencé depuis un bon bout de temps. La cargaison est volumineuse : il y a trois cent dix-sept déportés à faire monter à bord, dont Cipriani, Malzieux et moi.

Tous les trois, nous sommes encore sur le quai, à deviser – la traversée va durer des mois, et nous ne nous attendons à guère plus de confort qu'à l'aller, alors rien ne presse pour embarquer –, quand le *City of Melbourne* lève l'ancre. Nous saluons à son bord Michel, qui ne risque pas de nous distinguer dans cette foule venue assister par curiosité aux départs de la journée. Elle se paie le voyage vers l'Europe *via* l'Australie – c'est hors de prix et c'est la seule dépense que je lui aie jamais vu faire pour elle-même : elle veut rejoindre la France au plus vite, sa mère est malade, elle veut la revoir avant qu'il ne soit trop tard.

Le moment est venu, je monte à mon tour à bord de la chaloupe. Jusqu'au dernier instant j'ai espéré que Charles et son père…

Notre convoi est le dernier à rapatrier les déportés. Au moment d'appareiller, il n'y a plus personne pour nous crier *Vive la République!* Plus personne pour nous crier *Vive la France!* Après tout, c'est peut-être mieux ainsi.

Depuis le pont où nous sommes tous massés, je contemple la terre qui s'éloigne. Me revient en mémoire ce songe dont je me divertissais lorsque j'observais l'océan du haut des collines surplombant Tindu : la barrière de corail un jour ne parviendrait plus à empêcher l'archipel de quitter ce recoin éloigné, à l'extrémité du Pacifique, l'île larguerait ses amarres.

Je contemple cette terre qui s'éloigne, la rade de Nouméa a définitivement disparu, la silhouette accidentée de la presqu'île Ducos devient une petite masse grise indistincte, tapie au pied de l'imposant massif montagneux qui occupe toute la Grande Terre. Devant nous se dessine le tombant de la passe de Dumbéa. La frégate s'apprête à rejoindre le grand large.

Épilogue

L'HERBE EST ÉPAISSE. Par endroits on devine la fosse, mal comblée. Le champ est borné par un mur. C'est contre ce mur qu'ont été fusillés les derniers combattants de la Commune. L'ultime abattoir de la Semaine sanglante.

Il y a des drapeaux rouges. Il y a des bouquets et des couronnes. « *À mon père* » sur l'une d'elles. Il y a des immortelles rouges aux boutonnières. Il y a aussi les discours. La foule qui écoute, recueillie. Les camarades de déportation venus nombreux. Venus comme moi commémorer les dix ans du dernier jour de la Commune.

Cet anniversaire est celui des morts, celui des vestiges de notre insurrection. Ce n'est pas dans ce temps arrêté, fauché par les mitrailleuses, que je veux vivre.

L'espoir de voir naître un monde nouveau a forgé la lame de ma révolte. L'enfermement, la faim et l'humiliation, le spectacle de cette République d'injustice et d'oppression ne l'ont pas émoussée. Au contraire. Ma détermination est comme trempée dans ces années de prison et d'exil.

Note de l'auteure

La fiction offre une liberté que j'ai voulu inscrire dans une exigence de fidélité à la mémoire de la Commune et aux espoirs qu'elle a portés. Plusieurs des personnages ont existé ; leurs idées politiques, leur personnalité, les conditions de leur détention correspondent à ce que l'histoire des mouvements révolutionnaires a conservé d'eux. Mais dans cet espace lâche de l'histoire officielle, les péripéties de leur existence en déportation et leurs relations sont le fruit de mon imagination.

J'ai une dette, qui est aussi un lien à ce qu'ils ont vécu, envers certains des communards qui ont rédigé leurs souvenirs de déportation : Jean Allemane, Achille Ballière, Henry Bauër, Henri Brissac, Paschal Grousset, Francis Jourde, Alfred Laroche, Charles Malato, Louise Michel, Charles Simon-Mayer, ainsi qu'envers Henri Messager, dont la famille a publié les lettres d'emprisonnement et de déportation. À ces auteurs j'ai emprunté des situations, j'ai parsemé mon texte de quelques-uns de leurs mots. Les paroles que j'ai prêtées à Malato, à Bauër, à Michel sont souvent d'eux-mêmes – mais pas toujours. La lettre de Pierre Simonnet a été rapportée par Simon-Mayer, les post-scriptum des deux lettres du narrateur proviennent de la correspondance de Messager. Mon souci n'était pas d'authenticité, mais de faire revivre ces déportés à travers ce roman, d'y faire résonner leur voix, de faire s'entremêler, à près d'un siècle et demi de distance, leur récit et le mien.

Je suis également redevable envers Allan Hughan, dont les photographies sont l'un des principaux témoignages sur la vie dans la colonie dans les années 1870. Le souvenir du Nouméa où j'ai vécu plus d'un siècle plus tard y a trouvé un écho. L'esquisse que j'ai tracée de la cité en devenir s'est nourrie de ce jeu de reflets.

Remerciements

À François Béguin, qui était à mes côtés tout le long de cette traversée – inlassable critique et soutien intransigeant (et vice-versa),

à Valérie Millet et Sandrine Duvillier – leur confiance, leur enthousiasme et leurs conseils ont porté ce roman à son rivage,

à Céline Bonini et Nicolas Bergeron, pour la sincérité de leur jugement et leurs encouragements,

à Michèle Audin, dont le regard exigeant et érudit m'a aidée à poursuivre le voyage,

à Joël Dauphiné, en souvenir de la découverte d'un passé calédonien alors peu exploré.

CHEZ LE MÊME ÉDITEUR

ELSA TRIOLET

à Tahiti

PRÉFACE DE MARIE-THÉRÈSE EYCHART
TRADUIT DU RUSSE PAR ELSA TRIOLET

1919. Elsa Triolet a 23 ans quand elle séjourne avec André, son mari, à Tahiti. Dépaysement à la fois inquiétant et merveilleux, entre témoignage et fiction, À Tahiti, *écrit en russe et traduit par l'auteur elle-même, puise sa force dans la capacité d'observation et d'étonnement d'Elsa Triolet. L'auteur s'intéresse, dans cette île aux antipodes de sa Russie natale, tout autant aux différences qu'aux proximités d'une même humanité.*

« Nous allions tout d'abord sur l'eau, puis sur terre, puis encore sur l'eau. Les océans se distinguent par la vague : l'un l'a courte et serrée – on monte on descend on monte on descend –, tantôt c'est la proue, et tantôt la poupe qui reste suspendue dans les airs ; l'autre a la vague longue et lente, le paquebot s'y loge en entier et la descend comme un traîneau la pente d'une montagne.

Tout d'abord nous voguions emmitouflés dans les fourrures, entortillés dans des lainages, puis avec rien que du blanc transparent, de la toile. Nous mettions nos montres à l'heure nouvelle. On a franchi l'équateur. Le paquebot est entré dans la rade pour vingt-quatre heures, le temps de charger charbon et victuailles, et s'en est allé. Nous, nous sommes restés, avec de l'eau tout autour. »

Ce premier livre, reflet d'un moment de la jeunesse de la romancière et de ses premiers pas en littérature, est d'un « bizarre exotisme », écrivait Aragon. Il est aussi la preuve, s'il en était besoin, du talent original de cette jeune femme qui ne voulait pas alors être écrivain, mais savait, avec une précoce subtilité, manier les multiples registres de la langue, de la construction d'un récit, et utiliser ses émotions et ses peurs comme un fil tendu ou brisé soutenant la marche de la narration.

MARIE-THÉRÈSE EYCHART

CHEZ LE MÊME ÉDITEUR

ROGER VAILLAND

Boroboudour

voyage à Bali, Java et autres îles

PRÉFACE DE MARIE-NOËL RIO

Romancier, Roger Vailland était également grand reporter, tirant de ses voyages des récits pleins d'éclat, d'intelligence et de clarté de vue. En 1950, il part pour l'Indonésie, un an après la reconnaissance par les Pays-Bas de l'indépendance de leur ancienne colonie. De Java à Bali en passant par Sumatra, l'écrivain voyageur brosse le portrait saisissant d'une jeune nation et de ses habitants à travers leur passé et leur avenir.

« La fraîcheur de vue, la chaleur de cœur, la vivacité de l'intelligence – qu'on y ajoute ce grain de sage folie et d'enfance préservée qui est le sel de l'esprit, voilà le léger bagage du voyageur Vailland. Que faut-il d'autre pour prendre la route et se laisser séduire à la suivre ? », écrivait Claude Roy à propos de cet ouvrage.

À la fin de 1950, Vailland part pour un reportage sur l'Indonésie, qui vient d'accéder à l'indépendance. Il a la quarantaine, est déjà un écrivain reconnu, mais n'entend pas renoncer au journalisme, qui permet d'étreindre la réalité rugueuse, pour citer Rimbaud – approximativement –, dont la figure l'accompagne pendant ce voyage. L'époque est agitante. Entre la guerre en Corée, la toute nouvelle République populaire chinoise, et Ho Chi Minh en Indochine, chacun est sommé de choisir son camp. Et c'est précisément ce qui donne à ce récit de voyage son très vif intérêt, et sa séduction. Vailland lit l'histoire en marxiste, ce qui lui évite non seulement de batifoler dans les banalités touristiques, mais également de se contenter d'un confortable point de vue moral, qui se satisferait de la victoire des « opprimés » sur les « oppresseurs ».

ÉVELYNE PIEILLER, *LA QUINZAINE LITTÉRAIRE*

CHEZ LE MÊME ÉDITEUR

VICKI BAUM

sang et volupté à Bali

TRADUIT DE L'ALLEMAND PAR MAURICE BETZ
TRADUCTION RÉVISÉE PAR MARIE-NOËL RIO

Au début du XXe siècle, alors que Bali est sous occupation néerlandaise, un navire s'échoue au large de l'île. Le peu scrupuleux commandant du bateau se plaint alors auprès des Hollandais du pillage de l'épave par les Balinais. L'affaire s'envenime et tourne à l'affrontement entre les autorités locales et néerlandaises. En suivant le destin de trois personnages – Pak le paysan, Raka le danseur et Alit le rajah –, cette saga dévoile l'une des singularités de la civilisation balinaise: le Poupoutan (littéralement la Fin), recours ultime d'un peuple pour sauver son honneur face à l'envahisseur. Imprégnée de la culture de Bali et de son histoire, Vicki Baum livre là l'un de ses romans les plus saisissants.

Née à Vienne en 1888, Vicki Baum fit ses études au Conservatoire et intégra l'orchestre symphonique de la ville en tant que harpiste. En 1912, elle s'installa en Allemagne pour enseigner à la Hochschule de Darmstadt. Elle épousa le chef d'orchestre Richard Lert en 1916, avec qui elle s'installa à Berlin et eut deux enfants. Après avoir abandonné la musique, elle se consacra à l'écriture. *Grand Hôtel* (1929) fut un succès international – le roman fut adapté pour le théâtre et joué à Broadway, ainsi que pour le cinéma –, ce qui la mena à Hollywood. Elle quitta l'Allemagne en 1932 pour s'établir avec sa famille en Californie, où elle travailla comme scénariste. Naturalisée américaine en 1938, elle se mit alors à écrire en anglais. Ses romans – *Lac aux Dames*, *Shanghai Hôtel*, *L'Ange sans tête*, etc. – étaient souvent inspirés des divers voyages qu'elle fit. Elle mourut à Hollywood en 1960, laissant une œuvre importante et couronnée de succès.

CHEZ LE MÊME ÉDITEUR

KAREL ČAPEK

voyages vers le Nord

PRÉFACE DE CEES NOOTEBOOM
TRADUIT DU TCHÈQUE PAR BENOÎT MEUNIER

En 1936, tandis que la Seconde Guerre mondiale menace, l'écrivain tchèque Karel Čapek (1890-1938) entreprend un voyage dans le Nord de l'Europe. Forêts à perte de vue, fjords échancrés, vaches noir et blanc, fermes rouges, myriade d'îles ponctuent sa traversée du Danemark, de la Suède et de la Norvège. Au fil du récit, derrière une naïveté feinte et un lyrisme tempéré, où affleurent une tendre ironie et un humour mordant, se profile le portrait troublant, éblouissant de nature et de lumière, d'un continent en sursis. Car, en route vers le cap Nord, Čapek pressent la fin d'une époque et dessine une Europe qui, bientôt, sombrera dans le chaos.

L'auteur est-il un proscrit qui court se réfugier dans les forêts espérant ainsi échapper à la marche du temps ? Je dirais plutôt qu'il nous offre un des plus beaux voyages dans la pensée et l'art. Ce texte inédit en français nous donne une leçon de beauté comme si l'écrivain avait voulu nous prémunir contre les horreurs futures. Un modeste viatique face à la vague des extrémismes qui montent en Europe. Dans sa préface, Cees Nooteboom, grand voyageur au demeurant, précise que ce combat était perdu d'avance pour Karel Čapek. Mais il reste l'œuvre et c'est peut-être cela qui compte. Au-delà du contexte politique, ce livre itinéraire nous emmène vers des pays fabuleux. La prose de Karel Čapek est économe et légère, une longue poésie qui nous laisse libre de rêver et d'imaginer le Grand Nord. Partir au loin comme pour revenir à soi et à l'essentielle beauté de la nature. Les Éditions du Sonneur ont eu grandement raison de publier cet inédit, par ailleurs agrémenté de cent soixante-dix dessins de l'auteur.

GUILLAUME LEDOUARIN, *MAGAZINE PAGES*

Achevé d'imprimer en novembre 2021,
sur les presses de Corlet,
14110 Condé-en-Normandie.
Numéro d'imprimeur : 21110219.

Cet ouvrage est imprimé, pour la couverture,
sur du Munken Polar Rough 300 g
et, pour l'intérieur, sur papier bouffant Munken Print White 80 g,
certifié PEFC sous le n° 10/31-1510 et Imprim'Vert®.